仮面の告白

JN052757

美――美という奴《やつ》は恐ろしい怕《おっ》かないもんだよ！　つまり、杓子定規《しゃくしじょうぎ》に決めることが出来ないから、それで恐ろしいのだ。なぜって、神様は人間に謎《なぞ》ばかりかけていらっしゃるもんなあ。美の中では両方の岸が一つに出合って、すべての矛盾が一緒に住んでいるのだ。俺《おれ》は無教育だけれど、この事はずいぶん考え抜いたものだ。実に神秘は無限だなあ！　この地球の上では、ずいぶん沢山の謎が人間を苦しめているよ。この謎が解けたら、それは濡《ぬ》れずに水の中から出て来るようなものだ。ああ美か！　その上俺がどうしても我慢できないのは、美しい心と優れた理性を持った立派な人間までが、往々聖母《マドンナ》の理想を懐《いだ》いて踏み出しながら、結局悪行《ソドム》*の理想をもって終るという事なんだ。いや、まだまだ恐ろしい事がある。つまり悪行《ソドム》の理想を心に懐いている人間が、同時に聖母《マドンナ》の理想をも否定しないで、まるで純潔な青年時代のように、真底から美しい理想の憧憬を心に燃やしているのだ。いや実に人間の心は広い、あまり広過ぎるくらいだ。俺は出来る事なら少し縮めてみたいよ。ええ畜生、何が何だか分りゃしない、本当に！　理性の目で汚辱と見えるものが、感情の目には立派な美と見えるんだからなあ。一体悪行《ソドム》の中に美があるのかしらん？……

……しかし、人間て奴は自分の痛いことばかり話したがるものだよ。

――ドストエーフスキイ*「カラマーゾフの兄弟*」

第三篇の第三、熱烈なる心の懺悔《ざんげ》――詩

第一章

永いあいだ、私は自分が生れたときの光景を見たことがあると言い張っていた。それを言い出すたびに大人たちは笑い、しまいには自分がからかわれているのかと思って、この蒼《あお》ざめた子供らしくない子供の顔を、かるい憎しみの色さした目つきで眺《なが》めた。それがたまたま馴染《なじみ》の浅い客の前で言い出されたりすると、白痴と思われかねないことを心配した祖母は険のある声でさえぎって、むこうへ行って遊んでおいでと言った。

笑う大人は、たいてい何か科学的な説明で説き伏せようとしだすのが常だった。そのとき赤ん坊はまだ目が明いていないのだとか、たとい万一明いていたにしても記憶に残るようなはっきりした観念が得られた筈《はず》はないのだとか、子供の心に呑《の》み込めるように砕いて説明してやろうと息込むときの多少芝居がかった熱心さで喋《しゃべ》りだすのが定石だった。ねえそうだろう、とまだ疑ぐり深そうにしている私のちいさな肩をゆすぶっているうちに、彼らは私の企《たく》らみに危うく掛るところだったと気がつくらしかった。子供だと思っていると油断ができない、こいつ俺《おれ》を罠《わな》にかけて「あのこと」をきき出そうとしているにちがいない、それなら何だってもっと子供らしく無邪気に訊《き》けないものだろう、「僕どこから生れたの？　僕どうして生れたの？」と。――彼らは、あらためて、黙ったまま、何のせいかしらずひどく心を傷つけられたしるしの薄ら笑いをじっとりとうかべたまま、私を見やるのが落ちだった。

しかし、それは思いすごしというものである。私は「あのこと」などについて何を訊きたいわけでもなかった。それでなくても大人の心を傷つけることが怖くてならなかった私に、罠をかけたりする策略のうかんでくる筈がなかった。

どう説き聞かされても、また、どう笑い去られても、私には自分の生れた光景を見たという体験が信じられるばかりだった。おそらくはその場に居合わせた人が私に話してきかせた記憶からか、私の勝手な空想からか、どちらかだった。が、私には一箇所だけありありと自分の目で見たとしか思われないところがあった。産湯《うぶゆ》を使わされた盥《たらい》のふちのところである。下《お》ろしたての爽《さわ》やかな木肌《きはだ》の盥で、内がわから見ていると、ふちのところにほんのりと光りがさしていた。そこのところだけ木肌がまばゆく、黄《き》金《ん》でできているようにみえた。ゆらゆらとそこまで水の舌先が舐《な》めるかとみえて届かなかった。しかしそのふちの下のところの水は、反射のためか、それともそこへも光りがさし入っていたのか、なごやかに照り映えて、小さな光る波同士がたえず鉢合《はちあわ》せをしているようにみえた。

——この記憶にとって、いちばん有力だと思われた反駁《はんばく》は、私の生れたのが昼間ではないということだった。午後九時に私は生れたのであった。射《さ》してくる日光のあろう筈はなかった。では電燈の光りだったのか、そうからかわれても、私はいかに夜中だろうとその盥の一箇所にだけは日光が射していなかったでもあるまいと考える背理のうちへ、さしたる難儀もなく歩み入ることができた。そして盥のゆらめく光りの縁《ふち》は、何度となく、たしかに私の見た私自身の産湯の時のものとして、記憶のなかに揺《よう》曳《えい》した。

震災*の翌々年に私は生れた。

その十年まえ、祖父が植民地の長官時代*に起った疑獄事件で、部下の罪を引受けて職を退いてから（私は美辞麗句を弄《ろう》しているのではない。祖父がもっていたような、人間に対する愚かな信頼の完璧《かんぺき》さは、私の半生でも他に比べられるものを見なかった。）私の家は殆《ほとん》ど鼻歌まじりと言いたいほどの気楽な速度で、傾斜の上を辷《すべ》りだした。莫大《ばくだい》な借財、差押《さしおさえ》、家屋敷の売却、それから窮迫が加わるにつれ暗い衝動のようにますますもえさかる病的な虚栄。――こうして私が生れたのは、土地柄《とちがら》のあまりよくない町の一角にある古い借家だった。こけおどかしの鉄の門や前庭や場末の礼拝堂ほどにひろい洋間などのある・坂の上から見ると二階建であり坂の下から見ると三階建の・燻《くす》んだ暗い感じのする・何か錯雑した容子《ようす》の威丈高な家だった。暗い部屋がたくさんあり、女中が六人いた。祖父、祖母、父、母、と都合十人がこの古い簞笥《たんす》のようにきしむ家に起き伏ししていた。

祖父の事業慾《よく》と祖母の病気と浪費癖とが一家の悩みの種だった。いかがわしい取巻き連のもってくる絵図面に誘われて、祖父は黄金夢を夢みながら遠い地方をしばしば旅した。古い家柄の出の祖母は、祖父を憎み蔑《さげす》んでいた。彼女は狷介不屈《けんかいふくつ》*な、或《あ》る狂おしい詩的な魂だった。痼疾《こしつ》*の脳神経痛が、遠まわしに、着実に、彼女の神経を蝕《むしば》んでいた。同時に無益な明晰《めいせき》さをそれが彼女の理智《りち》に増した。死にいたるまでつづいたこの狂燥の発作が、祖父の壮年時代の罪の形見であることを誰《だれ》が知っていたか？

父はこの家で、かよわい美しい花嫁、私の母を迎えた。

大正十四年の一月十四日の朝、陣痛が母を襲った。夜九時に六五〇匁《もんめ》の小さい赤ん坊が生れた。フランネルの襦袢《じゅばん》・クリームいろの羽二重の下着・お召の絣《かすり》の着物を着せられたお七夜の晩、祖父が一家の前で、奉書*の紙に私の名を書き、三宝《さんぼう》*の上にのせ、床の間に置いた。

髪がいつまでたっても金色だった。オリーヴ油をしじゅうつけているうちに黒くなった。父母は二階に住んでいた。二階で赤ん坊を育てるのは危険だという口実の下に、生れて四十九日目に祖母は母の手から私を奪いとった。しじゅう閉《た》て切った・病気と老いの匂《にお》いにむせかえる祖母の病室で、その病床に床を並べて私は育てられた。

生れて一年たつかたたぬに、私は階段の三段目から落ちて額に傷を負った。祖母は芝居へ行っており、父の従兄妹《いとこ》たちが母もともに息抜きにさわいでいた。母がふと二階へ物をとりに行った。その母を追って行って、おひきずりの着物の裾《すそ》がひっかかって、落ちたのである。

歌舞伎座《かぶきざ》へ呼出しがかけられた。祖母はかえって来て玄関に立ったまま、右手の杖《つえ》に体を支《か》てて、出迎えた父をじっと見つめたまま妙に落着いた一字一字を彫《え》りつけるような口調で言った。

「もう死んだのかっ？」

「いいや」

祖母は巫子《みこ》のような確信のある足取りで家へ上って来た。……

——五歳の元日の朝、赤いコーヒー様のものを私は吐いた。主治医が来て「受けあえぬ」と言った。カンフル*や葡萄糖《ぶどうとう》*が針差のように打たれた。手首も上膊《じょうはく》も脈が触れなくなって二時間がすぎた。人々は私の死体を見た。

経帷子《きょうかたびら》*や遺愛の玩具《おもちゃ》がそろえられ一族が集まった。それから一時間ほどして小水《しょうすい》が出た。母の兄の博士が、「助かるぞ」と言った。心臓の働らきかけた証拠だというのである。ややあって又小水が出た。徐々に、おぼろげな生命の明るみが私の頬《ほお》によみがえった。

その病気——自家中毒*——は私の痼疾になった。月に一回、あるいは軽いあるいは重いそれが私を訪れた。何度となく危機が見舞った。私に向って近づいてくる病気の跫音《あしおと》で、それが死と近しい病気であるか、それとも死と疎遠《そえん》な病気であるかを、私の意識は聴きわけるようになった。

最初の記憶、ふしぎな確たる影像で私を思い悩ます記憶が、そのあたりではじまった。

手をひいてくれていたのは、母か看護婦か女中かそれとも叔母か、それはわからない。季節も分明でない。午後の日ざしがどんよりとその坂をめぐる家々に射していた。私はそのだれか知らぬ女の人に手を引かれ、坂を家の方へのぼって来た。むこうから下りて来る者があるので、女は私の手を強く引いて道をよけ、立止った。

この影像は何度となく復習され強められ集中され、そのたびごとに新たな意味を附されたものであることはまちがいがない。何故《なぜ》なら、漠《ばく》とした周囲の情景のなかで、その「坂を下りて来るもの」の姿だけが不当な精密さを帯びているからだ。それもその筈、これこそ私の半生を悩まし脅《おびや》かしつづけたものの、最初の記念の影像であったからだ。

坂を下りて来たのは一人の若者だった。肥桶《こえおけ》を前後に荷《にな》い、汚れた手拭《てぬぐい》で鉢巻《はちまき》をし、血色のよい美しい頰と輝やく目をもち、足で重みを踏みわけながら坂を下りて来た。それは汚穢屋《おわいや》――糞尿汲取人《ふんにょうくみとりにん》――であった。彼は地下足袋を穿《は》き、紺の股引を穿いていた。五歳の私は異常な注視でこの姿を見た。まだその意味とては定かではないが、或る力の最初の啓示、或る暗いふしぎな呼び声が私に呼びかけたのであった。それが汚穢屋の姿に最初に顕現したことは寓喩的《アレゴリカル》である。何故なら糞尿は大地の象徴であるから。私に呼びかけたものは根の母の悪意ある愛であったに相違ないから。

私はこの世にひりつくような或る種の欲望があるのを予感した。汚れた若者の姿を見上げながら、『私が彼になりたい』という欲求、『私が彼でありたい』という欲求が私をしめつけた。その欲求には二つの重点があったことが、あきらかに思い出される。一つの重点は彼の紺の股引であり、一つの重点は彼の職業であった。紺の股引《ももひき》は彼の下半身を明瞭《めいりよう》に輪廓《りんかく》づけていた。それはしなやかに動き、私に向って歩いてくるように思われた。いわん方ない傾倒が、その股引に対して私に起った。何故だか私にはわからなかった。

彼の職業——。このとき、物心つくと同時に他の子供たちが陸軍大将になりたいと思うのと同じ機構で、「汚穢屋になりたい」という憧《あこが》れが私に泛《うか》んだのであった。憧れの原因は紺の股引にあったとも謂《い》われようが、そればかりでは決してなかった。この主題は、それ自身私の中で強められ発展し特異な展開を見せた。

というのは、彼の職業に対して、私は何か鋭い悲哀、身を撚《よ》るような悲哀への憧れのようなものを感じたのである。きわめて感覚的な意味での「悲劇的なもの」を、私は彼の職業から感じた。彼の職業から、或る「身を挺《てい》している」と謂った感じ、或る投げやりな感じ、或る危険に対する親近の感じ、虚無と活力とのめざましい混合と謂った感じ、そういうものが溢《あふ》れ出て五歳の私に迫り私をとりこにした。汚穢屋という職業を私は誤解していたのかもしれぬ。何か別の職業を人から聞いていて、彼の服装でそれと誤認し、彼の職業にむりやりにはめ込んでいたのかもしれぬ。そうでなければ説明がつかない。

なぜならこの情緒と同じ主題が、やがて、花電車*の運転手や地下鉄の切符切りの上へ移され、私の知らない・又そこから私が永遠に排除されているように思える「悲劇的な生活」を彼らから強烈に感受させられたからだった。とりわけ、地下鉄の切符切りの場合は、当時地下鉄駅構内に漂っていたゴムのような薄荷《はっか》のような匂《にお》いが、彼の青い制服の胸に並んだ金釦《きんボタン》と相俟《あいま》って、「悲劇的なもの」の聯想《れんそう》を容易に促した。そういう匂いの中で生活している人のことを、何故かしら私の心に「悲劇的」に思わせた。私の官能がそれを求めしかも私に拒まれている或る場所で、私に関係なしに行われる生活や事件、その人々、これらが私の「悲劇的なもの」の定義であり、そこから私が永遠に拒まれているという悲哀が、いつも彼ら及び彼らの生活の上に転化され夢みられて、辛うじて私は私自身の悲哀を通して、そこに与《あずか》ろうとしているものらしかった。

とすれば、私の感じだした「悲劇的なもの」とは、私がそこから拒まれているということの逸早《いちはや》い予感がもたらした悲哀の、投影にすぎなかったのかもしれない。

もう一つの最初の記憶がある。六つのときには読み書きができた。その絵本がよめなかったとすると、やはり五つの年の記憶に相違ない。

そのころ数ある絵本のなかのただ一冊、しかも見ひらきになっているただ一枚の絵が、しつこく私の偏愛に愬《うった》えていた。私はそれを見つめていると永い退屈な午後を忘れていることができ、しかも人がやって来ると何がなしにうしろめたくてあわてて別のページをあけた。看護婦や女中のお守りが私には煩《わずら》わしくてならなくなった。一日その絵に見入っていられる生活がしたいと思った。その頁《ページ》をあけるときは胸がときめき、他の頁を見ていても心はそらだった。

その絵というのは白馬にまたがって剣をかざしているジャンヌ・ダルク*であった。馬は鼻孔を怒らし、逞《たく》ましい前肢で砂塵《さじん》を蹴立《けた》てていた。ジャンヌ・ダルクが身に着けた白銀の鎧《よろい》には、何か美しい紋章があった。彼は美しい顔を顔当から覗《のぞ》かせ、凜々《りり》しく抜身を青空にふりかざして、「死」へか、ともかく何かしら不吉な力をもった翔《と》びゆく対象へ立ち向っていた。私は彼が次の瞬間に殺されるだろうと信じた。いそいで頁をめくったら、彼の殺されている絵が見られるかもしれぬ。絵本の絵は何かの加減でしらない間《ま》に「次の瞬間」へ移っていることがあるかもしれぬ。……

しかしあるとき看護婦が、何気なしにその絵の頁をひらきながら、横でちらちら盗み見ている私に言った。

「お坊ちゃま、この絵のお話御存知？」

「しらないの」

「この人男みたいでしょう。でも女なんですよ、本当は。女が男のなりをして戦争へ行ってお国のためにつくしたお話ですのよ」

「女なの」

私は打ちひしがれた気持だった。彼だと信じていたものが彼女なのであった。この美しい騎士が男でなくて女だとあっては、何になろう。（現在も私には女の男装への根強い・説明しがたい嫌悪《けんお》がある。）それはとりわけ彼の死に対して私の抱いた甘い幻想への、残酷な復讐《ふくしゅう》、人生で私が出逢《であ》った最初の「現実からの復讐」に似ていた。美しい騎士の死の讃美《さんび》を、後年、私はオスカア・ワイルド*の次のような詩句に見出《みい》だした。

葦《あし》と藺《い》のなかに殺され横たわる、
騎士はうつくし。……

それ以来、私はその絵本を見捨てた。手にとることもしなかった。
ユイスマン*は小説「彼方《かなた》」のなかで、「やがて極めて巧緻《こうち》な残虐《ざんぎゃく》さと微妙な罪悪に一転すべき性質のものなりし」ジル・ド・レエ*の神秘主義的衝動は、シャルル七世*の勅によって彼がその護衛の任に当ったジャンヌ・ダルクのさまざまな信じ難い事蹟《じせき》を目《ま》のあたり見ることによって涵養《かんよう》された、と説いている。逆の機縁、(つまり嫌悪の機縁として)ではあるが、私の場合も、オルレアンの少女が一役買っているのだった。

——さらに一つの記憶。

汗の匂いである。汗の匂いが私を駆り立て、私の憧れをそそり、私を支配した。

……

耳をすましていると、ザックザックという混濁した・ごく微《かす》かな・おびやかすような響がきこえてくる。時として喇叭《らっぱ》がまじり、単純な・ふしぎに哀切な歌声が近づく。私は女中の手を引き、はやくはやくと急《せ》き立て、女中の腕に抱かれて門のところに立つことへ心をいそがせた。

練兵からかえるさの軍隊が、私の門前をとおるのだった。私はいつも子供好きな兵士から、空《から》になった薬莢《やっきょう》*をいくつかもらうのをたのしみにしていた。祖母が危険だといってそれを貰《もら》うことを禁じたので、このたのしみには秘密のよろこびが加わった。鈍重な軍靴《ぐんか》のひびきや、汚れた軍服や、肩にかついだ銃器の林は、どの子供をも魅し去るに十分である。しかし私を魅し、かれらから薬莢をもらうというたのしみのかくれた動機をなしていたのは、ただかれらの汗の匂いであった。

兵士たちの汗の匂い、あの潮風のような・黄金《きん》に炒《い》られた海岸の空気のような匂い、あの匂いが私の鼻孔《びこう》を搏《う》ち、私を酔わせた。私の最初の匂いの記憶はこれかもしれない。その匂いは、もちろん直ちに性的な快感に結びつくことはなしに、兵士らの運命・彼らの職業の悲劇性・彼らの死・彼らの見るべき遠い国々、そういうものへの官能的な欲求をそれが私のうちに徐々に、そして根強く目ざめさせた。

……私が人生ではじめて出逢ったのは、これら異形《いぎょう》の幻影だった。それは実に巧まれた完全さを以《もっ》て最初から私の前に立ったのだ。何一つ欠けているものもなしに。何一つ、後年の私が自分の意識や行動の源泉をそこに訪ねて、欠けているものもなしに。

私が幼時から人生に対して抱いていた観念は、アウグスティヌス*風な予定説*の線を外《そ》れることがたえてなかった。いくたびとなく無益な迷いが私を苦しめ、今もなお苦しめつづけているものの、この迷いをも一種の堕罪《だざい》の誘惑と考えれば、私の決定論*にゆるぎはなかった。私の生涯《しょうがい》の総計のいわば献立表《メニュー》を、私はまだそれが読めないうちから与えられていた。私はただナプキンをかけて食卓に向っていればよかった。今こうした奇矯《ききょう》な書物を書いていることすらが、献立表にはちゃんと載せられており、最初から私はそれを見ていた筈《はず》であった。

幼年時代は時間と空間の紛糾した舞台である。たとえば火山の爆発とか叛乱軍《はんらんぐん》の鋒《ほう》起《き》とか大人から告げられた諸国のニュースと、目前で起っている祖母の発作や家のなかのこまごました諍《いさか》いごとと、今しがたそこへ没入していたお伽噺《とぎばなし》の世界の空想的な事件と、これら三つのものが、いつも私には等価値の、同系列のものに思われた。私にはこの世界が積木の構築以上に複雑なものとは思えず、やがて私がそこへ行かねばならぬいわゆる「社会」が、お伽噺の「世間」以上に陸離たるものとは思えなかった。一つの限定が無意識裡《り》にはじまっていた。そしてあらゆる空想は、はじめから、この限定へ立向う抵抗の下に、ふしぎに完全な・それ自体一つの熱烈な願いにも似た絶望を、滲《にじ》ませていた。

夜、私は床の中で、私の床の周囲をとりまく闇《やみ》の延長上に、燦然《さんぜん》たる都会が泛ぶのを見た。それは奇妙にひっそりして、しかも光輝と秘密にみちあふれていた。そこを訪れた人の面には一つの秘密の刻印が捺されるに相違なかった。深夜家へ帰ってくる大人たちは、かれらの言葉や挙止のうちに、どこかしら合言葉めいたもの・フリーメイソン*じみたものをのこしていた。また彼等の顔には、何かきらきらした・直視することの憚《はばか》られる疲労があった。触れる指さきに銀粉をのこすあのクリスマスの仮面のように、かれらの顔に手を触れれば、夜の都会がかれらを彩《いろど》る絵具の色がわかりそうに思われた。

やがて、私は「夜」が私のすぐ目近《まぢか》で帷《とばり》をあげるのを見た。それは松旭斎天勝《しょうきょくさいてんかつ》*の舞台だった。(彼女がめずらしく新宿の劇場に出た時だったが、同じ劇場で何年かあとに見たダンテという奇術師の舞台は、天勝のそれよりも数層倍大がかりなものであったのに、そのダンテも、また万国博覧会のハーゲンベック・サーカス*も、最初の天勝ほどに私を愕《おどろ》かしはしなかった。)

彼女は豊かな肢体《したい》を、黙示録*の大淫婦《いんぷ》*めいた衣裳《いしょう》に包んで、舞台の上をのびやかに散歩した。手褄《てづま》使い特有の亡命貴族のような勿体《もったい》ぶった鷹揚《おうよう》さと、あの一種沈鬱《ちんうつ》な愛嬌《きょう》と、あの女丈夫《じょじょうふ》らしい物腰とが、奇妙にも、安物のみが発する思い切った光輝に身を委《ゆだ》ねた贋造《がんぞう》の衣裳や、女浪曲師のような濃厚な化粧や、足の爪先《つまさき》まで塗った白粉《おしろい》や、人工宝石の堆《うずたか》い瑰麗《かいれい》な腕環《うでわ》などと、或《あ》るメランコリックな調和を示していた。むしろ不調和が落す陰翳《いんえい》の肌理《きめ》のこまかさが、独特の諧和《かいわ》感をみちびいて来ていたのだ。「天勝になりたい」というねがいが、「花電車の運転手になりたい」というねがいと本質を異《こと》にするものであることが、おぼろげながら私にはわかっていた。そのもっとも顕著な相違は、前者には、あの「悲劇的なもの」への渇望《かつぼう》が全くと云《い》ってよいほど欠けていたことだ。天勝になりたいという希《のぞ》みに対しては、私はあの憧れと疾《や》ましさとの苛立《いらだ》たしい混淆《こんこう》を味わずにすんだ。それでも動悸《どうき》を押えるのに苦しみながら、私はある日母の部屋へ忍び込んで衣裳簞笥《いしょうだんす》をあけたのであった。

　母の着物のなかでいちばんごてごてした・きらびやかな着物が引摺《ひきず》り出された。帯は油絵具で緋《ひ》の薔薇《ばら》が描《か》かれたものを、土耳古《トルコ》の大官のようにぐるぐる巻きにした。ちりめんの風呂敷《ふろしき》で頭が包まれた。鏡の前に立ってみると、この即興の頭巾《ずきん》の具合は、「宝島」*に出てくる海賊の頭巾に似ているように思われたので、私は狂おしい喜びで顔をほてらせた。しかし私の仕事はまだまだ大変だった。私の一挙一動、私の指先爪先までが、神秘を生むにふさわしいものでなければならなかった。私は懐中鏡を帯のあいだにはさみ、顔にうすく白粉を塗った。それから棒状をした銀いろの懐中電燈や、古風な彫金を施した万年筆や、何にまれまぶしく目を射るものをすべて携えた。

こうして私は、まじめくさって祖母の居間へ押し出した。狂おしい可笑《おか》しさ・うれしさにこらえきれず、

「天勝よ。僕《ぼく》、天勝よ」

と云いながらそこら中を駈《か》けまわった。

そこには病床の祖母と、母と、誰《だれ》か来客と、病室づきの女中とがいた。私の目には誰も見えなかった。私の熱狂は、自分が扮《ふん》した天勝が多くの目にさらされているという意識に集中され、いわばただ私自身をしか見ていなかった。しかしふとした加減で、私は母の顔を見た。母はこころもち青ざめて、放心したように坐《すわ》っていた。そして私と目が合うと、その目がすっと伏せられた。

私は了解した。涙が滲《にじ》んで来た。

何をこのとき私は理解し、あるいは理解を迫られたのか？「罪に先立つ悔恨」という後年の主題が、ここでその端緒を暗示してみせたのか？それとも愛の目のなかに置かれたときにいかほど孤独がぶざまに見えるかという教訓を、私はそこから受けとり、同時にまた、私自身の愛の拒み方を、その裏側から学びとったのか？

――女中が私を取押えた。私は別の部屋へつれて行かれ、羽毛をむしられる雞《にわとり》のように、またたくひまにこの不埒《ふらち》な仮装を剝《は》がされた。

扮装慾《よく》は活動写真を見はじめることで昂進《こうしん》した。それは十歳ごろまで顕著につづいた。

あるとき私は書生と「フラ・ディアボロ」*という音楽映画をみに行った。ディアボロに扮した役者の、袖口《そでぐち》に長いレエスをひるがえした宮廷服が忘れられなかった。僕ああいうの着たいな、あんな鬘《かつら》かぶってみたいな、と私が言うと、書生は軽蔑《けいべつ》したような笑い方をした。そのくせ彼がよく女中部屋で八重垣姫《やえがきひめ》*の真似《まね》をしてみせて女中たちを笑わせていたことを私は知っていた。

しかし天勝につづいて私を魅したのはクレオパトラ*であった。ある年の暮ちかい雪の日に、親しい医者が私にせがまれて、その活動写真へ私を連れて行った。暮のことでお客は少なかった。医者は手摺《てすり》に足をのせて眠ってしまった。——ひとり私は耽奇《たんき》の目で眺《なが》めていた。大ぜいの奴隷《どれい》に担《かつ》がれた古怪な輦台《れんだい》*に乗って羅馬《ローマ》へ乗りこむ埃及《エジプト》の女王を。瞼《まぶた》全体にアイ・シャドウを塗った沈鬱な目つきを。その着ていた超自然な衣裳を。それからまた、波斯絨毯《ペルシャじゅうたん》のなかから現われたその琥珀《こはく》いろの半裸の姿を。

私は、今度は祖母や父母《ちちはは》の目をぬすんで、（すでに十分な罪の歓《よろこ》びを以て、）妹や弟を相手に、クレオパトラの扮装に憂身《うきみ》をやつした。何を私はこの女装から期待したのか？　後《のち》になって、私は私と同様の期待を、羅馬頽唐期《たいとうき》*の皇帝、あの羅馬古神の破壊者、あのデカダンの帝王獣、ヘーリオガバルス*に見出だした。

こうして私は二種類の前提を語り終えた。それは復習を要する。第一の前提は、糞《ふん》尿汲取人《にょうくみとりにん》とオルレアンの少女と兵士の汗の匂《にお》いとである。第二の前提は、松旭斎天勝とクレオパトラだ。

なお語られねばならない前提が一つある。

子供に手のとどくかぎりのお伽噺を渉猟《しょうりょう》しながら、私は王女たちを愛さなかった。王子だけを愛した。殺される王子たち、死の運命にある王子たちは一層愛した。殺される若者たちを凡《すべ》て愛した。

しかし私にはまだわからなかった。何だって数あるアンデルセン童話のなかから、あの「薔薇の妖精《ようせい》」の、恋人が記念《かたみ》にくれた薔薇に接吻《せっぷん》しているところを大きなナイフで悪党に刺し殺され首を斬《き》られる美しい若者だけが、心に深く影を落すのかを。なぜ多くのワイルドの童話のなかで、「漁夫と人魚」の、人魚を抱き緊《し》めたまま浜辺に打ち上げられる若い漁夫の亡骸《なきがら》だけが私を魅するのかを。

勿論《もちろん》、私は他の子供らしいものをも十分に愛した。アンデルセンで好きなのは「夜鶯」であり、また、子供らしい多くの漫画の本を喜んだ。しかしともすると私の心が、死と夜と血潮へむかってゆくのを、遮《さまた》げることはできなかった。

執拗《しつよう》に、「殺される王子」の幻影は私を追った。王子たちのあのタイツを穿《は》いた露《あら》わな身装《みなり》と、彼らの残酷な死とを、結びつけて空想することが、どうしてそのように快いのか、誰が私に説き明してくれることができよう。ここに一つのハンガリーの童話がある。原色刷の、きわめて写実的なその挿絵《さしえ》は、永いあいだ私の心を虜《とりこ》にした。

挿絵の王子は、黒のタイツに、その胸には金糸の刺繍《ししゅう》を施した薔薇色の上着を着け、紅《くれな》いの裏地をひるがえした濃紺のマントを羽織り、緑と黄金のベルトを腰に巻いていた。緑金の兜《かぶと》、真紅《しんく》の太刀《たち》、緑革の矢筒が彼の武装であった。その白革の手袋の左手には弓をもち、右手は森の老樹の梢《こずえ》にかけ、凜々《りり》しい沈痛な面持《おももち》で、今しも彼に襲いかかろうと狙《ねら》っている竜《りゅう》の怖《おそ》ろしい口を見下ろしていた。その面持には、死の決心があった。もしこの王子が竜退治の勝利者としての運命を荷《にな》っているのだとしたら、いかほど私に及ぼす蠱惑《こわく》は薄らいだことであろう。しかし、幸いなことに、王子は死の運命を荷っているのだった。

遺憾ながらこの死の運命は十全のものではなかった。王子は妹を救いまた美しい妖精の女王と結婚するために、七度《たび》の死の試煉《しれん》に耐えるのだったが、口に含んだダイヤモンドの魔力のおかげで、七度が七度ともよみがえり、成功の幸福をたのしむに至るのである。右の絵は第一の死——竜に嚙《か》み殺される死——の直前の光景だった。そののち彼は、「大きな蜘蛛《くも》につかまれて、毒の汁《しる》を体中に刺し込まれて、がつがつ喰《く》われ」たり、水に溺《おぼ》れて死んだり、火で焼かれたり、蜂《はち》や蛇《へび》に刺されたりかまれたり、大きな尖《とが》った刀が数しれぬほど一面の切尖《きっさき》を並べてぎっしり植っている穴に身を投じたり、「大雨のように」無数に降《ふ》りかかる大石に打たれて死んだりした。

「竜に嚙まれる死」の件《くだ》りはわけても巨細《こさい》に、こんな風に書かれていた。

「竜はすぐに、がりがりと王子をかみくだきました。王子は小さくかみ切られる間は、痛くて痛くてたまりませんでしたが、それをじっとこらえて、すっかりきれぎれにされてしまいますと、またふいに、もとの体になって、ひらりと口の中から飛び出しました。体にはかすれ傷一つついておりません。竜は、その場へ倒れて死んでしまいました」

私はこの箇所を百遍も読んだ。しかし看過してはならない欠陥だと思われたのが、「体にはかすれ傷一つついておりません」という一行であった。この一行を読むと私は作者に裏切られたと感じ、作者は重大な過失を犯していると考えた。

やがて何かの加減で、私は一つの発明をした。それはここを読むときに、「またふいに」から、「竜は」までを手で隠して読むことだった。するとこの書物は理想の書物の姿を具現した。それはこう読まれた。……

「竜はすぐに、がりがりと王子をかみくだきました。王子は小さくかみ切られる間は、痛くて痛くてたまりませんでしたが、それをじっとこらえて、すっかりきれぎれにされてしまいますと、その場へ倒れて死んでしまいました」

——こうしたカットの仕方から、大人たちは背理を読むであろうか？　しかしこの幼ない・傲慢《ごうまん》な・おのれの好みに惑溺《わくでき》しやすい検閲官は、「すっかりきれぎれにされて」という文句と、「その場へ倒れて」という文句との、明らかな矛盾はわきまえながら、なお、そのどちらをも捨てかねたのであった。

一方また、私は自分が戦死したり殺されたりしている状態を空想することに喜びを持った。そのくせ、死の恐怖は人一倍つよかった。女中をいじめて泣かせたりした明る朝、同じ女中が何事もなかったような明るい笑顔で、朝食の給仕に現われるのをみると、その笑顔から私はさまざまな意味を読みとった。それは十分な勝算から来る悪《あく》魔的な微笑としか思われなかった。彼女は私への復讐《ふくしゅう》に、おそらく毒殺の企《たく》らみをしたのであろう。私の胸は恐怖に波立った。きっと毒は、おみおつけに入れられたに相違なかった。そう思われる朝には、決しておみおつけに手をつけなかった。そして食事をすませて座を立ちざま、「それみたことか」と謂《い》わんばかりに、女中の顔を見つめてやることが幾度《いくど》かあった。女は食卓のむこうで、毒殺の企図が破れた落胆に立ちもやらず、冷《さ》めはて・いくつかの埃《ほこり》さえ浮いている味噌汁《みそしる》を、残り多げに見つめているように思われた。

祖母が私の病弱をいたわるために、また、私がわるい事をおぼえないようにとの顧慮から、近所の男の子たちと遊ぶことを禁じたので、私の遊び相手は女中や看護婦を除けば、祖母が近所の女の子のうちから私のために選んでくれた三人の女の子だけだった。ちょっとした騒音、戸のはげしい開け閉《た》て、おもちゃの喇叭《らっぱ》、角力《すもう》、あらゆる際立《きわだ》った音や響きは、祖母の右膝《ひざ》の神経痛に障《さわ》るので、私たちの遊びは女の子が普通にする以上に物静かなものでなければならなかった。私はむしろ、一人で本を読むことだの、積木をすることだの、恣《ほしいまま》な空想に耽《ふけ》ることだの、絵を描くことだのの方《ほう》を、はるかに愛した。そののち妹や弟が生れると、かれらは父の配慮で、（私のように祖母の手には委《ゆだ》ねられず）子供らしく自由に育てられていたが、私はかれらの自由や乱暴を、さして羨《うらや》ましく思うでもなかった。

しかし従妹《いとこ》の家などへ遊びにゆくと事情はかわった。私でさえが、一人の「男の子」であることを要求された。或る従妹――杉子《すぎこ》としておこう――の家で、私が七歳の早春、もう小学校入学が間近というころにそこを訪れたとき、記念すべき事件が起った。というのは私を連れて行った祖母が、私を「大きくなった、大きくなった」とほめそやす大伯母たちのおだてに乗って、そこで出された私の食事に、特別の例外を許したのであった。前にも述べた自家中毒の頻発《ひんぱつ》におびえて、その年まで祖母は私に「青い肌《はだ》のお魚」を禁じていた。それまで私は魚といえば、平目や鰈《かれい》や鯛《たい》のような白《しろ》身《み》の魚しか知らず、馬鈴薯《ばれいしょ》といえば、つぶして裏漉《うらご》しにかけたものしか知らず、菓子といえば、餡物《あんもの》は禁じられ、軽いビスケットやウエファースや干菓子ばかりで、果物などは、薄く切った林檎《りんご》や少量の蜜柑《みかん》だけしか知らなかった。はじめてたべる青いお魚――それは鰤《ぶり》だった――を、私は非常に満悦して喰《た》べた。その美味は私に大人の資格がまず一つ与えられたことを意味していたが、いつもそれを感じるたびに居心地のわるさをおぼえる一つの不安――「大人になることの不安」――の重みをも、やや苦《にが》く私の舌先に味わせずには措《お》かなかった。

杉子は健康で、生命《いのち》にみちあふれた子供だった。その家へ泊って、一つ部屋に床を並べて寝るときなど、頭を枕《まくら》に落すと同時に、まるで機械のように簡単に眠りに落ちる杉子を、いつまでも眠れない私は、軽い嫉《ねた》ましさと嘆賞を以《もっ》て見戍《みまも》った。彼女の家では、私は自分の家にいるよりも、数層倍自由であった。私を奪い去るであろう仮想敵——つまり私の父母——がここにはいないので、祖母は安心して私を自由にしておいた。家にいるときのように、私をいつも目の届く範囲以内につかまえておく必要もないのだった。

　ところが、そうされた私は、それほど自由を享楽《きょうらく》することはできなかった。私は病後はじめて歩きだした病人のように、見えない義務を強《し》いられているような窮屈さを感じた。むしろ怠惰な寝床が恋しかった。そしてここでは、私は一人の男の子であることを、言わず語らずのうちに要求されていた。心に染まぬ演技がはじまった。人の目に私の演技と映るものが私にとっては本質に還《かえ》ろうという要求の表われであり、人の目に自然な私と映るものこそ私の演技であるというメカニズムを、このころからおぼろげに私は理解しはじめていた。

　その本意《ほい》ない演技が私をして、「戦争ごっこをしようよ」と言わせるのであった。杉子ともう一人の従妹と、女二人が私の相手だったので、戦争ごっこはふさわしい遊びではなかった。まして相手のアマゾーネン*は気乗薄の体《てい》だった。私が戦争ごっこを提唱したのも、逆の御義理、つまり彼女たちにおもねらず彼女たちを多少困らせてやらねばならぬという逆の御義理からであった。

薄暮の家の内外《うちそと》で私たちはお互いに退屈しながら不器用な戦争ごっこをつづけた。繁《しげ》みのかげから杉子がタンタンと機関銃の音を口で真似《まね》たりした。ここらで結論をつけねばならぬと私は思った。そして家の中へ逃げて入って、タンタンタンと連呼しながら追いかけてくる女兵を見ると、胸のあたりを押えて座敷のまんなかにぐったりと倒れた。

「どうしたの、公《こう》ちゃん」

――女兵たちが真顔で寄って来た。目もひらかず手も動かさずに私は答えた。

「僕戦死してるんだってば」

私はねじれた恰好《かっこう》をして倒れている自分の姿を想像することに喜びをおぼえた。自分が撃たれて死んでゆくという状態にえもいわれぬ快さがあった。たとえ本当に弾丸《たま》が中《あた》っても、私なら痛くはあるまいと思われた。……

幼年時。……

私はその一つの象徴のような情景につきあたる。その情景は、今の私には、幼年時そのものと思われる。それを見たとき、幼年時代が私から立去ってゆこうとする訣別《けつべつ》の手を私は感じた。私の内的な時間が悉く私の内側から立ち昇り、この一枚の絵の前で堰《せ》き止められ、絵の中の人物と動きと音とを正確に模倣し、その模写が完成すると同時に原画であった光景は時の中へ融《と》け去り、私に遺《のこ》されるものとては、唯一《ゆいいつ》の模写——いわばまた、私の幼年時の正確な剝製《はくせい》——にすぎぬであろうことを、私は予感した。誰《だれ》の幼年時にもこのような事件は一つ宛《ずつ》用意されている筈《はず》だ。ただそれが、えてして事件ともいえぬようなささやかな形をとりがちなので、気づかれないで過ぎてしまうほうが多いだけだ。

——その光景はこうだった。

あるとき夏祭の一団が私の家の門から雪崩《なだ》れこんだのである。祖母は仕事師を手なずけていて、足のわるい自分のために、また孫の私のために、町内の祭の行列が門前の道をとおるように計ってもらった。本来ここは祭の道順ではなかったが、仕事師の頭《かしら》の手配で行列は毎年多少の迂路《うろ》を敢《あえ》てしながら、私の家の前をとおるのが習わしになった。

私は家の者たちと門の前に立っていた。唐草《からくさ》模様の鉄門は左右に開け放たれ、前の甃《いしだたみ》にはきよらかに水が打たれていた。太鼓の音が、澱《よど》みがちに近づいていた。

次第に歌詞も粒立《つぶだ》ってきこえてくる木遣《きやり》*の悲調が、無秩序な祭のざわめきを貫いて、この見かけの空《から》さわぎの、まことの主題ともいうべきものを告げ知らすのだった。それは人間と永遠とのきわめて卑俗な交会、或る敬虔《けいけん》な乱倫《らんりん》によってしか成就《じょうじゅ》されない交会の悲しみを、愬《うった》えているように思われた。解けがたくもつれあった音の集団は、いつしか前駆の錫杖《しゃくじょう》の金属音、太鼓の澱んだとどろき、神輿《みこし》のかつぎ手の雑多な懸声などに分ち聞かれた。私の胸は、（そのころから激しい期待は喜びというよりもむしろ苦しみであったが）ほとんど立っていられないほど息苦しく高鳴った。錫杖をもった神官は狐《きつね》の面をかぶっていた。この神秘な獣の金いろの目が、私をじっと魅するように見詰めてすぎると、いつか私は傍《かたわ》らの家人の裾《すそ》につかまって、目前の行列が私に与える恐怖に近い歓《よろこ》びから、折あらば逃げ出そうと構えている自分を感じた。私の人生に立向う態度はこのころからこうだった。あまりに待たれたもの、あまりに事前の空想で修飾されすぎたものからは、とどのつまりは逃げ出すほかに手がないのだった。

やがて仕丁《じちょう》*がかついだ・七五三《しめ》縄《なわ》を張った賽銭箱《さいせんばこ》がとおりすぎ、子供の神輿が軽佻《けいちょう》に跳ねまわりながら行きすぎると、黒と黄金の荘厳な大神輿が近づいた。それはすでに遠くから、頂きの金の鳳凰《ほうおう》がかなたこなたに漂う波間の鳥のように、どよめきにつれて眩《まば》ゆく揺れ動くさまを見ることで、一種きらびやかな不安を私たちに与えていた。その神輿のまわりにだけは、熱帯の空気のような毒々しい無風状態が犇《ひし》めいていた。それは悪意のある怠惰で、若者たちの裸かの肩の上に、熱っぽく揺《ゆす》られているように見えた。紅白の太縄、黒塗りに黄金《こがね》の欄干《らんかん》、そのひしと閉ざされた金泥《こんでい》の扉《とびら》のうちには、まっくらな四尺平方の闇《やみ》があって、雲一つない初夏の昼日中に、このたえず上下左右に揺《ゆす》られ跳躍している真四角な空っぽな夜が、公然と君臨しているのだった。

神輿は私たちの眼前に来た。そろいの浴衣《ゆかた》もあらかた肌をさらしている若衆たちが、神輿自身が酔いしれているような動きで、練りに練った。かれらの足はもつれ、かれらの目は地上のものを見ているとも思われなかった。大きな団扇《うちわ》をもった若者が、一トきわ高い叫びで一群の周囲をかけめぐりながら、けしかけていた。神輿は時あって、ぐらぐらと傾いた。するとまた狂おしい懸声がそれを立て直した。

この時、何らかの力の働らこうとする意志が、一見今までどおりに練りまわしているとみえるこの一団から、私の家の大人たちに直感されたものかどうか、突然、私は私がつかまっていた大人の手でうしろの方《ほう》へ押しやられた。「危ない！」と誰かが叫んだ。それからあとは何のことやらわからなかった。私は手を引かれて前庭を駈《か》けて逃げた。そして内玄関から家の中へとびこんだ。

私は誰やらと二階へ駈上った。露台へ出て、今しも前庭へ雪崩《なだ》れ込んで来るあの黒い神輿の一団を、息をこらして見た。

何の力が、かれらをこのような衝動に駆ったのか、のちのちまでも私は考えた。それはわからない。あの数十人の若者が、何にせよ計画的に、私の門内へ雪崩れ込もうと考えたりすることがどうしてできよう。

植込が小気味よく踏み躙《にじ》られた。本当のお祭だった。私に飽かれつくしていた前庭が、別世界に変ったのであった。神輿は隈《くま》なくそこを練り廻《まわ》され、灌木《かんぼく》はめりめりと裂けて踏まれた。何が起っているのかさえ、私には弁《わきま》えがたかった。音が中和され合って、まるでそこには凍結した沈黙と、意味のない轟音《ごうおん》とが、交る交る訪れて来ているように思われた。色もそのように、金や朱や紫や緑や黄や紺や白が躍動して湧《わ》き立ち、あるときは金が、あるときは朱が、そこ全体を支配している一ト色のように思われた。

が、唯《ただ》一つ鮮やかなものが、私を目覚《おどろ》かせ、切なくさせ、私の心を故《ゆえ》しらぬ苦しみを以て充《み》たした。それは神輿の担《かつ》ぎ手たちの、世にも淫《みだ》らな・あからさまな陶酔の表情だった。……

第二章

すでにここ一年あまり、私は奇体な玩具《おもちゃ》をあてがわれた子供の悩みを悩んでいた。十三歳であった。

その玩具は折あるごとに容積を増し、使いようによっては随分面白い玩具であることをほのめかすのだった。ところがそのどこにも使用法が書いてなかったので、玩具のほうで私と遊びたがりはじめると、私は戸惑いを余儀なくされた。この屈辱と焦躁《しょうそう》が、時には募って玩具を傷つけてやりたいとまで思わせることがあった。しかし結局、甘やかな秘密をしらせ顔の不逞《ふてい》な玩具に私のほうから屈服し・そのなるがままの姿を無為に眺《なが》めている他はなかった。

そこで私はもっと虚心に玩具の嚮《むか》うところに耳を傾けようという気になった。そう思って見ていると、この玩具にはすでに一定の確たる嗜好《しこう》・いわば秩序、が備わっていた。嗜好の系列は幼年時の記憶に揭《か》てて加えて、夏の海で見た裸体の青年だの、神宮外苑《がいえん》のプールで見た水泳の選手だの、従姉《いとこ》と結婚した色の浅黒い青年だの、多くの冒険小説の勇敢な主人公だのに、それからそれへと繋《つな》がっていた。今まで私はそれらの系列を、ほかの詩的な系列とごっちゃにしていたのであった。

玩具もやはり死と血潮と固い肉体へむかって頭をもたげた。書生が持っていて・ひそかに彼から貸してもらう講談雑誌の口絵に見られる血みどろな決闘の場面や、腹を切っている若侍の絵や、弾丸《たま》を受けて歯を喰いしばり・軍服の胸をつかんだ手のあいだから血を滴《したた》らせている兵卒の絵や、小結程度のあまり肥《ふと》っていない堅肉《かたじし》の力士の写真や、……そうしたものを見ると玩具は、すぐさま好奇の頭をもたげた。「好奇の」という形容詞が妥当を欠くなら、「愛の」と言いかえても、「欲求の」と言いかえてもよい。

私の快感はこれらのことがわかるにつれ、徐々に意識的に計画的に動きだした。選択が行われ、整理が行われるにいたった。講談雑誌の口絵の構図が不十分であると思えば、色鉛筆でまず模写をして、それをもといに十分な修正をほどこした。それは胸にうけた銃創を抱いてひざまずいているサーカスの青年や、墜落し頭蓋《ずがい》を割られて・顔の半ばを血にひたして倒れている綱渡り師などの絵であったが、学校にいるあいだも、家の本箱の抽斗《ひきだし》にしまったこれらの残虐《ざんぎゃく》な絵が発見されはすまいかという恐怖で、ろくすっぽ授業も耳にはいらなかった。それが描かれて匆々《そうそう》破りすてることは、私の玩具のそれへの愛着から、どうにも私には出来かねたのであった。

こうして私の不逞な玩具は、その第一次的な目的はおろか、第二次的な目的——いわゆる「悪習」のための目的——をも、遂げることを知らずに空《むな》しい月日をすごした。

私のまわりではいろんな環境の変化がおこっていた。私の生れた家を一家は離れて、ある町のお互に半丁と離れていない二軒へ、わかれわかれに移っていた。一方は祖父母と私、一方は父母と妹と弟が、おのおのの家族だった。するうちに父が官命をうけて外遊し、ヨーロッパ諸国をまわってかえった。間もなく父母の一家だけが更に移転した。父はこの機に私を自分の一家へ引取ろうという遅ればせな決心にやっと到達したので、彼が「新派悲劇」と名付けたところの、祖母と私との別離の一場面を経て、父の新たな移転先へ私も移った。もとのところにいる祖父母の家とは、すでにいくつかの省線の駅と市電の停留所が介在した。祖母は日夜私の写真を抱きしめて泣き、一週間に一度私が泊りに来るという条約を、私がもし破りでもすれば忽《たちま》ち発作をおこした。十三歳の私には六十歳の深情《ふかなさけ》の恋人がいたのであった。

するうちに父は家族をのこして大阪へ転任した。

ある日私は風邪気味で学校を休まされたのをよいことに、父の外国土産の画集を幾冊か部屋へもちこんで丹念に眺《なが》めていた。とりわけ伊太利《イタリー》諸都市の美術館の案内が、そこに見られる希臘《ギリシャ》彫刻の写真版で私を魅した。幾多の名画も、裸体がえがかれている限りにおいて、黒白の写真版のほうが私の好みに合った。それはおそらく、そのほうがリアルに見えるからという単純な理由によってであった。

私は今手にしている画集のたぐいを、今日はじめて見るのだった。吝嗇《りんしょく》な父は子供の手がそれに触れて汚すのをいやがって戸棚《とだな》の奥ふかく隠していたし、(半分は私が名画の裸女に魅せられるのを怖《おそ》れたからだが、それにしても、何という見当違いだ!)私は私で講談雑誌の口絵に対するほどの期待を、それらに抱いていなかったからのことだった。――私は残り少なの或《あ》る頁《ページ》を左へひらいた。するとその一角から、私のために、そこで私を待ちかまえていたとしか思われない一つの画像が現われた。

それはゼノア*のパラッツォ・ロッソ*に所蔵されているグイド・レーニ*の「聖《サン》セバスチャン」*であった。

チシアン*風の憂鬱《ゆううつ》な森と夕空との仄暗《ほのぐら》い遠景を背に、やや傾いた黒い樹木の幹が彼の刑架《けいか》だった。非常に美しい青年が裸かでその幹に縛られていた。手は高く交叉《こうさ》させて、両の手首を縛《いまし》めた縄が樹《き》につづいていた。その他に縄目は見えず、青年の裸体を覆《おお》うものとては、腰のまわりにゆるやかに巻きつけられた白い粗布があるばかりだった。

それが殉教図であろうことは私にも察せられた。しかしルネサンス末流の耽美《たんび》的な折衷派の画家がえがいたこのセバスチャン殉教図は、むしろ異教の香りの高いものであった。何故《なぜ》ならこのアンティノウス*にも比《たぐ》うべき肉体には、他の聖者たちに見るような布教の辛苦や老朽のあとはなくて、ただ青春・ただ光・ただ美・ただ逸楽があるだけだったからである。

その白い比《たぐ》いない裸体は、薄暮の背景の前に置かれて輝やいていた。身自ら親衛兵として弓を引き剣《つるぎ》を揮《ふる》い馴《な》れた逞《たく》ましい腕が、さしたる無理もない角度でもたげられ、その髪のちょうど真上で、縛られた手首を交叉させていた。顔はやや仰向きがちに、天の栄光をながめやる目が、深くやすらかにみひらかれていた。張り出した胸にも、引き緊《しま》った腹部にも、やや身を捩《よじ》った腰のあたりにも、漂っているのは苦痛ではなくて、何か音楽のような物憂《ものう》い逸楽のたゆたいだった。左の腋窩《えきか》と右の脇腹《わきばら》に篦《の》深《ぶか》く射された矢がなかったなら、それはともすると羅馬《ローマ》の競技者が、薄暮の庭樹《にわき》に凭《よ》って疲れを休めている姿かとも見えた。

矢は彼の引緊《ひきしま》った・香り高い・青春の肉へと喰《く》い入り、彼の肉体を、無上の苦痛と歓喜の焔《ほのお》で、内部から焼こうとしていた。しかし流血はえがかれず、他のセバスチャン図のような無数の矢もえがかれず、ただ二本の矢が、その物静かな端麗な影を、あたかも石階に落ちている枝影のように、彼の大理石の肌《はだ》の上へ落していた。

何はさて、右のような判断と観察は、すべてあとからのものだった。

その絵を見た刹那《せつな》、私の全存在は、或る異教的な歓喜に押しゆるがされた。私の血液は奔騰《ほんとう》し、私の器官は憤怒《ふんぬ》の色をたたえた。この巨大な・張り裂けるばかりになった私の一部は、今までになく激しく私の行使を待って、私の無知をなじり、憤《いきど》ろしく息づいていた。私の手はしらずしらず、誰《だれ》にも教えられぬ動きをはじめた。私の内部から暗い輝やかしいものの足早に攻め昇って来る気配が感じられた。と思う間《ま》に、それはめくるめく酩酊《めいてい》を伴って迸《ほとばし》った。……

――やや時すぎて、私は自分がむかっていた机の周囲を、傷《いた》ましい思いで見まわした。窓の楓《かえで》は、明るい反映を、私のインキ壺《つぼ》や、教科書や、字引や、画集の写真版や、ノート・ブックの上にひろげていた。白濁した飛沫《ひまつ》が、その教科書の捺金《なつきん》の題字、インキ壺の肩、字引の一角などにあった。それらのあるものはどんよりと物憂げに滴《したた》りかかり、あるものは死んだ魚類の目のように鈍く光っていた。……幸い画集は、私の咄嗟《とっさ》の手の制止で、汚されることから免《まぬ》かれた。

これが私の最初の*ejaculatio**であり、また、最初の不手際《ふてぎわ》な・突発的な「悪習」だった。

(ヒルシュフェルト*が倒錯者*の特に好む絵画彫刻類の第一位に、「聖セバスチャンの絵画」を挙げているのは、私の場合、興味深い偶然である。このことは、倒錯者、殊《こと》に先天的な倒錯者にあっては、倒錯的衝動とサディスティックな衝動とが、分ちがたく錯綜《さくそう》している場合が圧倒的であることを、推測させるのに好都合である。

聖セバスチャンは三世紀中葉に生れ、のち羅馬軍隊の親衛兵長になって、三十歳あまりの短生涯《しょうがい》を、殉教によって閉じたと伝えられる。彼の死の年・紀元二八八年は、ディオクレチャヌス帝*の治世である。成り上り者で苦労人のこの皇帝は独特な温和主義を以《もっ》て欣慕《きんぼ》されたが、副帝マキシミアンの基督《キリスト》教嫌いが、基督教的平和主義に則《のっと》って徴兵を忌避したアフリカ青年マキシミリエーナスを死刑に処した。百人隊長マーセラスの死刑も同様の宗教的操持に拠《よ》っていた。聖セバスチャンの殉教は、このような歴史的背景の下に理解される。

親衛兵長セバスチャンはひそかに基督教に帰依《きえ》し、獄中の基督教徒を慰め、市長その他を改宗させていた行動が露《あら》われて、ディオクレチャヌスから死刑の宣告を受けた。無数の矢を射込まれて放置された彼の屍《しかばね》を、埋葬するために来た敬虔《けいけん》な一寡婦《かふ》が、彼の体がまだ温か味を保っているのを見出《みい》だした。介抱の結果、彼は蘇生《そせい》した。しかし忽《たちま》ち皇帝に楯《たて》つき、かれらの神々を冒瀆《ぼうとく》する言葉を吐いたので、今度は棍棒《こんぼう》で撲殺《ぼくさつ》された。

この伝説の蘇生の主題は、「奇蹟《きせき》」の要請に他ならぬ。あの無数の矢創《やきず》から、どのような肉体がよみがえるというのか！

私は、私の官能的な激甚《げきじん》な歓《よろこ》びが、いかなる性質のものであったかを、もっと深く理解されたいために、私がはるか後年になって作った未完の散文詩を左に掲げる。

聖セバスチャン（散文詩）

ある時私は教室の窓から風に揺れている一本のあまり丈高からぬ樹を見出だした。見ているうちに、私の胸は鳴って来た。それは驚くべく美しい樹だった。芝生の上にそれが丸みを帯びた端正な三角形を築いており、燭台《しょくだい》のように左右相称にさしのべた幾多の枝がその重たげな緑を支え、その緑の下には暗い黒檀《こくたん》の台座のような・ゆるぎない幹がのぞかれた。完成され巧緻《こうち》をつくし、しかも「自然」のあの優雅な投げやりの気分をも失わずに、その樹は彼自ら彼の創造者であるかのような明るい沈黙を守って立っていた。それはまた、たしかに作品であった。そしておそらくは音楽の。室内楽のために書かれた独乙《ドイツ》の楽匠の作品。聖楽ともいうべく宗教的な物静かな逸楽が綴《つづれ》織《おり》の壁掛の図柄《ずがら》ほどに厳《いか》めしさとなつかしさに充《み》ちてきかれる音楽。……だからまた、樹の形態と音楽との類似が私にとって何らかの意味をもち、その二つが結ばれて一層強く深いものとなって私を襲った時、この言いがたい霊妙な感動は、少くとも抒情的《じよじよう》なそれではなく、宗教と音楽との交渉に見られるような、あの暗い酩酊のたぐいであったとしても不思議はない。「この樹ではなかったか？」――突然私は心に問うた。

「若い聖者が後ろ手に縛《いま》しめられ、その幹に雨後の滴《しずく》のように聖い夥《おびただ》しい血をしたたらせた樹は。末期《まつご》の苦しみにもえさかるその若い肉を、（それはおそらく地上のあらゆる快楽や悩みの最後の証跡。）彼が荒々しくすりつけて身悶《みもだ》えした羅馬の樹は？」

殉教史の伝えるところによると、かのディオクレチャヌスが登極《とうきょく》後の数年間、遮《さえ》ぎるものとてない鳥の飛翔《ひしょう》のような無縫の権力を夢みていたとき、かつてアドリヤン帝*によって愛された名高い東方奴隷《どれい》を思わせるしなやかな体軀《たいく》と、海のような非情な反逆者の眼差《まなざし》とを兼ねそなえた近衛《このえ》兵《へい》の若い長《おさ》が、禁断の神に仕えた罪を問われて捕えられた。彼は美しく倨傲《きょごう》だった。彼の兜《かぶと》には町の娘たちが朝毎《あさごと》に贈る白い百合《ゆり》の一輪が挿《さ》されていた。百合がはげしい練兵の休息時に、彼の男々《おお》しい髪の流れに沿い、優雅にうつむいて挿されたさまは、白鳥の項《うなじ》を宛《さなが》らだった。

誰一人彼がどこで生れどこから来たか知る者はなかった。しかし人々は予感していた。この奴隷の体軀と王子の面差《おもざし》を持った若者は、過ぎ去りゆく者としてここへ来たことを。このエンデュミオン*は羔《こひつじ》の牧人であることを。彼こそはどこの牧場《まきば》よりも緑濃い牧場の牧人に選ばれた者であることを。

また彼が海から来たという確信を幾人《いくたり》かの娘は抱《いだ》いていた。彼の胸には海の高鳴りが聞かれたために。彼の目には海辺《うみべ》に生れそこを離れねばならなかった人の瞳《ひとみ》の奥に、形見にと海が与える神秘の・消えやらぬ水平線がうかんでいたために。彼の吐息は真夏の潮風のように熱く、打ちあげられた海草の匂《にお》いがしたために。

セバスチャン——若い近衛兵の長《おさ》——が示した美は、殺される美ではなかったろうか。羅馬の血潮したたる肉の旨味《うまみ》と骨をゆるがす美酒の味わいに五感を養われた健やかな女たちは、彼自身のまだ知らない凶々《まがまが》しい運命をはやくも覚《さと》って、その故《ゆえ》に彼を愛したのではなかったろうか。彼の白い肉の内側を、遠からずその肉が引裂かれるとき隙間《すきま》をねらって迸り出ようとうかがいながら、血潮は常よりも一層猛々《たけだけ》しく足早に流れめぐっていた。かかる血潮のはげしい希《ねが》いを女たちがどうして聴かなかった筈《はず》があろう。

薄命ではない。決して薄命ではなかった。もっと不遜《ふそん》な凶々しいものだった。輝やかしいとも云《い》えるほどのものだった。

たとえば甘美な接吻《せっぷん》のただなかにも幾たびか、生きながらの死苦が彼の眉《まゆ》をよぎったかもしれないのだ。

彼自身もまたおぼろげに予知していた。彼の行手にあって彼を待つものは殉教に他ならないことを。凡俗から彼を分け隔てるものはこの悲運のしるしに他ならぬことを。

――さて、その朝、セバスチャンは繁忙な軍務に強《し》いられて夜のひきあけに床を蹴《け》って起きた。彼がその払暁《ふつぎょう》に見た一つの夢、――というのは不吉な鵲《かささぎ》が彼の胸に群がって、羽搏《はばた》く翼で彼の口を覆うた夢――は、まだ枕上《まくらがみ》を去らなかった。しかし彼が夜毎に身をよこたえる粗末な寝床は、夜毎にそれが彼を海の夢へと誘《いざな》うであろう・打ち上げられた海草の匂いを放っていた。彼は窓辺に立ってうるさく軋《きし》む音を立てる鎧《よろい》を着ながら、かなたの神殿をめぐる森の中空《なかぞら》に、マッザーロース*の星団が沈むのを見た。この異端の壮麗な神殿を眺《なが》めやると、彼の眉宇《びう》にはそれが最も彼にふさわしい・殆《ほとん》ど苦痛にちかい侮蔑《ぶべつ》の表情がうかんで来た。彼は唯一神《ゆいいっしん》の御名《みな》を称《とな》え、畏《おそ》るべき聖句の二、三を口ずさんだ。するとその微《かす》かな音声《おんじょう》を幾万倍にしてかえす谺《こだま》かとばかり、たしかに神殿の方角から、星空を区切る円柱列のあたりから、物々しく響きわたる呻《うめ》き声がきこえてきた。星空をとよもして何か異様な堆積《たいせき》の崩れかかるような物音であった。彼は微笑した。それから目を下へ向けて、暁闇《ぎょうあん》のなかをいつものように、まだ眠っている百合を手に手にかざして、朝の禱《いの》りのために秘《ひそ》かに彼の住居へ上ってくる娘たちの一群を見た。……)

中学校二年生の冬が深まさった。長ズボンにも、お互いを呼捨てにする習慣にも、(初等科時代はお互いに「さん」づけで呼ぶことが先生から命じられていた。また夏のさかりでさえ膝《ひざ》を露《あら》わにする靴下《くつした》を穿《は》いてはならなかった。長ズボンを穿くようになって最初のよろこびは、もう二度とあの強《きつ》い靴下留が腿《もも》を締めつけないということだった。)先生を馬鹿《ばか》にする美風にも、喫茶部での奢《おご》らせ合いにも、学校の森をかけめぐるジャングル遊びにも、寮生活にも私たちは馴れていた。ただ寮生活だけは私には未知だった。というのは殆んど強制的な中等科一二年の寮生活から、私の病弱を楯に、大事取りの両親が私を除外してもらったからである。又しても最大の理由は、私が悪いことをおぼえるといけないというあの一項に尽きた。

自宅通学の学生は僅《わず》かだった。二年の最終学期から、その僅かな一団に新入りが一人加わった。近江《おうみ》だった。彼は何か乱暴な振舞で寮を追い出されて来たのであった。それまでさして彼に注意を払わなかった私が、いわゆる「不良性」のれっきとした烙《らく》印《いん》がこの追放で彼に押されるにいたって、俄《にわ》かに彼の姿から目を離しにくくなるのだった。

「ふふ」と人の好《よ》い肥《ふと》った友達が、私のところへ笑窪《えくぼ》をうかべて寄って来た。そういう時の彼は秘密の報道を握っているにきまっていた。「いい話があるんだけどな」

私はスチームのそばを離れた。

人の好い友達と廊下へ出て、風が吹き荒らしている弓場《ゆみば》の見下ろされる窓に凭《よ》った。そこが大抵私たちの密談の場所だった。

「近江はね……」——友達は言いにくそうにしてもう顔を赤らめた。この少年は初等科の五年のころ、あのことの話を皆がしていると、言下に否定して、その言草がよかった。『そんなこと絶対に嘘《うそ》だよ。僕ちゃんと知ってるんだから』彼は又、友達の父が中風にかかったときいて、中風は伝染病だからあの友達にもあまり近づかないほうがよいと私に忠告した。

「近江がどうしたのさ」——家ではあいかわらず女言葉を使っているくせに、私は学校へゆくといっぱしの粗雑な物言いをした。

「これ本当だぜ。近江の奴《やつ》、『経験者』なんだってさあ」

さもあるべきことだった。彼はもう二三回落第している筈で、骨格《こっかく》は秀《ひい》で、顔の輪《りん》廓《かく》には私たちを抜《ぬき》ん出る何か特権的な若さが彩《いろど》られていた。彼の故ない侮蔑の天性は気高かった。彼にかかっては侮蔑に価いしないものは何一つなかった。優等生は優等生であることのために、教師は教師であることのために、巡査《おまわり》は巡査《おまわり》であることのために、大学生は大学生であることのために、会社員は会社員であることのために、彼に侮蔑の目で見られ・せせら笑われても致し方がなかった。

「へーえ」

私は何故《なぜ》だかしらないが、教練*の小銃の手入れに近江が器用な腕をみせることを咄《とっ》嗟《さ》に聯想《れんそう》した。教練の教師と体操の教師とにだけは破格に愛され優遇される彼の、小《こ》粋《いき》な小隊長姿が思い出された。

「だからね……だからさ」——友達は中学生にだけわかるキッキッという淫蕩《いんとう》な忍び笑いを洩《も》らした。「あいつのあれ、とても大きいんだってさ。今度『下司《げす》ごっこ』のときさわってごらん。そうしたらわかるから」

――『下司ごっこ』というのはこの学校で中学一二年のあいだに必ず蔓延《まんえん》する伝統的な遊びであり、本当の遊びがそうであるように、遊びというよりむしろ疾病《しっぺい》に似ていた。真昼間、衆目のさなかで、それは行われた。誰か一人がぼんやり立っている。すると他の一人がすっと横から窺《うかが》い寄って、狙《ねら》いをつけて手をのばした。うまくつかむと、勝利者は遠くへ逃げておいて、それから囃《はや》し立てた。

「大《でっ》けえなあ、Aのやつ、大《でっ》けえなあ」

この遊びはそれを促す衝動がどうあるにもせよ、小脇《こわき》にかかえた教科書も何もおっぽり出して狙われた個所を両手で禦《ふせ》ぐ・被害者の恰好《かっこう》の可笑《おか》しさを、見るためにだけ存在するように思われた。しかし厳密に言うと、かれらはそこに、笑いによって解放された・自分たちの羞恥《しゅうち》を見出だして、被害者の頰《ほお》の赤らみに具現される共通の羞恥を、一段と高い笑いの足場から嘲《あざけ》ることに満足を感じているのだった。

被害者は申し合わせたようにこう叫んだ。

「あっ、Bったら下司《げす》だなあ」

すると周囲のコーラスがこれに和した。

「あっ、Bったら下司だなあ」

――近江はこの遊戯の得手《えて》であった。攻撃は迅速《じんそく》に、大てい成功を以て終った。ともすると彼の攻撃を、誰もが暗黙に心待ちにしているのではないかと思われるふしがあった。その代りに彼は実に屢々《しばしば》、被害者からの復讐《ふくしゅう》に見舞われた。誰の復讐も功を奏しなかった。彼はしじゅうポケットへ手を入れて歩いていたが、伏兵が迫ると同時に、ポケットの中の片手と、外《そと》からの片手とで、二重の鎧《よろい》を咄嗟に築いた。

あの友達の言葉が、私の内部に何か毒々しい雑草のような想念を培《つちか》った。これまで私は他の友達と同じように、至極無邪気な気持で下司ごっこに加わっていたのであった。しかしあの友達の言葉が、私自身無意識にきびしく弁別していたあの「悪習」――私のひとりきりの生活――とこの遊戯――私の共通の生活――とを、避けがたい関聯の上へ置くように思われた。それは「さわってごらん」という彼の言葉が、他の無邪気な友達には理解されない格別の意味合いを、俄かに・否応《いやおう》なしに・私の中へ装《そう》塡《てん》したことで確かめられた。

それ以来、私は「下司ごっこ」に加わらなかった。私は私が近江を襲うことになる瞬間を怖《おそ》れたし、それよりも近江が私を襲うであろう瞬間をより多く怖れた。遊戯が勃発《ぼっぱつ》しそうな気配がうかがわれると、(事実この遊戯の突発する具合は、暴動や叛乱《はんらん》の、何気《なにげ》ないきっかけから起る具合に似ていた、) 私は群を避け、遠くのほうから、ただ近江の姿だけを目ばたきもせずに見た。

……とはいうものの近江の感化は、私たちがそれと意識しない以前から、すでに私たちを犯しはじめていた。

たとえば、靴下だった。当時すでに軍人向教育が私の学校をも侵蝕《しんしょく》し、名高い江木将軍の「質実剛健」の遺訓が蒸し返されて、派手なマフラーや靴下は禁じられていた。マフラーは不可、シャツは白、靴下は黒、少くとも無地、と決められた。しかし近江一人は白絹のマフラーと、派手な模様入りの靴下を欠かさなかった。

この禁制への最初の反逆者は、彼の悪を、叛逆という美名に置きかえるふしぎな手練の持主だった。叛逆という美学に少年たちがいかに弱いか、彼は身を以《もっ》てそれを見抜いていた。馴《な》れ合いの教練の教師――この田舎者の下士官はまるで近江の子分であるかのようだった――の前で、わざとゆっくり白絹のマフラーを首に巻き、金釦《きんボタン》のついた外套《がいとう》の襟《えり》をナポレオン風に左右に開《あ》けて着てみせた。

しかし衆愚の叛逆は、いつの場合もけちけちした模倣にすぎない。出来ることならそれが結果する危険は避けて、叛逆の美味ばかりを味わいたさに、私たちは近江の叛逆から、派手な靴下のそれだけを剽窃《ひょうせつ》した。私もその例に洩れなかった。

朝、学校へ行くと、授業のはじまる前のさわがしい教室で、私たちは椅子《いす》に腰かけずに机に腰かけて喋《しゃべ》った。派手な靴下を新柄《しんがら》に穿きかえて来た朝は、小粋《こいき》にズボンの線をつまみあげて机に腰掛けた。すると忽《たちま》ち目ざとい嘆声がそれに報いた。

「あっ、気障《きざ》な靴下！」

——気障という言葉にまさる讃辞《さんじ》を私たちは知らなかった。しかしこう言うと、言うほうも言われるほうも、整列間際《まぎわ》にならなければ現われない近江の・あの傲岸《ごうがん》な眼差《まなざし》を思い泛《うか》べるのだった。

雪晴れのある朝、私は大そう早く学校へ行った。友だちが電話をかけてよこして、あしたの朝雪合戦《ゆきがっせん》をしようと言って来たからだった。あしたに期待が持ち越されるその晩は、寝つかれない性質《たち》の私なので、翌朝早すぎた目ざめをそのままに、時間にかまわず学校へ出かけた。

靴がようやく埋《うも》れる程度の雪だった。陽《ひ》が昇りきらないうちは、景色は雪のために美しくはなく陰惨にみえた。街の風景の傷口をかくしている薄汚れた繃帯《ほうたい》のようにそれがみえた。街の美しさは傷口の美しさに他ならないからだ。

学校前の駅が近づくにつれて、私はまだ空《す》いている省線電車の窓から、工場街のむこうに日が昇るのを見た。風景は喜色にみちた。不吉にそそり立つ煙突の縦列や、単調なスレート屋根の暗い起伏が、旭《あさひ》にてらされた雪の仮面のけたたましい笑いの蔭《かげ》におびえていた。この雪景色の仮面劇は、えてして革命とか暴動とかの悲劇的な事件を演じがちだ。雪の反映で蒼《あお》ざめた行人《こうじん》の顔色も、何かしら荷担人《かとうど》*じみたものを思わせる。

私は学校前の駅に下りたとき、駅の傍《かたわ》らの運送会社の事務所の屋根からはやくも雪《ゆき》融《ど》けの音が流れおちるのをきいた。それは光りが落ちてくるとしか思われなかった。靴が運んだ泥《どろ》で塗りたくられたコンクリートの贋《にせ》の泥濘《ぬかるみ》へ、次々と喚声をあげながら、光りが身を投げ墜死するのだった。一つの光は私の頸筋《くびすじ》へあやまって身を投げた。

……

校門のなかはまだ誰《だれ》もあるいた跡がなかった。ロッカー室も鍵《かぎ》がかかっていた。

二年生の一階の教室の窓をあけて私は森の雪を眺めた。森の斜面を、学校の裏門からこの校舎へむかって昇ってくる一本の径《みち》があった。雪に印《しる》された大きな足跡がその径を昇って窓の下までつづいていた。足跡は窓のところで引返し、左方斜めに見える科学教室の建物のうしろへ消えていた。

誰かもう来ているのだった。裏門から昇って来て、教室の窓をのぞいて、誰も来ていないので、彼は科学教室の裏手のほうへ一人で歩いて行ったのに相違ない。裏門から通学する学生は殆どなかった。その一人である近江は、女の家から通っているのだと噂《うわさ》されていた。しかし整列間際にならなければ姿を見せない筈の彼だった。彼でないとすると見当がつかず、この大きな靴跡を見れば、彼としか思えなかった。

私は窓から身を乗り出して、瞳《ひとみ》を凝らしてその靴跡にある若々しい黒土の色を見た。それは何か確乎《かっこ》とした・力にみちた足跡のように思われた。言おうようない力が、私をその靴跡へ惹《ひ》きつけた。体を逆さにそこへ落ちかかり、その靴跡へ顔を埋めたいと思った。しかし私の遅鈍な運動神経が例のごとく私の保身に利したので、私は鞄《かばん》を机におくとのろのろと窓枠《まどわく》へ這《は》い上った。制服の胸のホックが、石造の窓枠に押しつけられざま、私の弱い肋《あばら》とすれあって、一種の悲哀の甘さが混る痛みをそこに与えた。窓を超えて雪の上へとび下りたとき、その軽い痛みは私の胸を快く引きしめ、私をわななくような危険な情緒でみたした。自分のオーヴァー・シューズをそっとその靴型にあてがった。

大きくみえた靴跡はほとんど私のと同じなのだった。私は足跡の主も、当時私たちの間に流行《はや》っていたオーヴァー・シューズを穿いているだろうことを忘れていた。してみるとその足跡は、近江のではないように思われた。――とはいうものの、黒い靴跡を辿《たど》ってゆくことは、私の当面の期待が裏切られるかもしれないという不安の期待に於《お》てすら、何かしら私を魅するものだった。近江はこの場合私の期待の一部にすぎず、私より先に来て雪に足型をつけて行った人間への、或《あ》る犯された未知に対する復讐的な憧《あこが》れが、私を捕えていたのかもしれない。

息をはずませて私は靴跡を追った。

飛び石をとぶように、あるところは黒々としたつややかな土の、あるところは枯芝の、あるところは汚れた固い雪の、あるところは石畳の、靴型を伝って歩いた。するといつのまにか、私は私自身が近江の大股《おおまた》な歩き方とそっくりの歩き方になっているのを見出《みい》だした。

科学教室の裏手の日蔭《ひかげ》をすぎると、広闊《こうかつ》な競技場の前の高台に私はいた。三百米《メートル》の楕円《だえん》のコースも、それに囲まれた起伏の多いフィールドも、分ちなく輝やかしい雪に包まれていた。フィールドの一角に二本の欅《けやき》の巨樹が寄り添うており、そのながながとさしのべた朝影は、雪景色に、何か偉大さの犯さずにはおかない朗らかな誤謬《ごびゅう》とでも謂《い》った意味合いを添えていた。巨樹は青い冬空と下からの雪の反映と側面の朝陽とで、プラスティックな緻密《ちみつ》さを以て聳《そび》え立ち、枯れた梢《こずえ》や幹のわかれ目から、砂金のような雪を時折ずりおとしていた。そのさもあらぬ音までがひろびろと谺《こだま》を返すほどに、競技場の彼方に並ぶ少年寮の棟々《むねむね》やそれにつづく雑木林《ぞうきばやし》は、まだ眠りのなかに身じろがないでいる様子だった。

私はこの展開のまばゆさに、一瞬何ものをも見なかった。雪景色はいわば新鮮な廃《はい》墟《きょ》だった。古代の廃墟にしかありえない無《む》辺際《へんさい》な光りと輝やきが、この贋《にせ》の喪失の上に訪れているのだった。こうして廃墟の一隅《いちぐう》、ほぼ五米幅のコースの雪に、巨大な文字がえがかれていた。いちばん手近な大きな輪はOだった。そのむこうにはMがあり、そのかなたに横一文字の長大なIがえがかれかかっていた。

近江であった。私の辿って来た足跡が、Oへ、更にOからMへ、Mからは、Iの半ばに立ち・白いマフラーの上に俯《うつむ》向きがちに・外套のポケットに両手をつっこんで・今し彼のオーヴァー・シューズを雪の上に引摺《ひきず》っている近江の姿に達していた。彼の影は、フィールドの欅の影と平行して、傍若無人《ぼうじゃくぶじん》に思うさま雪の上に伸びていた。

私は頰《ほお》をほてらせながら手袋で雪を固めた。

雪つぶてが投げられた。それは届かなかった。しかしIの字を書き終えた彼が、おそらく何気なしに、私のほうへ視線を向けた。

「おーい」

近江がおおかた不機嫌な反応をしか示さないだろうという懸《け》念《ねん》はありながら、私は得体のしれぬ熱情に促され、そう叫ぶやいなや高台の急坂を駈《か》け下りていた。すると思いがけない・彼の力に充《み》ちた親しげな叫びが私に向ってひびいてきた。

「おーい。字を踏んじゃだめだぞう」

たしかに今朝の彼は、いつもの彼とはちがっているように思われた。家へかえっても絶対に宿題をやらず教科書類はロッカーに置きっ放しの彼は、外套のポケットに両手をつっこんで登校し、手際よく外套を脱ぐと時間かつかつに整列の尻《しり》に加わるのが常だったが、今朝に限ってこの早朝から、一人ぼっちで時間をつぶしているばかりか、日頃《ひごろ》は子供扱いにして洟《はな》も引っかけない私を、彼独特の親しげでいて粗暴な笑顔で迎えていてくれるとは！　どんなにこの笑顔を、この若々しい白い歯並を、私は待っていたことであろう。

しかしこの笑顔が近づくにつれてはっきり見え出すと、私の心は今しがた「おーい」と呼んだときの熱情も置き忘れ、居たたまれない気おくれに閉ざされた。理解が私を遮《さまた》げるのだった。彼の笑顔が『理解された』という弱味をつくろうためのものであろうことが、私を、というよりは、私が描いて来た彼の影像を傷つけるのだった。私は雪にえがかれた巨大な彼の名ＯＭＩ《おうみ》を見た刹那《せつな》、彼の孤独の隅々《すみずみ》までを、おそらくは半ば無意識裡《り》に了解した。彼がこんなに朝早くから学校へ出て来たことの、その彼自身も深くは知るまい本質的な動機をも。――私の偶像が今私の前に心の膝《ひざ》を屈して、『雪合戦のために早く来たんだ』なぞと弁解をしてくれたなら、私は彼の喪《うしな》われた矜《ほこ》りよりももっと重要なものを私の中から喪う筈《はず》だった。こちらから切り出さねばと私は焦躁《しょうそう》した。

「今日はもう雪合戦は無理だね」ととうとう私が言った。「もっと降ると思ったのに」

「うん」

彼は白けた顔つきになった。その頑丈《がんじょう》な頬の線はまた固くなり、私への一種痛ましい蔑《さげす》みが甦《よみがえ》った。彼の目は私を子供だと思おうとする努力で、又しても憎体《にくてい》に輝やきだした。彼の雪の文字について私が何一つ訊《き》き質《ただ》さなかったことを彼の心の一部が感謝している、その感謝に抵抗しようとしている彼の苦痛が私を魅した。

「ふん、子供みたいな手袋をしていやがる」

「大人だって毛糸の手袋をしているよ」

「可哀《かわい》そうに、革の手袋のはめ心地を知らねえんだろう、――そうら」

彼は雪に濡《ぬ》れた革手袋をいきなり私のほてっている頬に押しあてた。私は身をよけた。頬になまなましい肉感がもえ上り、烙印《らくいん》のように残った。私は自分が非常に澄んだ目をして彼を見つめていると感じた。

――この時から、私は近江に恋した。

それは、そういう粗雑な言い方が許されるとすれば、私にとって生れてはじめての恋だった。しかもそれは明白に、肉の欲望にきずなをつないだ恋だった。

私は夏を、せめて初夏を待ちこがれた。彼の裸体を見る機会を、その季節がもたらすように思われた。更に私は、もっと面伏《おもぶ》せな欲求を奥深く抱いていた。それは彼のあの「大きなもの」を見たいという欲求だった。

二つの手袋が私の記憶の電話で混線するのだった。この革の手袋と、次に述べる式《しき》日《じつ》の白手袋と、どちらかが記憶の真実で、どちらかが記憶の嘘《うそ》だと思われた。彼の粗野な顔かたちには、革の手袋のほうがふさわしいかもしれなかった。またしかし、彼の粗野な顔かたちゆえに、白手袋のほうが似合いのものかもしれなかった。

粗野な顔かたち。――と謂ったところでそれはありふれた青年の顔が、少年たちの間にたった一人まじっていることの印象にすぎなかった。骨格こそ秀《ひい》でたれ、彼の背丈は私たちの間でいちばん高い学生よりも余程低かった。ただ海軍士官の軍服めいた私の学校のいかつい制服は、少年の成長しきらぬ体では、ややもすれば着こなしかねるのを、近江一人は自分の制服に充実した重量感と一種の肉感を湛《たた》えていた。紺サージの制服の上からそれと窺《うかが》われる肩や胸の肉を、嫉妬《しっと》と愛のこもった目で見ている者は、私一人ではない筈だった。

彼の顔には何か暗い優越感と謂ったものがしじゅう浮んでいた。それは多分傷つけられるにしたがって燃え上る種類のものだった。落第、追放、……これらの悲運が、彼には挫折《ざせつ》した一つの意慾《いよく》の象徴のように思われるらしかった。何の意慾? 私には漠然《ばくぜん》と、彼の「悪」の魂が促す意慾があるに違いないと想像された。そしてこの広大な陰謀は、彼自身にすらまだ十分には識《し》られていないものに相違なかった。

どちらかというと丸顔の浅黒い頰には不遜《ふそん》な顴骨《かんこつ》*がそびえ、形のよい・肉の厚い・高すぎない鼻の下に、小気味よく糸で括《くく》けたような唇《くちびる》と逞《たくま》しい顎《あご》とがあるその顔には、全身の充溢《じゅういつ》した血液の流れが感じられた。そこにあるのは一個の野蛮な魂の衣裳《いしょう》だった。誰が彼から「内面」を期待しえたろう。彼に期待しうるものは、われわれが遠い過去へ置き忘れて来たあの知られざる完全さの模型だけであった。

気まぐれに、彼が私の読んでいる・年に似合わぬ賢《さか》しげな書物をのぞきに来ることがあった。私はたいていあいまいな微笑でその本を隠した。羞恥《しゅうち》からではなかった。彼が書物なんかに興味を持つこと、そこで彼が不手際を見せること、彼が自分の無意識な完全さを厭《いと》うようになること、こうしたあらゆる予測が私には辛《つら》いからだった。

この漁夫がイオニヤ*の郷国を忘れることが辛いからだった。

授業中も、運動場でも、たえず彼の姿をと見こう見しているうちに、私は彼の完全無欠な幻影を仕立ててしまった。記憶のなかにある彼の影像から何一つ欠点を見出だせないのもそのためだ。こうした小説風な叙述に不可欠な・人物の或る特徴、或る愛すべき癖、それを拾い上げることでその人物を生々《いきいき》とみせる幾つかの欠点、そういうものが何一つ、記憶のなかの近江からは引き出せない。その代り私は、近江から別の無数のものを引き出していた。それはそこにある無限の多様さと微妙なニュアンスだ。つまり私は彼から引き出したのだった。およそ生命の完全さの定義を、彼の眉《まゆ》を、彼の額を、彼の目を、彼の鼻を、彼の耳を、彼の頬を、彼の頬骨を、彼の唇を、彼の顎を、彼の頸筋を、彼の咽喉《のど》を、彼の血色《けっしょく》を、彼の皮膚の色を、彼の力を、彼の胸を、彼の手を、その他無数のものを。

それをもとに、淘汰《とうた》が行われ、一つの嗜好《しこう》の体系が出来上った。私が智的《ちてき》な人間を愛そうと思わないのは彼ゆえだった。私が眼鏡をかけた同性に惹かれないのは彼ゆえだった。私が力と、充溢した血の印象と、無智と、荒々しい手つきと、粗放な言葉と、すべて理智によって些《いささ》かも蝕《むし》ばまれない肉にそなわる野蛮な憂《うれ》いを、愛しはじめたのは彼ゆえだった。

――ところがこの不埒《ふらち》な嗜好は、私にとってはじめから論理的に不可能を包んでいた。およそ肉の衝動ほど論理的なものはない。理智をとおした理解が交わされはじめると、私の欲望は忽《たちま》ち衰えるのだった。相手に見出されるほんの僅《わず》かな理智ですら、私に理性の価値判断を迫るのだった。愛のような相互的な作用にあっては、相手への要求はそのままこちら自身への要求となる筈だから、相手の無智をねがう心は、一時的にもせよ私の絶対的な「理性への謀反《むほん》」を要求した。それはどのみち不可能だった。そこで私はいつになっても、理智に犯されぬ肉の所有者、つまり、与太者《よたもの》・水夫・兵士・漁夫などを、彼らと言葉を交わさないように要心しながら、熱烈な冷淡さで、遠くはなれてしげしげと見ている他はなかった。言葉の通じない熱帯の蛮地だけが、私の住みやすい国かもしれなかった。蛮地の煮えくりかえるような激烈な夏への憧れが、そういえばずいぶん幼ないころから、私の中に在った。……

さて白い手袋だった。

私の学校では式日に白手袋をはめて登校する習わしであった。貝の釦《ボタン》が手首に沈鬱《ちんうつ》に光り、手の甲には瞑想《めいそう》的な三本の線を縫いとった白手袋は、それをはめただけで、式が行われる講堂の仄暗《ほのぐら》さや、かえりに貰《もら》う塩瀬《しおぜ》*の菓子折や、何か一日が中途から明るい音を立てて挫折するような快晴の式日の印象を思い出させた。

冬の祭日、それはたしか紀元節*だった。その朝もめずらしく早く近江は学校へ出て来ていた。

整列の時間には間《ま》があった。校舎のわきの遊動円木から一年生どもを追い払うのが、二年生の冷酷なたのしみだった。遊動円木みたいな子供らしい遊びは軽蔑《けいべつ》しているくせに、お腹《なか》の中ではまだそういう遊びに未練のある二年生が、一年生を無理に追払うことで、その遊びを何か本気でなく・あてつけ半分にやっていると見せかける体裁のよさをも、併せ得るわけだった。一年生たちは遠くのほうから輪をつくって、二年生同士の、多少見物を意識した乱暴な勝負を眺《なが》めていた。適度に揺れている遊動円木から墜落させ合う勝負であった。

まるで追いつめられた刺客と謂った風の身構えで、近江はその中央に両足を踏まえ、たえず新しく敵に目を配っていた。彼にかなう同級生はなかった。すでに何人かが遊動円木へとび上り、彼の敏捷《びんしょう》な手に薙《な》ぎ倒されて、朝陽にきらめきだした霜柱を踏み砕いた。そのたびに近江は拳闘《けんとう》選手がやるように、両手の白手袋を額《ひたい》のあたりで握り合せ、愛嬌《あいきょう》をふりまいた。一年生は彼に追い払われたのも忘れて喝采《かっさい》した。

私の目は彼の白手袋の手を追った。それは精悍《せいかん》に、また奇妙に的確にうごいていた。

狼《おおかみ》か何かの若い獣の手のようだった。ときどきその手は冬の朝の空気を矢羽根のように切って、敵の脇腹《わきばら》へ叩《たた》きつけられた。落された相手は霜柱に腰を突くこともあった。叩き落した刹那に傾く身の重心をとりかえそうと、近江はうすくきらめく霜に辷《すべ》りやすい円木《まるき》の上で、悶《もだ》えるような恰好《かっこう》を時偶《ときたま》した。しかし彼のしなやかな腰の力が、ふたたび彼をあの刺客めいた身構えに引き戻《もど》した。

遊動円木は無表情に、乱れのない波動を左右へ移していた。

……見ているうちに、ふとして私は不安に襲われた。居ても立ってもいられない不可解な不安であった。遊動円木の揺れ方から来る目まいに似ていて、そうではなかった。いわば精神的な目まい、私の内なる均衡が彼の危うい一挙一動を見ることで破れかかる不安かもしれなかった。この目まいのなかにはなお、二つの力が覇《は》を争っていた。自衛の力と、もう一つはもっと深く・もっと甚《はなは》だしく私の内なる均衡を瓦解《がかい》させようと欲する力と。この後《あと》のものは、人がしばしば意識せずにそれに身を委《ゆだ》ねることのある・あの微妙な・また隠密《おんみつ》な自殺の衝動だった。

「何だい。弱虫ばっかり揃《そろ》っていやがるなあ。もういないのかい」

近江は遊動円木の上で軽く体を左右へ揺りながら白手袋の両手を腰にあてていた。帽子の鍍金《めっき》の徽章《きしょう》が朝陽に光った。私はこんなに美しい彼を見たことがなかった。

「僕《ぼく》がやるよ」

私は自分がそう言ってしまうであろう瞬間を、次第に募る動悸《どうき》で正確に測っていた。私が欲望に負ける瞬間はいつもこうだった。私がそこへ行き、そこに立つだろうことが、私には避けがたい行動というよりも予定の行動のように思われるのだった。後年、だから私は自分のことを、「意志的な人間」だと見まちがえたりした。

「よせ、よせ、負けるにきまってら」

私は嘲《あざけ》りの歓声に送られて端《はじ》のほうから遊動円木へ上って行った。上ろうとして足を辷《すべ》らしかけると、皆がまたわいわいと囃《はや》したてた。

近江はおどけた顔をして私を迎えた。彼はせい一杯道化《おど》けてみせ、足を辷らせる真似《まね》をしてみせたりした。また、手袋の指先をひらひらさせて私をからかった。私の目に、それはともすると私に突き刺さる危険な武器の切尖《きっさき》のようにみえた。

私の白手袋と彼の白手袋が、幾度か平手を打ち合った。そのたびに私は彼の掌《てのひら》の力に押されて身を泳がせた。彼は私を心ゆくまでなぶりものにするつもりか、私の敗北が早すぎないように、故《ことさ》ら力を加減している様子が見てとれた。

「ああ危ねえ、君全く強《つえ》えなあ、僕はもう負けたよ、もうすぐ落ちるよ、――ほらね」

彼はまた舌を出して、落ちる真似をしてみせた。その道化た顔を見ていることが、彼が彼自身の美しさをそれと知らずに壊してかかっていることが、私には居たたまれず辛いのだった。私はじりじり押されながら目を伏せた。その隙《すき》を、彼の右手の一と薙《な》ぎにさらわれた。落ちまいとして、私の右手が、反射的に彼の右手の指先にしがみついた。白手袋にきっちりとはまっている彼の指の感覚をまざまざと握った。

その一刹那《せつな》、私は彼と目と目を合わせた。まことの一刹那だった。彼の顔から道化た表情は消え、あやしいほど真率な表情が漲《みなぎ》った。敵意とも憎しみともつかぬ無垢《むく》なはげしいものが弓弦《ゆづる》を鳴らしていた。それは私の思いすごしであったかもしれなかった。指先を引かれて体の平衡を喪った瞬間《たまゆら》の、むしろ虚《むな》しい露《あら》わな表情であったかもしれなかった。しかし私は、二人の指のあいだに交わされた稲妻《いなずま》のような力の戦《おのの》きと共に、私の彼を見つめた一瞬の視線から、私が彼を――ただ彼をのみ――愛していることを、近江が読みとったと直感した。

二人は殆《ほと》ど同時に遊動円木からころがり落ちた。

私はたすけ起された。たすけ起したのは近江だった。彼は私の腕をあらっぽく引摺《ひきず》り上げ、何も言わずに私の服の泥《どろ》を払った。彼の肱《ひじ》と手袋にも霜のきらめいてみえる泥が塗られていた。

私は非難するように彼を見上げた。彼が私の腕をとって歩き出したからだった。

私の学校は初等科時代から同級生が同じなので、肩を組んだり腕を組んだりする親しさは当然のことだった。折から整列の呼笛《よびこ》が吹き鳴らされ、みんなはそんな風にして整列場へいそいでいた。近江が私と一緒にころがり落ちたことも、もうそろそろ見飽きてきた遊戯の結着と見えたにすぎず、私と近江が腕を組んで歩いているのさえ、格別目に立つ景色ではない筈だった。

しかし彼の腕に凭《もた》れて歩きながら、私の喜びは無上であった。ひ弱な生れつきのためかして、あらゆる喜びに不吉な予感のまじってくる私ではあったが、彼の腕の強《きっ》い・緊迫した感じは、私の腕から私の全身へめぐるように思われた。世界の果てまで、こうして歩いて行きたいと私は思った。

しかし、整列場のところへ来ると、彼は呆気《あっけ》なく私の腕を離して自分の順番へ並んだ。それから二度と私のほうをふりむかなかった。式のあいだ、私は自分の白手袋の泥のよごれと、四人をへだてて並んでいる近江の白手袋の泥のよごれとを、何度となく見比べるのだった。

――こうした近江への故《ゆえ》しれぬ傾慕の心に、私は意識の批判をも、ましてや道徳の批判をも加えるではなかった。持続と進行をもたない恋というものがもしあるならば、私の場合こそそれなのであった。私が近江を見る目はいつも「最初の一瞥《いちべつ》」であり、言いうべくんば「劫初《ごうしょ》*の一瞥」だった。無意識の操作がこれに与《あずか》り、私の十五歳の純潔を、たえず侵《しん》蝕《しょく》作用から守ろうとしていた。

これが恋であろうか？　一見純粋な形を保ち、その後幾度となく繰り返されたこの種の恋にも、それ独特の堕落や頽廃《たいはい》がそなわっていた。それは世にある愛の堕落よりももっと邪悪な堕落であり、頽廃した純潔は、世の凡《あら》ゆる頽廃のうちでも、いちばん悪質の頽廃だ。

しかし、近江への片思い、人生で最初に出会ったこの恋においては、私はほんとうに、無邪気な肉慾《にくよく》を翼の下に隠し持った小鳥と謂《い》った風《ふう》だった。私を迷わせたのは、獲得の欲望ではなく、ただ純粋な「誘惑」そのものだったのだ。

少くとも学校にいるあいだ、それもとりわけ退屈な授業中には、私は彼の横顔から目を離すことができずにいた。愛とは求めることでありまた求められることだと知らない私に、それ以上の何が出来たであろう。愛とは私にとって小さな謎《なぞ》の問答を謎のままに問い交わすことにすぎなかった。私のこのような傾慕の心は、それが何らかの形で報いられることを想像することさえしなかったのだ。

だから私は、大した風邪でもなかったのに学校を休み、ちょうどその日が三年生になって最初の春の体格検査の日だということに、明《あく》る日学校へ出るまで気づかずにいた。検査の当日に休んだ二三人が、医務室へ行くのに私もついて行った。

瓦斯《ガス》ストーヴが、部屋にさし入る日ざしのなかであるかなきかの青い炎を立てていた。消毒薬の匂《にお》いばかりだった。いつも少年たちの裸体が押し合いへし合いする、あの体格検査特有の甘い乳の蒸れたような薄桃色の匂いはどこにもなかった。私たち二三人はさむざむと、黙りがちにシャツを脱いだ。

私と同じようにいつも風邪ばかり引いている痩《や》せた少年が、体重計の上に立った。生毛《うぶげ》がいっぱい生えた彼のみすぼらしい白い背中を見ているうちに、私に突然記憶が蘇《よみがえ》った。私がいつも近江の裸体を見たいと、あれほどはげしく希《ねが》っていたことを。体格検査というその恰好《かっこう》な機会に、私が愚かにも思い及ばなかったことを。すでにその機会はすぎ、またあてどもない機会を待つほかはないことを。

私は蒼《あお》ざめた。私の裸体がその白けた鳥肌《とりはだ》に、一種の寒さに似た悔いを知るのだった。私はうつろな目つきで、自分のかぼそい二の腕にある・みじめな種痘の痕《あと》をこすった。私の名が呼ばれた。体重計が、ちょうど私の刑執行の時刻を告げ顔の絞首台《こうしゅだい》のようにみえた。

「三九・五《さんきゅうてんご》！」

看護兵上りの助手が校医にそう告げた。

「三九・五」と校医はカルテに書き入れながら「せめて四〇キロにならんとなあ」と独り言を言った。

こうした屈辱を体格検査のたびに私は嘗《な》めさせられていた。しかし今日はそれが幾分か心安くきかれたのは、近江が傍《そば》にいず私の屈辱を見ていないという安堵《あんど》からだった。一瞬のうちにこの安堵が喜びにまで成長した。……

「はいお次！」

助手が邪慳《じゃけん》に私の肩を押しやっても、私はいつものいやな・怒りっぽい目つきで彼を見返すことはしなかった。

しかしながら私の最初の恋が、どのような形で終末を告げるかを、おぼろげながら私が予知していない筈《はず》はなかった。ともするとこの予知の不安が、私の快楽の核心であるのかもしれなかった。

初夏の一日、それは夏の仕立見本のような一日であり、いわばまた、夏の舞台稽古《ぶたいげいこ》のような一日だった。本当の夏が来るときに万遺漏《ばん》ないように、夏の先駆が一日だけ、人々の衣裳簞笥《いしようだんす》をしらべに来るのだった。この検査がとおったしるしに、人々はその日だけ夏のシャツを着て出るのである。

そんな暑さにもかかわらず、私は風邪を引いて気管支を壊していた。腹をこわした友人と一緒に、体操の時間を「見学」(つまり体操に加わらずに見ていること)するのに必要な診断書を医務室へもらいに行った。

そのかえるさを体操場の建物へむかって、二人はできるだけのろのろと歩いて来た。医務室へ行っていたと言えば遅刻の立派な口実になったし、ただ見ているだけの退屈な体操の時間は、すこしでも短かいことが望ましかった。

「暑いね」

——私は制服の上着を脱いだ。

「いいのか、風邪引いてるくせに。体操をやらされちゃうよ」

私はまたあわてて上着を着た。

「僕はお腹《なか》だからいいんだ」

見せびらかすように、入れ代りに友達が上着を脱いだ。

来てみると、体操場の壁の釘《くぎ》にはジャケツや、なかにはYシャツまでが脱いで掛けられていた。私たちの組の三十人ほどが、体操場のむこうの鉄棒のまわりにあつまっていた。暗い雨天体操場を前景に、その戸外の砂場と芝生のある鉄棒のあたりはもえるような明るさだった。私は自分の病弱から来るいつもの負目《ひけめ》にとらわれた。ふてくされた咳《せき》をしながら、鉄棒へむかって歩いた。

貧弱な体操の教師が、ろくすっぽ見もしないで診断書を私の手からうけとると、

「さあ、懸垂《けんすい》をやろう。近江。お手本をやってみせなさい」

——私は友人たちがこそこそと近江の名を呼ぶのをきいた。体操の時間中によく彼は雲隠れをすることがあった。何をしているのかわからなかったが、今も彼は、きらきら葉が光りを揺らしている青木のかげからのっそり現われた。

それを見ると私の胸がさわぎ出した。彼はYシャツも脱いでしまって、袖《そで》なしの真白なランニング・シャツだけであった。皮膚の浅黒さがシャツの純白をどぎついくらい清潔にみせていた。それは遠くまで匂って来そうな白さだった。くっきりした胸の輪廓《りんかく》と二つの乳首が、この石膏《せっこう》にレリーフされていた。

「懸垂ですか？」

彼はぶっきらぼうに、しかし自信ありげに教師にたずねた。

「うむ、そう」

すると近江は見事な体軀《たいく》の持主が往々見せるあの不遜《ふそん》な不精《ぶしょう》ったらしさで砂の上へゆっくり手をのばした。下のほうの湿った砂で掌《てのひら》をまぶした。そして立上ると掌を粗々しくこすりあわせながら、頭上の鉄棒へ目をやるのだった。その眼差《まなざし》には瀆神者《とくしん》の決心がひらめき、ちらと瞳《ひとみ》に影像を落す五月の雲や青空を、侮蔑《ぶべつ》の涼しさの裡《うち》に宿していた。一つの跳躍が彼の身をつらぬいた。すると忽ち碇《たちまいかり》の刺青《いれずみ》が似合いそうな二つの腕が、彼の体軀を鉄棒から吊《つる》していた。

「ほう」

級友たちの嘆声が鈍く漂った。彼の力わざへの嘆声ではないことが、誰《だれ》の胸にもたずねられた。それは若さへの、生への、優越への嘆声だった。彼のむき出された腋窩《えきか》に見られる豊饒《ほうじょう》な毛が、かれらをおどろかしたのである。それほど夥《おびただ》しい・ほとんど不必要かと思われるくらいの・いわば煩多《はんた》な夏草のしげりのような毛がそこにあるのを、おそらく少年たちははじめて見たのである。それは夏の雑草が庭を覆《おお》いつくしてまだ足りずに、石の階段にまで生《お》いのぼって来るように、近江の深く彫り込まれた腋窩をあふれて、胸の両わきへまで生い茂っていた。この二つの黒い草叢《くさむら》は、日を浴びてつややかに耀《かがや》き、そのあたりの彼の皮膚の意外な白さを、白い砂地のように透かして見せた。

彼の二の腕が固くふくれ上り、彼の肩の肉が夏の雲のように盛り上ると、彼の腋窩の草叢は暗い影の中へ畳み込まれて見えなくなり、胸が高く鉄棒とすれ合って微妙に慄《ふる》えた。こうして懸垂がくりかえされた。

生命力、ただ生命力の無益な夥しさが少年たちを圧服したのだった。生命のなかにある過度な感じ、暴力的な、全く生命それ自身のためとしか説明のつかない無目的な感じ、この一種不快なよそよそしい充溢《じゅういつ》がかれらを圧倒した。一つの生命が、彼自身のしらぬ間に近江の肉体へしのび入り、彼を占領し、彼を突き破り、彼から溢《あふ》れ出《い》で、間《ま》がな隙《すき》がな彼を凌駕《りょうが》しようとたくらんでいた。生命というものはこの点で病気に似ていた。荒々しい生命に蝕《むしば》まれた彼の肉体は、伝染をおそれぬ狂おしい献身のためにだけ、この世に置かれてあるものだった。伝染をおそれる人々の目には、その肉体は一つの非難として映る筈だった。――少年たちはたじたじと後ずさりした。

私も同様ながらまた多少ちがっていた。私にあっては、(このことは私を赤面させるのに十分だったが、) 彼の夥しいそれを見た瞬間から *erectio** が起っていた。間服《あいふく》のズボンのこととて、悟られはすまいかと気遣われた。その不安がなくとも、とにかくこの時私の心を占めたものは無垢《むく》な歓《よろこ》びばかりではなかった。私の見たがっていたものこそこれであったろうに、それを見た衝撃が、却《かえ》って思いがけない別種の感情を発掘してみせたのである。

それは嫉妬《しっと》だった。——

何か崇高《すうこう》な作業をなしおえた人のように、近江の体がどすんと砂地に降りる音を私はきいた。私は目をつぶり、頭を振った。そうして私がもう近江を愛してはいないと自分に言いきかせた。

それは嫉妬だった。私がそのために近江への愛を自ら諦《あきら》めたほどに強烈な嫉妬だった。

おそらくこの事情には、そのころから私に芽生えだした・自我のスパルタ式訓練法*の要求も与《あずか》っていた。(この本を書いていることが既にその要求の一つのあらわれである。) 幼年時代の病弱と溺愛《できあい》のおかげで人の顔をまともに見上げることも憚《はばか》られる子供になっていた私は、そのころから、「強くならねばならぬ」という一つの格率*に憑《つ》かれだしていた。そのための訓練を、私はゆきかえりの電車のなかで、誰彼の見堺《みさかい》なく乗客の顔をじっと睨《にら》みつけることに見出だした。たいていの乗客はひよわそうな蒼白《そうはく》の少年に睨みつけられて、別に怖がりもせずに、うるさそうに顔をそむけた。睨み返す人間は滅多にいなかった。顔をそむけられると、私は勝ったと思った。こうして次第に私は人の顔を真正面から見ることができるにいたった。……

――愛を諦めたと思い込んでいる私には、一応自分の愛が忘られていた。これは一見迂闊《うかつ》なことである。愛の・これ以上はない明白なしるしである *erectio* が私には忘られていた。エレクチオは実に永きにわたって無自覚におこり、一人でいるときにそれが促すあの「悪習」も、実に永きにわたって無自覚に行われていた。性についてはすでに人並の知識をもちながら、私はまだ差別感に悩まずにいた。

と云《い》って私は自分の常規を逸した欲望を、正常なもの正統なものと信じていたわけではなく、友人の誰しもが私と同じ欲望を抱いていると誤信していたわけでもなかった。呆《あき》れることには、私は浪曼《ろうまん》的な物語の耽読《たんどく》から、まるで世間しらずの少女のように、男女の恋や結婚というものにあらゆる都雅な夢を託していたのである。近江への恋を私は投げやりな謎の芥《あくた》に投《ほう》り込んで、深くその意味をたずねてみることもしなかった。今私が「愛」と書き「恋」と書くようには、一切私は感じていたわけではなかった。私はこういう欲望と私の「人生」との間に重大な関《かか》わりがあろうなぞとは、夢にも思っていなかった。

それにもかかわらず、直感は私の孤独を要求していた。それはわけのわからぬ異様な不安、——すでに幼年時に大人になることの不安が色濃く在ったことは前にも述べた、——として現われた。私の成長感はいつも異様な鋭い不安を伴った。ぐんぐん伸びて一年毎《ごと》にズボンの丈《たけ》を長くしなければならないので仕立の時に長い折込を縫い込んでおくあの時代、どこの家でもあるように、私は家の柱に自分の身丈《みたけ》を鉛筆でしるしをつけた。茶の間の家族の前でそれが行われ、伸びるたびに家族は私をからかったり単純に喜んだりした。私は強《し》いて笑顔をつくった。しかし私が大人の身丈になるという想像は、何かおそろしい危機を予感させずにはなされなかった。未来に対する私の漠《ばく》とした不安は、一方私の現実を離れた夢想の能力を高めると共に、私をその夢想へのがれさせる「悪習」へと狩り立てた。不安がそれを是認した。

「二十歳《はたち》までに君はきっと死ぬよ」

友人たちは私の弱さを見てこうからかった。

「ひでえことを言いやがる」

私は苦笑いに顔を引きつらせながら、奇妙に甘い感傷的な惑溺を、この予言からうけとった。

「賭《かけ》をしようか」

「僕は、それなら、生きるほうに賭ける他はないじゃないか」と私は答えた。「君が僕の死ぬほうに賭けるなら」

「そうだね、気の毒だね、君は負けるね」

友人は少年らしい残酷さをこめてそうくりかえした。

私一人がそうなのではなく、同年の級友たちは皆そうなのであったが、私たちの腋窩には近江のそれのような旺《さか》んなものはまだ見られなかった。蘖《ひこばえ》のようなものがわずかに兆《きざ》しているにすぎなかった。したがってこれまで私も、その部分に際立《きわだ》った注意を払っていたわけではなかった。それを私の固定観念にしたものは明らかに近江の腋窩だった。

風呂《ふろ》に入るとき、私は永いあいだ鏡の前に立つようになった。鏡は私の裸身を無愛想に映した。私は自分も大きくなれば白鳥になれるものだと思い込んでいる家鴨《あひる》の子のようであった。これはあのヒロイックな童話の主題と丁度逆である。私の肩がいつか近江の肩に似、私の胸がいつか近江の胸に似るであろうという期待を、目前の鏡が映している・似ても似つかぬ私の細い肩・似ても似つかぬ私の薄い胸に無理強《むりじ》いに見出だしながら、薄氷《うすらひ》のような不安は依然私の心のそこかしこに張った。それは不安というよりは一種自虐《じぎやく》的な確信、「私は決して近江に似ることはできない」と神託めいた確信だった。

元禄《げんろく》＊期の浮世絵には、しばしば相愛の男女の容貌《ようぼう》が、おどろくべき相似でえがかれている。希臘《ギリシヤ》彫刻の美の普遍的な理想も男女の相似へ近づく。そこには愛の一つの秘義がありはしないだろうか？　愛の奥処《おくが》には、寸分たがわず相手に似たいという不可能な熱望が流れていはしないだろうか？　この熱望が人を駆って、不可能を反対の極から可能にしようとねがうあの悲劇的な離反にみちびくのではなかろうか？　つまり相愛のものが完全に相似のものになりえぬ以上、むしろお互いに些《いささ》かも似まいと力《つと》め、こうした離反をそのまま媚態《びたい》に役立てるような心の組織《システム》があるのではないか？　しかも悲しむべきことに、相似は瞬間の幻影のまま終るのである。なぜなら愛する少女は果敢になり、愛する少年は内気になるにもせよ、かれらは似ようとしていつかお互いの存在をとおりぬけ、彼方《かなた》へ、――もはや対象のない彼方へ、飛び去るほかはないからである。

私がそのために愛を諦めたと自分に言いきかせたほどに烈《はげ》しかった嫉妬は、右のような秘義にてらして、なお愛なのであった。私は自分の腋窩に、おもむろに・遠慮がちに・すこしずつ芽生え・成長し・黒ずみつつある・「近江と相似のもの」を愛するにいたった。……

暑中休暇が訪れた。私にとってそれは待ちこがれていたくせに始末に了《お》えぬ幕間《まくあい》であり憧《あこが》れていたくせに居心地のわるい宴会だった。

軽い小児結核を患《わずら》ったときから、医者は私が強烈な紫外線に当ることを禁じた。海岸の直射日光に三十分以上体をさらすことは禁物であった。この禁制は破られるたびに覿面《てきめん》の発熱で私に報いた。学校の水泳演習にも出られなかった私は、今以《いまもっ》て泳ぎを知らない。後年私の内部に執拗《しつよう》に育ち、折にふれては私を押しゆるがすにいたった「海の蠱惑《こわく》」と考え合わせると、私が泳げないというこのことは暗示的である。

とはいうもののそのころの私は、まだ海の抗しがたい誘惑に出会うではなく、一から十まで私にふさわしからぬ夏の季節、しかも故《ゆえ》しらぬ憧れが私をそそりたてる夏の季節を、何とか屈託なしに送りたいために、母や弟妹とA海岸でその夏をすごした。

……ふと気がつくと、私はひとり巌《いわお》の上に取り残されていた。さきほど私は妹や弟と、磯《いそ》づたいに小魚のひらめく岩間をもとめて、この巌のほとりまで来たのであった。思ったほどの獲物《えもの》がないので、小さい妹や弟は飽きはじめていた。そこへ女中が母のいる砂浜の傘《かさ》へ私たちを迎えに来、何か気難しい顔で同行を拒んだ私を置いて、妹弟《きょうだい》だけを連れ去ったのだった。

夏の午《ひる》さがりの太陽が海のおもてに間断なく平手搏《う》ちを与えていた。湾全体が一つの巨大な眩暈《めまい》であった。沖にはあの夏の雲が、雄偉な・悲しめる・預言者めいた姿を、半ば海に浸して黙々と佇《たたず》んでいた。雲の筋肉は雪花石膏《アラバスター》*のように蒼白であった。

人影と云ったら、砂浜のほうから乗り出した二三のヨットや小舟や数隻《すうせき》の漁船が沖のあたりにためらうように動いている・その乗り手のほかには見当らなかった。精緻《せいち》な沈黙がすべての上にあった。微妙な思わせぶりな秘密を告げ顔に、海の微風が快活な昆虫《こんちゅう》のような見えない羽搏《はばた》きを、私の耳もとへ伝えて来たりした。このあたりの磯は、海へ傾《かし》いでいる平たい柔順な岩から成立ち、私が腰かけた巌のような険しい姿は、他に二三見られるにすぎなかった。

波ははじめ、不安な緑の膨らみの形で沖のほうから海面を滑って来た。海に突き出た低い岩群は、救いを求める白い手のように飛沫《しぶき》を高く立てて逆らいながらも、その深い充溢感に身を涵《ひた》して、繋縛《けいばく》をはなれた浮游《ふゆう》を夢みているようにもみえた。しかし膨らみは忽《たちま》ちそれを置き去りにして同じ速度で汀《なぎさ》へ滑り寄って来るのだった。やがて何ものかがこの緑の母衣《ほろ》のなかで目ざめ・立上った。波はそれにつれて立上り、波打際に打ち下ろす巨大な海の斧《おの》の鋭《と》ぎすまされた刃《やいば》の側面を、残るくまなくわれわれの前に示すのだった。この濃紺のギロチンは白い血しぶきを立てて打ち下ろされた。すると砕けた波頭を追ってたぎり落ちる一瞬の波の背が、断末魔の人の瞳が映す至純の青空を、あの此世《このよ》ならぬ青を映すのだった。——海からようやく露《あら》われている蝕ばまれた平らな岩の連なりは、波に襲われたつかのまこそ白く泡立《あわだ》つなかに身を隠したが、余波《なごり》の退《ひ》きぎわには燦爛《さんらん》とした。その眩《まば》ゆさに宿かりがよろめき、蟹《かに》がじっと身動《みじろ》ぎがなくなるのを、私は巌の上から見た。

孤独の感じが、すぐさま近江の回想とまざり合った。それはこんな風にである。近江の生命《いのち》にあふれた孤独、生命《いのち》が彼を縛《いまし》めているところから生れる孤独、そうしたものへの憧れが、私をして彼の孤独にあやかりたいと希《ねが》わせはじめ、今のやや、外面的には近江のそれに似ている私の孤独、海の横溢を前にしたこの虚《むな》しい孤独を、彼に倣《なら》ったやり方で享楽《きょうらく》したいとねがわせた。私は近江と私との一人二役を演ずる筈《はず》だった。そのためには些《いささ》かでも彼との共通点が見出だされねばならなかった。そうすれば、近江自身はおそらく無意識に抱いているにすぎまい彼の孤独を、私が彼になり代り、あたかもその孤独が快楽にみちたものであるかのように意識して振舞うことが出来、近江を見て私が感じる快感をやがて近江自身の感じるであろう快感とすることの空想上の成就《じょうじゅ》にまで、私は到達する筈だった。

聖セバスチャンの絵に憑《つ》かれだしてから、何気なく私は裸になるたびに自分の両手を頭の上で交叉《こうさ》させてみる癖がついていた。自分の肉体は弱々しく、セバスチャンの豊麗は面影《おもかげ》だになかった。今も私は、何気なくそうしてみた。すると自分の腋窩へ目が行った。不可解な情欲《じょうよく》が湧《わ》き起った。

——私の腋窩には夏の訪れと共に、もとより近江のそれには及ばぬながら、黒い草叢の芽生えがあった。これが近江との共通点だった。この情欲には明らかに近江が介在した。それでもなお、私の情欲が私自身のそれへ向ったことは否《いな》めなかった。その時私の鼻孔をわななかせていた潮風と、私の裸かの肩や胸をひりひりさせながら照りつけていた夏の激しい光りと、見わたすかぎり人影のなかったことが、寄ってたかって、青空の下での最初の「悪習」に私を駆ったのだった。その対象を、私は自分の腋窩に選んだのだった。

……ふしぎな悲しさに私は身を慄《ふる》わせた。孤独は太陽のように私を灼《や》いた。紺の毛のパンツが私の腹に不快に粘ついた。私はそろそろと巌を下りて、汀《なぎさ》に足をひたした。余波《なごり》が私の足を白い死んだ貝殻《かいがら》のように見せ、海のなかには貝殻をちりばめた石畳が波紋にゆらめきながらありありと見えた。私は水の中にひざまずいた。そしてそのとき砕けた波が荒々しい叫びをあげて押し迫り、私の胸にぶつかり、私を繁吹《しぶき》で殆《ほと》んど包もうとするのに委《まか》せた。

——波が引いたとき、私の汚濁は洗われていた。私の無数の精虫は、引く波と共に、その波の中の幾多の微生物・幾多の海藻《かいそう》の種子・幾多の魚卵などの諸生命と共に、泡立つ海へ捲《ま》き込まれ、運び去られた。

秋が来て新学期がはじまったとき、近江はいなかった。放校処分の貼紙《はりがみ》が掲示板に見られた。

すると僭主《せんしゅ》*が死んだあとの人民のように、私の級友の誰しもが彼の悪事を喋《しゃべ》りだした。彼に十円貸して返してもらえなかったこと、彼に笑いながら舶来の万年筆を強奪されたこと、彼に首を絞められたこと、……それらの悪事を一人一人が彼から蒙《こうむ》ったらしいのにひきかえて、私だけは彼の悪については何一つ知らないことが、私を嫉妬で狂おしくさせた。しかし私の絶望は、彼の放校の理由に確たる定説のないことでわずかに慰められた。どこの学校にもいるあの消息通のすばしこい生徒も、万人が疑わない放校理由を、近江について探り出すことはできなかった。もとより先生は、ただ「悪いこと」とにやにやしながら言うばかりだった。

私にだけは彼の悪について一種の神秘な確信があった。彼自身にすらまだ十分には識《し》られていない或《あ》る広大な陰謀に、彼は参画していたに相違なかった。この彼の「悪」の魂が促す意欲こそ、彼の生甲斐《いきがい》であり、彼の運命だった。少くとも私にはそう思われた。

……するとこの「悪」の意味は私の内部で変容して来た。それが促した広大な陰謀、複雑な組織《システム》をもった秘密結社、その一糸乱れぬ地下戦術は、何らかの知られざる神のためのものでなければならなかった。彼はその神に奉仕し、人々を改宗させようと試み、密告され、秘密裡《ひみつり》に殺されたのだった。彼はとある薄暮に、裸体にされて丘の雑木林《ぞうきばやし》へ伴われた。そこで彼は双手《もろて》を高く樹《き》に縛められ、最初の矢が彼の脇腹《わきばら》を、第二の矢が彼の腋窩《えきか》を貫ぬいたのだった。

私は考え進んだ。そう思ってみれば、彼が懸垂をするために鉄棒につかまった姿《すがた》形《かたち》は、他の何ものよりも聖《サン》セバスチャンを思い出させるのにふさわしかったのである。

＊＊＊

中学四年のとき、私は貧血症にかかった。顔いろはますます蒼《あお》ざめ、手は草いろだった。高い階段を登ったあとでは、しばらく蹲踞《うずく》まっていなければならなかった。白い霧のような竜巻《たつまき》が後頭部へ舞い下りて、そこへ穴を穿《うが》ち、私を危うく昏倒《こんとう》させたからである。

家人が私を医者へつれて行った。彼は貧血症と診断した。懇意な面白い医者だったので、貧血症とはどういう病気かという家人の問にこたえて、ではアンチョコを見ながら御説明いたしましょうと言った。私は診察をおわって医者の傍《かたわ》らにいた。家人は医者に相対していた。医者の読み上げる本の頁《ページ》は私には覗《のぞ》かれ、家人には見えなかった。

「……ええと次は病因ですな。病気の原因ですな。『十二指腸虫』*これが多いですな。坊ちゃんのもこれかもしれませんな。便の検査をする必要がありますな。それから、『萎黄病《いおうびょう》』*これは滅多にない、しかも女の病気だ……」

そこで医者は病因の一つを飛ばして読むと、あとは口のなかでむにゃむにゃ言いながら、本を閉じた。ところが私には、彼が飛ばして読んだ病因が見えたのだった。それは『自瀆《じとく》』*だった。私は羞恥《しゅうち》のために動悸《どうき》が早まるのを感じた。医者は見抜いていたのであった。

砒素《ひそ》剤《ざい》の注射が処方された。この毒の造血作用が一ト月あまりで私を癒《いや》した。

しかし、誰が知っていたろう。私の血の欠乏が、他ならぬ血の欲求と、異常な相関関係を結んでいたことを。

　生れながらの血の不足が、私に流血を夢みる衝動を植えつけたのだった。ところがその衝動が私の体から更に血を喪《うしな》わせ、かくてますます私に血を希《ねが》わせるにいたった。この身を削る夢想の生活は、私の想像力を鍛え・錬磨《れんま》した。ド・サァド*の作品については未《ま》だ知らなかった私であったが、私は私なりに、「クオ・ヴァディス」*のコロッセウム*の描写の感銘から、私の殺人劇場の構想を立てた。そこではただ慰みのために、若い羅馬《ローマ》力士が生命を提供するのであった。死は血に溢《あふ》れ、しかも儀式張ったものでなければならなかった。私はあらゆる形式の死刑と刑具に興味を寄せた。拷問《ごうもん》道具と絞首台《こうしゅだい》は、血を見ないゆえに敬遠された。ピストルや鉄砲のような火薬を使った兇器《きょうき》は好もしくなかった。なるたけ原始的な野蛮なもの、矢、短刀、槍《やり》などが選ばれた。苦悶《くもん》を永びかせるためには腹部が狙《ねら》われた。犠牲は永い・物悲しい・いたましい・いうにいわれぬ存在の孤独を感じさせる叫びを挙げる必要があった。すると私の生命の歓喜が、奥深いところから燃え上り、はては叫びをあげ、この叫びに応《こた》えるのだった。これはそのままあの古代の人たちの狩猟の歓喜ではなかったろうか？

　希臘《ギリシャ》の兵士や、アラビヤの白人奴隷《どれい》や、蛮族の王子や、ホテルのエレヴェーター・ボオイや、給仕《ガルソン》や、与太者《よたもの》や、士官や、サーカスの若者などが、私の空想の兇器で殺戮された。私は愛する方法を知らないので誤まって愛する者を殺してしまう・あの蛮族の劫掠者《ごうりゃくしゃ》のようであった。地に倒れてまだぴくぴく動いている彼らの唇《くちびる》に私は接吻《せっぷん》した。レエルの一方に刑架が固定され、一方から短刀が十数本人形《ひとがた》に植った厚板がレエルを辷《すべ》って迫ってくる刑具は、何かの暗示で私が発明したものだった。死刑の工場があって人間を貫ぬく旋盤がしじゅう運転しており、血のジュースが甘味をつけられ罎詰《びんづめ》にされて発売された。多くの犠牲が後ろ手につながれて、この中学生の頭脳のコロッセウムへ送り込まれて来るのだった。

次第に刺戟《しげき》は強められ、人間が達する最悪のものと思われる一つの空想に到達した。この空想の犠牲者は、やはり私の同級生で、水泳の巧みな・際立《きわだ》って体格のよい少年だった。

そこは地下室だった。秘密な宴会がひらかれており、純白なテーブル・クロオスには典雅な燭台《しょくだい》が輝やき、銀製のナイフやフォークが皿《さら》の左右に並べられていた。お定まりのカーネーションの盛花もあった。ただ妙なことには食卓の中央の余白がひろすぎるのだった。余程大きな皿が、のちほどそこへ運び込まれるに相違なかった。

「まだかい?」

と会食者の一人が私にたずねた。顔は暗くてみえなかったが、荘厳な老人の声音《こわね》であった。そういえば会食者の顔はどれも暗くて見えなかった。ただ燈《あか》りの下へ白い手がさし出され銀のきらめくナイフやフォークをあやつっていた。たえず小声で喋り合うような、また、ひとりごとを言うような呟《つぶや》きが漂っていた。ときどき椅子《いす》がぎしぎしと軋《きし》り音《ね》をあげるほかは、際立った音も立てない陰気な宴会だった。

「もうそろそろ出来ると思いますが」

私はこう答えたが、暗い沈黙が報いた。私の答に皆が不機嫌になっている様子が見てとれた。

「ちょっと見て来ましょうか」

私は立上って厨房《ちゅうぼう》の戸をあけた。厨房の一角には地上に出る石段がついていた。

「まだかい？」

と私はコックにたずねた。

「なに、もうすぐですよ」

コックも不機嫌に菜っ葉のようなものを刻みながら下を向いたまま答えた。畳二畳ほどの大きな厚板の調理台の上には何もなかった。

石段の上から笑い声が降りて来た。見るともう一人のコックが、私の同級生の逞《たく》ましい少年の腕をとって下りて来るのであった。少年はふつうの長ズボンに胸をはだけた紺いろのポロ・シャツを着ていた。

「ああ、Bだね」

と私は何気なく呼びかけた。石段を下り切ると、彼はポケットへ両手をつっこんだまま私にむかっていたずらそうに笑ってみせた。すると突然コックがうしろからとびかかって少年の首を絞めた。少年は激しく抵抗した。

『……柔道の手だっけ。……柔道の手だな。……あれは何と言うのだったか？……そうだ……首を絞めて……本当には死なないのだ、……気絶するだけなんだ……』

私は考えながら、このいたましい戦いをみていた。少年がコックの頑丈《がんじょう》な腕のなかで急にぐったり首を垂れた。コックは事もなげに彼を抱きかかえて調理台の上へ置いた。するともう一人のコックが寄って来て、事務的な手つきでそのポロ・シャツを脱がし、腕時計を外し、ズボンを脱がし、みるみる丸裸かにしてしまった。裸体の少年はうすく口をあけて仰向けに倒れていた。その口に私は永い接吻をした。

「仰向けがいいかね、それとも俯伏《うつぷ》せがいいかね」

とコックが私にたずねた。

「仰向けがいいだろう」

その方が琥珀《こはく》いろの楯《たて》のような胸が見られるので、私はそう答えた。もう一人のコックが丁度人間の身幅ほどある大きな西洋皿を棚《たな》から出して来た。その皿は妙な皿で、両方の縁《ふち》に五つずつ都合十の小穴があいていた。

「よっこらしょ」

二人のコックが気を失っている少年を皿に仰向けに寝かせた。コックはたのしそうに口笛を吹きだし、細引を両側から皿の小穴にとおして少年の体をぎりぎり縛りつけた。その素速い手つきは熟練のほどを示していた。大きなサラダの葉が裸体のぐるりに美しく並べられた。特大の鉄のナイフとフォークが皿に添えられた。

「よっこらしょ」

二人のコックが皿をかつぎあげた。私が食堂の扉《とびら》をあけた。

好意のある沈黙が私を迎えた。灯《ひ》に白く輝いている食卓の余白に皿が置かれた。私は自分の椅子にかえって、大皿のわきから特大のナイフとフォークをとりあげた。

「どこから手をつけましょう」

返事はなく、多くの顔が皿のまわりに乗り出して来る気配が感じられた。

「ここが切りいいでしょう」

私は心臓にフォークを突き立てた。血の噴水が私の顔にまともにあたった。私は右手のナイフで胸の肉をそろそろ、まず薄く、切り出した。……

貧血が癒《なお》っても私の悪習は募るばかりであった。幾何の時間中、私は教師のなかでいちばん若い幾何の教師Aの顔を見飽かなかった。水泳の教師をしていたことがあると言われている彼は、海の陽《ひ》に灼《や》かれた顔いろと漁夫のような太い声音とをもっていた。冬のことでズボンに片手をつっこみながら、私は黒板の字をノートに写していた。そのうちに私の目はノートから離れ、Aの姿を無意識に追った。Aは若々しい声で幾何の難問の説明をくりかえしながら、教壇を上ったり下りたりした。

官能の悩みがすでに私の行住座《ぎょうじゅうざ》臥《が》に喰《く》い入っていた。若い教師は私の目交《まなかい》に、いつかしら幻のヘラクレス*の裸像を現前した。彼が左手の黒板拭《ふ》きをうごかしながらのばした右手の白墨で方程式を書きだすと、私は彼の背に寄る服地の皺《しわ》から、「弓を引くヘラクレス」*の筋肉の皺を見るのであった。私はとうとう授業時間中に悪習を犯した。

――ぼんやりした頭を垂れて、休み時間の運動場へ私は出た。私の――これも片想《かたおも》いの・そして落第生の――恋人が寄って来てたずねた。

「ねえ、君、きのう片倉の家へお悔みに行ったんだろう、どんな調子だった？」

片倉はおととい葬式のすんだ・結核で死んだやさしい少年だった。その死顔が似ても似つかぬ悪魔のようだったと友人にきいて、私はお骨になったころを見計って悔みに行ったのだった。

「どうもなかったよ。だってもう骨《ほね》なんだもの」と私は無愛想に答えるほかはなかったが、ふと彼におもねる伝言を思い出した。「ああ、それからね、片倉のマザーが君にくれぐれもよろしくって言ってたよ。これから寂しくなるからぜひ遊びに来てくれるように伝えてくれって言ってたよ」

「莫迦《ばか》」——私は急激な・しかし温かみのこもった力で胸を突かれてびっくりした。私の恋人の頬《ほお》は、まだ少年らしい羞恥《しゅうち》で真赧《まっか》になっていた。彼の目が私を同類扱いにする見馴《みな》れぬ親しさで輝やいているのを私は見た。「莫迦」と彼はまた言って、「貴様も人が悪くなりやがったなあ。意味《いみ》深《しん》な笑い方なんかしやがって」

——私はしばらくわからなかった。辻褄《つじつま》を合わせて笑いこそすれ、三十秒ほどわからなかった。やっとわかった。片倉の母はまだ若く美しい瘦形《やせがた》の未亡人だった。

そのことよりも更に私をみじめな気持にしたのは、こうした遅い理解が、必ずしも私の無知から来るのではなく、彼と私との明らかな関心の所在の差から来るのだというふことだった。私が感じた距離感の白々しさは、当然それが予見されて然《しか》るべきであったものが、こうまで手遅れな発見で私をおどろかしたというその口惜しさだった。

片倉の母からの伝言が彼にどんな反応を起すかということも考えないで、ただ無意識に、それを彼に伝えることが彼におもねる所以《ゆえん》だと考えている自分の幼なさそのものの醜さ、子供の泣き顔の、あの乾いた涙のあとのような醜さが私を絶望させた。私はどうして今のままではいけないのかという百万遍問い返された問を、その問題についても問いかけるには疲れすぎていた。私は飽き果て、純潔なままに身を持ち崩していた。心掛次第で、（何というしおらしさだ！）私もこうした状態から脱け出ることができるように思われるのだった。私が今飽き疲れているものは明らかに人生の一部であるとはまだ知らず、私が飽いているのは夢想であって人生ではないと信じているように。

私は人生から出発の催促をうけているのであった。私の人生から？　たとい万一私のそれでなかろうとも、私は出発し、重い足を前へ運ばなければならない時期が来ていた。

第三章

人生は舞台のようなものであるとは誰《だれ》しもいう。しかし私のように、少年期のおわりごろから、人生というものは舞台だという意識にとらわれつづけた人間が数多くいるとは思われない。それはすでに一つの確たる意識であったが、いかにも素朴《そぼく》な・経験の浅さとそれがまざり合っていたので、私は心のどこかで私のようにして人は人生へ出発するものではないという疑惑を抱きながらも、心の七割方《がた》では、誰しもこのように人生をはじめるものだと思い込んでいることができた。私は楽天的に、とにかく演技をやり了《おお》せれば幕が閉まるものだと信じていた。私の早死の仮説がこれに与《あずか》った。しかし後《のち》になって、この楽天主義は、というよりは夢想は、手きびしい報復をこうむるにいたった。

念のために申し添えねばならぬが、私がここで言おうとしていることは、例の「自意識」の問題ではない。単なる性慾《せいよく》の問題であり、未《ま》だそれ以外のことをここで言おうとしているのではない。

　もとより劣等生という存在は先天的な素質によるものながら、私は人並の学級へ昇りたいために姑息《こそく》な手段をとったのだった。つまり内容もわからずに、友達の答案を試験中にこっそり敷写しをして、そしらぬ顔でそれを提出するという手段《て》であった。カンニングよりももっと知慧《ちえ》のない・もっと図々《ずうずう》しいこの方法が、時として見かけの成功を収める場合がある。彼は上の学級へのぼる。下の学級でマスターされた知識を前提にして、授業は進行し、彼にだけは皆目わからない。授業をきいていたって何もわからない。そこで彼のゆく道は二つしかなくなってしまう。一つはグレることであり、一つは懸命に知っているように装うことである。どちらへ行くかは彼の弱さと勇気の質が決定する問題であり、量が決定するのではない。どちらへ行くにも等量の勇気と等量の弱さが要るのだ。そしてどちらにも、怠惰に対する一種詩的な永続的な渇《かつ》望《ぼう》が要るのである。

　あるとき、学校の塀《へい》の外を、そこにはいない或《あ》る友達がゆきかえりのバスの女車掌を好きらしいという噂話《うわさばなし》にざわめきながら歩いている一団に私は加わっていた。噂話はやがて、バスの女車掌なんてどこが好《よ》いのだろうという一般論に代った。すると私が意識した冷たい調子で、投げ出すようにこう言うのだった。

「そりゃああの制服さ。あの体にぴったりしているところがいいんだろう」

もちろん私は女車掌からこの種の肉感的な魅惑をうけたことはさらさらなかった。類推——純然たる類推である——が、物事に大人びた冷淡な好色家の見方をしたいという年相応の衒気《げんき》も手伝って、私をしてそんなことを言わせるのだった。するとその反応が過度にあらわれた。この一団は学校もよく出来るしお行儀も申し分のない穏健派であった。口々にこう言った。

「呆《あき》れた。君って相当なもんだねえ」

「よっぽど経験がなければ、そんなこと、ずばりと言えたものじゃないと思うね」

「君って、実際、こわいみたいだねえ」

こうした無邪気で感動的な批評に出会うと、私はちと薬が利《き》きすぎたと考えた。おなじことを言うにも、もう少し耳立たない質実な言い方もあり、そのほうが私を奥行ありげに見せるかもしれなかった。そこで私は、もう少し手加減をすべきであったと反省した。

十五六の少年が、こんな年に不釣合《ふつりあい》な意識の操作を行うとき、陥りやすいあやまりは、自分にだけは他の少年たちよりもはるかに確乎《かっこ》としたものが出来上りつつあるために意識の操作が可能なのだと考えることである。そうではない。私の不安が、私の不確定が、誰よりも早く意識の規制を要求したにすぎなかった。私の意識は錯乱の道具にすぎず、私の操作は不確定な・当てずっぽうな目分量にすぎなかった。シュテファン・ツヴァイク*の定義によると、「悪魔的なものとは、すべての人のなかに生れつき、自己の外へ、自己を越え、人を無限なるものへ駆りたてる不安定（*Unruhe*）のことで」ある。そしてそれは、「あたかも自然が、その過去の混沌《こんとん》のなかから、ある除くべからざる不安定の部分をわれわれの魂に残しでもしたかのよう」であって、その不安定の部分が緊迫をもたらし、「超人間的、超感覚的要素へ還元せんとする」のである。意識が単なる解説の効用をしかもたないような場所では、人が意識を必要としないのも尤《もっと》もなことである。

私自身には女車掌なんかから受ける肉の魅惑がすこしもないのに、純然たる類推と例の手加減とで意識的に言われたあの言葉が、友人たちをびっくりさせ、顔を羞恥《しゅうち》で赤くさせ、あまつさえ思春期らしい敏感な聯想《れんそう》能力で私の言葉から仄《ほの》かな肉感的な刺《し》戟《げき》をさえ受けているらしいのを目《ま》のあたりに見ると、私には当然、人のわるい優越感がわきおこった。ところが私の心はそこで止まってはいなかった。今度は私自身がだまされる番だった。優越感が偏頗《へんぱ》な醒《さ》め方をするのであった。それはこういう経路を辿《たど》った。優越感の一部は己惚《うぬぼ》れになり、自分が人より一歩進んでいると考える酩酊《めいてい》になり、この酩酊の部分が、他の部分よりも足早に醒めてくると、他の部分がまだ醒めていないにもかかわらず、はやくも凡《すべ》てを醒めた意識で計算する誤りを犯すので、「人より進んでいる」という酩酊は、「いや僕《ぼく》も皆と同じ人間だ」という謙虚さにまで修正され、それが誤算のおかげで、「そうだとも凡ゆる点に於て僕は皆と同じ人間だ」という風に敷衍《ふえん》され、（この敷衍を、まだ醒めていない部分が可能にし、支持するのである。）ついには「誰もこんなものだ」という生意気な結論がみちびきだされ、錯乱の道具にすぎない意識がここで強力にはたらき、……かくて私の自己暗示を完成するのであった。この自己暗示、この非理性的な・馬鹿《ばか》げた・贋《にせ》ものの・その上私自身でさえその明らかな偽瞞《ぎまん》に気づいている自己暗示が、このころから私の生活の少くとも九十パーセントを占めるにいたった。私ほど憑依《ひょうい》現象にもろい人間はなかろうかと思われる。

これを読んでいる人にだって明白であろう。私がバスの女車掌について些《いささ》か肉感的な言草ができたのは、実に単純な理由にすぎず、その一点だけに私が気づいていないということを。——それはまことに単純な理由、私が女の事柄《ことがら》については他の少年がもっているような先天的な羞恥をもっていないという理由に尽きるのである。

私が現在の考えで当時の私を分析しているにすぎないという誹《そし》りを免れるために、十六歳当時の私自身が書いたものの一節を写しておこう。

「……陵太郎はみしらぬ友の仲間に、なんのためらうところなくはいって行った。彼は少しでも快活に振舞う――あるいは振舞ってみせることで、あの理由のない憂鬱《ゆううつ》や倦怠《けんたい》をおしこめられたと信じていた。信仰の最良の要素である盲信が、彼をある白熱した静止のかたちにおいていた。他愛のない冗談や戯《ざ》れ事に加わりながら絶えず思うことに……『俺《おれ》はいまふさいでもいない、たいくつでもない』と。これを彼は、『憂《うれ》いをわすれている』と称していた。

ぐるりのひとびとは、しじゅう、自分が幸福なのだろうか、これでも陽気なのか、という疑問になやみつづけている。疑問という事実がもっともたしかなものであるように、これが幸福の、正当なあり方《かた》だ。

然《しか》るに陵太郎ひとりは、『陽気なのだ』と定義づけ、確信のなかに自分をおいている。

こうした順序で、ひとびとのこころは、彼のいわゆる『確かな陽気さ』のほうへ傾いてゆく。

とうとう仄かではあるが真実であったものが、勁《つよ》くして偽りの機械のなかにとじこめられる。機械は力づよく動きだす。そうしてひとびとは自分が『自己偽瞞の部屋』のなかにいるのに気附かない。

――「機械が力づよく動きだす。……」

機械は力づよく動いたであろうか？

少年期の欠点は、悪魔を英雄化すれば悪魔が満足してくれると信ずることである。

さて、私がとまれかくまれ人生へ出発する時刻は迫っていた。この旅への私の予備知識は、多くの小説、一冊の性典、友だちと回覧した春本、友だちから野外演習の夜《よ》毎《ごと》にしこたまきいた無邪気な猥談《わいだん》、……まずそんなところだった。灼《や》けつくような好奇心は、これらすべてにもまして忠実な旅の道連であった。門出の身構えも、「偽りの機械」であろうとする決意だけで上乗だった。

私は多くの小説を事こまかに研究し、私の年齢の人間がどのように人生を感じ、どのように自分自身に話しかけるかを調査した。寮生活をしなかったこと、運動部に入らなかったこと、その上私の学校には気取り屋が多くて例の無意識的な「下司《げす》遊び」の時期をすぎると滅多に下等な問題に立ち入らなくなること、おまけに私が甚《はなはだ》しく内気であったこと、これらの事情は一人一人の素顔に当ってみるという遣《や》り方を困難にしたので、一般的な原則から、「私の年齢の男の子」がたった一人でいるときどんなことを感じるかという推理にまで、もって行かなければならなかった。灼けつくような好奇心の面では私とも全く共通する思春期という一時期がわれわれを見舞うらしかった。この時期に達すると、少年はむやみと女のことばかり考え、にきびを吹出し、しじゅう頭がかっかとして、甘ったるい詩を書いたりするものらしかった。性の研究書がしきりに自瀆《じとく》の害について述べ、またある本は大して害がないから安心するようにと述べているところを見ると、この時期から彼らも自瀆に熱中するらしかった。私もその点で彼らと全く同じであった！　同じであるにもかかわらず、この悪習の心の対象に関する明らかな相違については、私の自己偽瞞が不問に附してしまった。

まず第一に、かれらは「女」という字から異常な刺戟をうけるもののようであった。女という字をちらと心にうかべただけで、顔が赤くなったりする様子であった。ところで私は「女」という字から、鉛筆とか自動車とか箒《ほうき》とかいう字を見てうける以上の印象を感覚的には一向受けなかった。こうした聯想能力の欠如は、片倉の母についてのそれの場合のように、友人と話をしていても折々現われて、私という存在をとんちんかんなものにした。彼らは私を詩人だと思って納得した。私は私で詩人だと思われたくないばっかりに、(なぜなら詩人という人種はきまって女にふられるものだそうであるから）彼らの話と辻褄《つじつま》を合わせるために、この聯想能力を人工的に陶冶《とうや》した。私は知らなかったのだ、彼らが私と内なる感覚の面だけではなく、外《そと》への見えざる表われに在っても、はっきりした差異を示していたことを。つまり彼らは女の裸体写真を見れば、すぐさま*erectio*を起していたことを。私にだけそれが起らなかったことを。そして私が*erectio*を起すような対象、（それははじめから倒錯愛の特質によって奇妙にきびしい選択を経ていたが）イオニヤ型*の青年の裸像なぞは、彼らの*erectio*をみちびき出す何の力をももたなかったことを。

私が第二章で、わざとのように、いちいち*erectio penis*のことを書いておいたのは、このことと関《かか》わりがある。何故《なぜ》なら私の自己偽瞞はこの点の無知で促されたからである。どんな小説の接吻《せっぷん》の場面にも男の*erectio*に関する描写は省かれていた。それは当然であり、書くに及ばないことである。性の研究書にも、接吻に際してすらおこる*erectio*については省かれていた。*erectio*は肉の交わりの前に、あるいはその幻覚をえがくことによってのみ起るように私は読んだ。何の慾望もないくせに、その時になれば、突然、――まるで天外からの霊感のように、――私にも*erectio*が起るのだろうと思われた。心の十パーセントが、「いや私にだけは起るまい」と低く囁《ささや》きつづけ、それが私のあらゆる形の不安となって現われた。ところで私は悪習の際に一度でも女の或る部分を心にうかべたことがあったろうか。たとい試験的にも。

私はそれをしなかった。私はそれをしないことを私の怠惰からにすぎぬと思っていた！

私には結局何一つわかっていなかった。私以外の少年たちの夜毎の夢を、きのうちらと街角で見た女たちが一人一人裸になって歩きまわることが。少年たちの夢に女の乳房が夜の海から浮び上る美しい水母《くらげ》のように何度となく浮び上ることが。女たちの貴い部分がその濡《ぬ》れた唇《くちびる》をひらいて、幾十回幾百回幾千回とはてしなく、シレエヌ*の歌をうたいつづけることが。……

怠惰から？　おそらくは怠惰から？　という私の疑問。私の人生への勤勉さはすべてここから来た。私の勤勉さはとどのつまりはこの一点の怠惰の弁護に費され、その怠惰を怠惰のままですませるための安全保障に宛《あ》てられた。

まず私は女に関する記憶のバック・ナンバアをそろえようと思い立った。如何《いかん》せんそれははなはだ貧弱なものだった。

一度、十四か十五のときにこんなことがあった。父が大阪へ転任した日、東京駅での見送りのかえるさに、親戚《しんせき》の数人が私の家を訪れたのであった。つまり母や私や妹や弟と一緒に、かれらの一行も私の家へ遊びに来たのである。なかに又従姉《またいとこ》の澄子がいた。彼女は結婚まえで、二十くらいであった。

彼女の前歯はこころもち反《そ》ッ歯《ぱ》だった。それはきわめて白い美しい前歯で、その二三本を目立たせるためにわざとそうしているのかと思われるほどに、笑うとまず前歯が光り、そのこころもち反《そ》っているさまは、いおうようない愛嬌《あいきょう》を笑いに添えた。反ッ歯というこの不調和、それが顔や姿のやさしさ・美しさの調和のなかへ、一滴の香料のようにしたたり落ち、その調和を強め、その美しさに味わいのアクセントを加えるのであった。

愛するという言葉が当らないなら、私はこの又従姉が「好き」だった。子供のころから私は彼女を遠くのほうから見ているのが好きだった。彼女が絽刺《ろざし》*をしているそばで、一時間の余《よ》も、私は何もしないでぼんやり坐《すわ》っていることがあった。

伯母たちが奥の部屋へ行ったあと、私と澄子とは客間の椅子《いす》に並んで掛けたまま黙っていた。見送りの雑沓《ざっとう》が私たちの頭のなかを踏み荒らしたあとがまだ消えなかった。

私は何かひどく疲れていた。

「ああ、疲れた」

彼女は小さいあくびをして、白い指をそろえて隠した口を、おまじないのように、その指で二三度軽く倦《だる》そうに叩《たた》いた。

「疲れなくて？　公ちゃん」

どうした加減か、澄子は両方の袂《たもと》で顔をおおうと、そばの私の腿《もも》の上にずしりと顔を落した。それからゆっくりずらすようにして、その上で顔の向きをかえて、しばらくじっとしていた。私の制服のズボンは枕代《まくら》りにされた光栄でわなないた。彼女の香水や白粉《おしろい》の匂《にお》いが私を当惑させた。疲れて澄んだ目をじっとひらいたまま動かない澄子の横顔が私をまごつかせた。……

それっきりである。とはいえ自分の腿の上にしばし存在した贅沢《ぜいたく》な重みをいつまでも私はおぼえていた。肉感ではなく、何かただきわめて贅沢な喜びだった。勲章の重みに似たものだった。

学校のゆきかえりに、バスのなかで私はよく一人の貧血質の令嬢に会った。彼女の冷たさが私の関心を惹《ひ》いた。いかにもつまらなそうな、物に倦《あ》いた様子で窓のそとを眺《なが》めている、すこし突き出た唇の硬さがいつも目についた。彼女がいないときのバスは物足りなく思われ、いつとなく、彼女を心宛《あ》てに乗り降りする私になった。恋というものかしらと私は考えた。

私にはまるでわからなかった。恋と性慾《せいよく》とがどんな風にかかわりあうのか、そこのところがどうしてもわからなかった。近江が私に与えた悪魔的な魅惑を、もちろんそのころの私は、恋という字で説明しようとはしていなかった。バスで見かける少女へのかすかな自分の感情を、恋かしらと考えているその私が、同時に、頭をテカテカに光らした若い粗野なバスの運転手にも惹かれているのであった。無知が私に矛盾の解明を迫らなかった。運転手の若者の横顔を見る私の視線には、何か避けがたい・息苦しい・辛《つら》い・圧力的なものがあり、貧血質の令嬢をちらちら見る目には、どこかわざとらしい・人工的な・疲れやすいものがあった。この二つの眼差《まなざし》の関わりがわからぬままに、二つの視線は、私の内部に平気で同居し、こだわりなく共在した。

その年頃《としごろ》の少年として、私にあまりに「潔癖さ」の特質が欠けているようにみえること、また言いうべくんば、私に「精神」の才能が欠けているようにみえること、こうしたことは私の烈《はげ》しすぎる好奇心がいきおい私を倫理的な関心へむかわせなかったからだといえばそれで説明がつくにしても、この好奇心は永患《ながわずら》いの病人の、外界への絶望的な憧《あこが》れにも似て、一面、不可能の確信とわかちがたく結びついていた。半ば無意識のこの確信、半ば無意識のこの絶望が、私の希《のぞ》みを、非望と見まがうほどに活々《いきいき》とさせた。

まだ年とても若いのに、私は明確なプラトニックな観念を自分のうちに育てることを知らずにいた。不幸だったというのか？　世のつねの不幸が私にとってどんな意味をもっていたろう。肉感に関する私の漠《ばく》たる不安が、およそ肉の方面だけを私の固定観念にしてしまった。知識慾と大して逕庭《けいてい》のないこの純粋な精神的な好奇心を、私は私自身に「これこそ肉の慾望だ」と信じこませることに熟練し、はては私自身がほんとうに淫蕩《いんとう》な心をでももっているように私をだますことに習熟した。それが私をして乙に大人ぶった・通人ぶった態度を身につけさせた。私はまるで女に倦きはてたような顔をしていた。

かくてまず、接吻が私の固定観念になった。接吻というこの一つの行為の表象は、その実、私にとって、私の精神がそこに宿りを求めていた何ものかの表象にすぎなかった、と今の私なら言うことができる。ところが当時の私はこの欲求を肉慾とあやまり信じたために、あのような夥《おびただ》しい心の仮装に憂身《うきみ》をやつさなければならなかったのであった。本然のものをいつわっているという無意識のうしろめたさが、かくも執拗《しつよう》に私の意識の演技をかき立てたのであった。しかしまたひるがえって思うに、人はそれほど完全におのれの天性を裏切ることができるものだろうか？　たとえ一瞬でも。

こう考えなくては、欲求せぬものを欲求するという不可思議の心の組織《システム》を、説明しようがないではないか。欲求するものを欲求しないという倫理的な人間の丁度裏側に私がいたとすれば、私はもっとも不倫なねがいを心に抱いていたことになろうか。それにしてはこのねがいは可愛《かわい》らしすぎるではないか。私は完全に自分をいつわり、一から十まで因襲の虜《とりこ》として行動したのか？　これに関する吟味は、のちのちの私にとって怨《ゆるが》せにならぬ務めになった。

――戦争がはじまると、偽善的なストイシズムがこの国一般を風靡《ふうび》した。高等学校もその例に洩《も》れなかった。私たちは中等科へ入ったころからあこがれていた「髪を伸ばす」というのぞみを、高等科へ進んでも当分叶《かな》えられそうにもなかった。派手な靴《くつ》下《した》の流行も昔であった。教練の時間がむやみと多くなり、ばからしい革新がいろいろと企てられた。

とはいうものの私の学校は、見せかけの形式主義が伝統的に巧みな校風なので、私たちはさほどの絆《ほだ》しも感ぜずに学校生活を送っていた。配属将校の大佐も捌《さば》ける男だったし、ズーズー弁からズー特と仇名《あだな》されていた旧特務曹長《そうちょう》のN准尉《じゅんい》も、同僚の馬鹿《ばか》特も、獅子鼻《ししばな》の鼻特も、校風を呑《の》みこんで要領よくやっていた。校長は女性的な性格を持った老海軍大将であったが、彼は宮内省《くないしょう》を後楯《うしろだて》に、のらりくらりした・当りさわりのない漸進主義で彼の地位を保っていた。

とこうするうちに、私は煙草《たばこ》をおぼえ酒をおぼえた。と謂《い》って、煙草も真似事《まねごと》なら、酒も真似事だった。戦争がわれわれに妙に感傷的な成長の仕方を教えた。それは二十代で人生を断ち切って考えることだった。それから先は一切考えないことだった。人生というものがふしぎに身軽なものにわれわれには思われた。ちょうど二十代までで区切られた生の鹹湖《かんこ》*が、いきおい塩分が濃くなって、浮身を容易にしたようなものだ。幕の下りる時刻が程遠くないかぎり、私に見せるための私の仮面劇も、もっとせっせと演じられてよかった。しかし私の人生の旅は、明日こそ発《た》とう、明日こそと思いながら、一日のばしにのばされて、数年間というもの、一向出立《しゅったつ》のけはいもなかった。この時代こそ私にとって唯一《ゆいいつ》の愉楽《ゆらく》の時代ではなかったろうか。不安は在っても漠としたそれにすぎず、私はまだ希望をもち、明日はいつも未知の青空の下に眺められた。旅の空想、冒険の夢想、私がいつかなるであろう一人前の私の肖像、それと私のまだ見ぬ美しい花嫁の肖像、私の名声の期待、……こうしたものが、ちょうど旅行の案内書、タオル、歯刷子《はブラシ》と歯磨《はみがき》、着替のシャツ、穿替《はきかえ》の靴下、ネクタイ、石鹸《せっけん》、と謂ったもののように、旅立ちを待つトランクのなかに、きちんと調えられていたあの時代、私にとっては戦争でさえが子供らしい歓《よろこ》びだった。弾丸が当っても私なら痛くはなかろうと本気で信じる過剰な夢想が、このころも一向衰えを見せていなかった。自分の死の予想さえ私を未知の歓びでおののかせるのであった。私は自分が全《すべ》てを所有しているように感じた。さもあろう。旅の仕度に忙殺されている時ほど、われわれが旅を隅々《すみずみ》まで完全に所有している時はないからである。あとはただこの所有を壊す作業が残されているだけだ。それが旅というあの完全な徒爾《あだごと》なのである。

やがて接吻の固定観念が、一つの唇に定着した。それはただ、そのほうが空想を由《ゆい》緒《しょ》ありげにみせるというだけの動機からではなかったろうか。欲望でも何でもないのに、私がしゃにむにそれを欲望と信じようとしたことは前にも述べたとおりだ。私はつまり、それをどうでも欲望と信じたいという不条理な欲望を、本来の欲望ととりちがえていたのである。私は私でありたくないという烈しい不可能な欲望を、世の人のあの性慾、彼が彼自身であるところからわきおこるあの欲望と、とりちがえていたのである。

そのころ話も一向合わないのに親しく附合っていた友達があった。額田《ぬかだ》というこの軽薄な同級生は、初歩の独乙《ドイツ》語のいろんな疑問をただすのに、私を度し易《やす》い気のおけない相手として選んだものらしかった。何事にもはじめのうちだけ気の乗る私は、初歩の独乙語では、よく出来る生徒と思われていた。優等生らしい（ということは神学生めいたということだが）レッテルを貼《は》られていた私が、内心どんなに優等生のレッテルを嫌っていて、（と謂って、このレッテル以外に私の安全保障に役立つレッテルは見当らなかったのだが、）いかほど「悪名」にあこがれていたかということを、もしかしたら額田は直感的に見抜いていたのかもしれなかった。彼の友情には私の弱味をくすぐる調子のものがあった。なぜといえ、額田は多分の嫉妬《しっと》を以《もっ》て硬派からにらまれている男であり、彼からは、女たちの世界の消息が、ちょうど霊媒《れいばい》の霊界通信のように、あるかなきかに響いていたからである。

女たちの世界からの最初の霊媒としてはあの近江がいた。しかしあのころの私はもっと私自身だったので、霊媒としての近江の特質を、彼の美しさの一つに数え立てることで満足した。ところが額田《ぬかだ》の霊媒としての役割は、私の好奇心の超自然な枠《わく》をなした。それは一つには額田が一向美しくなかったせいかもしれない。

「一つの唇」というのは彼の家へ遊びに行ったときに現われた彼の姉の唇だった。

二十四歳のこの美しい人は手もなく私を子供扱いにした。彼女をとりまく男たちを見ているうちに、私は自分に女を惹きつけるような特徴が一向ないことがわかって来ていた。それは私が決して近江になれないということであり、ひるがえってまた、近江になりたいという私のねがいは実は私の近江への愛だったと私に納得させることだった。

それでいて、私は自分が額田の姉に恋しているのだと信じこんだ。私はいかにも私と同年輩の初心《うぶ》な高等学生がするように、彼女の家のまわりをうろついたり、彼女の家のちかくの本屋で永いことねばっていてその前をとおりかかる彼女をつかまえる機会を待ったり、クッションを抱きしめて女の抱心地を空想してみたり、彼女の唇の絵をいくつも描いてみたり、身も世もあらぬ様子で自問自答してみたりした。それが何であろう。これらの人工的な努力は何か異常なしびれるような疲れを心に与えた。たえず自分に彼女を恋していると言いきかせているこの不自然さに、心の本当の部分がちゃんと気づいていて、悪意のある疲れで抵抗するのであった。この精神の疲労にはおそろしい毒があるように思われた。心の人工的な努力の合間に、時あって身のすくむような白々しさが私を襲い、その白々しさから逃れるために、私はまたぬけぬけと別の空想へと進むのであった。すると忽《たちま》ち私はいきいきし、私自身になり、異常な心象へむかってもえさかった。しかもこの焔《ほのお》は抽象化されて心に残り、あたかもこの情熱が彼女のためのものであったかのように、あとからこじつけの註釈《ちゆうしやく》をつけるのだった。――そして又しても、私は私をだますのであった。

私のここまでの叙述があまりに概念的にすぎ抽象的に失していると責める人があるならば、私は正常な人たちの思春期の肖像と外目《よそめ》にはまったくかわらない表象を、くどくどと描写する気になれなかったからだと答える他はない。私の心の恥部を除いたなら、以上は正常な人たちのその一時期と、心の内部までそっくりそのままであり、私はここでは完全に彼らと同じなのである。好奇心も人並であり、人生に対する欲望も人並であり、ただ内省を貪《むさぼ》りすぎるせいか引込思案で、何かというとすぐ顔を赤らめ、しかも女にちやほやされるほどの容貌《ようぼう》の自信がなく、いきおい書物にばかりかじりついている、多少成績もよい二十《はたち》前の学生を想像してもらえばよい。そしてその学生がどんな風に女にあこがれ、どんな風に胸をこがし、どんな風に空《むな》しく煩悶《はんもん》するかを想像してもらえばよい。これくらい容易な、そして魅力のない想像はあるまい。私がこんな想像をそっくりなぞるような退屈な描写を省いたのは当然である。内気な学生のその甚だ生彩のない一時期、私は全くそれと同じであり、私は絶対に演出家に忠誠を誓ったのである。

かかる間《あいだ》に、私は年上の青年にばかり懸けていた想《おも》いを、少しずつ年下の少年にも移すようになっていた。当然のことで、年下の少年ですらあの近江の年齢になったからである。とはいえこの愛の推移は、愛の質にもかかわりがあった。依然として心にひそめた想いではあるものの、私は野蛮な愛に都雅な愛をも加えるようになっていた。保護者の愛のようなもの、少年愛に類するものが、私の自然な成長によって兆《きざ》しかけていた。

ヒルシュフェルトは倒錯者を分類して、成年の同性にのみ魅惑を感じる一類を *androphils* とよび、少年や少年と青年の中間の年齢を愛する一類を *ephebophils* とよんだ。私は *ephebophils* を理解しつつあった。*Ephebe* は古代希臘《ギリシャ》の青年をさし、十八歳から二十歳までの壮丁《そうてい》*を意味しており、その語源はあのゼウス*とヘーラー*の娘・不死のヘラクレスの妻たるヘーベー（*Hebe*）*に由来している。女神ヘーベーはオリムプの神々の酌取《しゃくとり》をつとめ、青春の象徴であった。

高等学校へ入ったばかりのまだ十八歳の美しい少年があった。色白の、やさしい唇となだらかな眉《まゆ》をもった少年だった。八雲《やくも》という名だと私は知っていた。私の心が彼の顔だちを嘉納《かのう》*した。

ところで私は、彼が何も知らないうちに、彼から一種の快楽の贈物をうけていた。

一週間交代で最上級生の各組の組長が朝礼の号令をかけ、朝の体操のときも、午後の習練（高等学校にそんなものがあった。まず三十分くらいの海軍体操があって、それがすむと鍬《くわ》をかついで防空壕《ごう》掘りに行ったり、草苅《くさか》りに行ったりした。）のときも、私が号令をかける一週間が、四週間おきにまわってきた。夏が来ると、朝の体操や午後の海軍体操の時は、この作法のやかましい学校も当代の流行に押されてか、学生たちは半裸になって体操をするように命じられていた。組長は朝礼の号令を壇上からかけ、それがすむと、「上着脱げ！」という号令をかけ、皆が脱ぎおわってから組長は壇を降り、入れかわりに壇へ上った体操の教師に「礼！」という号令をかけ、それから最後列の同級の列まで駈《か》けてゆき、そこで自分も半裸になって体操をやり、体操がおわればあとは教師が号令をかけるので、組長は用済という段取であった。号令をかけるのがほとんど寒気《さむけ》のするほどおそろしい私であったが、右のような軍隊式のぎごちない段取が、たまたま私にとってお誂《あつら》え向きにできていたので、私の番の一週間はそれとなく待たれた。なぜといえ、この段取のおかげで、私は八雲のすがたを目《ま》のあたりに見ることができ、しかも私の貧弱な裸を見られるおそれなしに八雲の半裸を見ることができたからである。

八雲は大ていい号令の壇のすぐ前の、最前列か次の列かに並んでいた。このヒアキントス＊の頰《ほお》は赤らみやすかった。朝礼に駈けてきて整列するまぎわなど、息づかいはげしい彼の頰を見ることは快かった。彼はよく、息をはずませながら、荒々しい手つきで上着のホックを外した。そしてワイシャツの裾《すそ》のほうをズボンからむしりとるように激しく引抜いた。私は号令壇の上に在って、こうして事もなげに露《あら》わにされる彼の白い滑らかな上半身を、見まいと思っても見ないわけには行かなかった。そのため友人が、「君号令をかけるときいつも目を伏せてるね。そんなに心臓が弱いかね、君は」と何気なしに私に言ったとき、私はひやりとした。しかしこの度《たび》も、私は彼の薔薇《ばら》いろの半裸に近づく機会を得ないでしまった。

夏の一週間を、高等科の学生全部がM市の海軍機関学校へ見学に行ったことがあった。その一日、水泳の時間に皆はプールへ入った。泳げない私は、腹をこわしたという口実でただ傍観していることにしたが、日光浴は万病の薬だと或《あ》る大尉が主張したので、われわれ病人も半裸の姿にされてしまった。見ると病人組の一人に八雲がいた。彼は白い引緊《ひきしま》った腕で腕組みをし、心もち日に灼《や》けた胸を微風にさらして、白い前歯で下唇をなぶるようにじっと嚙《か》んでいた。見学の自称病人たちは、プールのまわりの木蔭《こかげ》をえらんで固まりだしたので、私が彼に近づくのに苦労はなかった。私は彼のしなやかな胴まわりを目測し、彼のしずかに息づいている腹をながめた。ホイットマン＊

のこういう詩句が思い出された。

……若者達は仰向いて白い腹が日光にふくらむ。

——しかしこの度《たび》も、私は言葉ひとつかけるではなかった。私は自分の貧弱な胸廓《きようかく》や細い青ざめた腕を恥じたのである。

＊＊＊

昭和十九年——つまり終戦の前の年——の九月に、私は幼年時代からずっとそこにいた学校を卒業して、或る大学へ入った。有無を言わさぬ父の強制で、専門は法律を選ばされた。しかし遠からず私も兵隊にとられて戦死し、私の一家も空襲で一人のこらず死んでくれるものと確信していたので、大して苦にはならなかった。

そのころふつうに行われていたことであるが、私の入学と入れかわりに出征する先輩が、大学の制服を私に貸してくれた。私が出征するときにそれを彼の家へ返還する約束で私はそれを着て大学へ通いだした。

空襲を人一倍おそれているくせに、同時に私は何か甘い期待で死を待ちかねてもいた。たびたび言うように、私には未来が重荷なのであった。人生ははじめから義務観念で私をしめつけた。義務の遂行が私にとって不可能であることがわかっていながら、人生は私を、義務不履行の故《ゆえ》をもって責めさいなむのであった。こんな人生に死で肩すかしを喰《く》わせてやったら、さぞやせいせいすることだろうと私には思われた。戦争中の流行であった死の教義に私は官能的に共鳴していた。私が万一「名誉の戦死」でもしたら、(それはずいぶん私には似合わしからぬことであるが、)実に皮肉に生涯《しょうがい》を閉じたことになり、墓の下での私の微笑のたねは尽きまいと思われるのだった。その私がサイレンが鳴ると、誰《だれ》よりもはやく防空壕へ逃げこむのであった。

……下手なピアノの音を私はきいた。

近々特別幹部候補生で入隊することになっている友人の家でだった。草野《くさの》というこの友人を私は高等学校でいささかでも精神上の問題について語り合うことのできた唯一の友人として大事にしていた。私は友人というものを敢《あえ》て持《も》ちたがらない男だが、この唯一の友情をも傷つけかねないこれ以下の叙述を、私に強いた私の内なるものを惨《むご》たらしく思う。

「あのピアノ巧《うま》いのかい？　ときどきつっかかるようだけど」

「妹なんだよ。さっき先生がかえったばかりで、おさらいをしているんだ」

私たちは対話をやめてまた耳をすました。草野の入隊は間近であったので、おそらく彼の耳にひびいているものは、啻《ただ》に隣室のピアノの音ではなく、やがて彼がそれから引き離される『日常的なもの』の、一種不出来なもどかしい美しさであった。そのピアノの音色には、手帖《てちょう》を見ながら作った不出来なお菓子のような心易《こころやす》さがあり、私は私で、こう訊《たず》ねずにはいられなかった。

「年は？」

「十八。僕のすぐ下の妹だ」

と草野がこたえた。

——きけばきくほど、十八歳の、夢みがちな、しかもまだ自分の美しさをそれと知らない、指さきにまだ稚《おさ》なさの残ったピアノの音である。私はそのおさらいがいつまでもつづけられることをねがった。願事《ねぎごと》は叶《かな》えられた。私の心の中にこのピアノの音はそれから五年後の今日までつづいたのである。何度私はそれを錯覚だと信じようとしたことか。何度私の理性がこの錯覚を嘲《あざけ》ったことか。何度私の弱さが私の自己欺瞞《ぎまん》を笑ったことか。それにもかかわらず、ピアノの音は私を支配し、もし宿命という言葉から厭味《いやみ》な持味が省かれうるとすれば、この音は正しく私にとって宿命的なものとなった。

私はそれよりすこし前に異様な感銘でうけとったこの宿命という言葉を記憶していた。高等学校の卒業式のあと、校長の老海軍大将と御礼言上に宮中へ行った自動車の中で、この目やにの溜《たま》った陰気な年寄が、私が特別幹部候補生の志願をせずにただの兵卒として応召するつもりでいる決心を非難して、私の体では列兵の生活にはとても耐えられまいと力説した。

「でも僕は覚悟しています」

「あんたは知らんからそう言うのだ。しかし志願の期日もすぎてしまったし、いまさら仕方がない。これも君のデステネイだよ」

彼は宿命という英語を明治風に発音した。

「は？」

と私はききかえした。

「デステネイだよ。これも君のデステネイだ」

——彼は老婆心《ろうばしん》と思われまいと警戒する老人特有の羞恥《しゅうち》のうかがわれる無関心さで、

こう単調にくりかえした。

ピアノの少女を今までだって私は草野の家で見ていたにちがいなかった。しかしあの額田《ぬかだ》の家とは正反対の清教徒風な草野の家庭では、三人の妹はつつましい微笑をのこしてすぐ隠れてしまうのであった。草野の入隊がいよいよ近づいたので、彼と私はお互いの家をかわるがわる訪れて名残を惜しんだ。ピアノの音が、彼の妹に対して私をぎごちない人間にしてしまった。あの音に耳を傾けて以来、何かしら私は彼女の秘密を聞き知った者のように、彼女の顔を正面からみつめたり彼女に話しかけたりすることができかねた。たまたま彼女がお茶をはこんでくるとき、私は目のまえに軽やかに動く敏捷《びんしょう》な脚だけを見た。モンペやズボンの流行で女の脚を見馴《みな》れないでいるせいか、この脚の美しさが私を感動させた。

——こんな風に書くと私が彼女の脚から肉感をうけとっていたと釈《と》られても仕方がない。そうではなかった。屡〻《しばしば》いうとおり、私には異性の肉感についてまったく定見というものが欠けていた。それがよい証拠に、私は女の裸体を見たいという何らの欲求も知らなかったのだ。それでいて私は女への愛を真面目《まじめ》に考え、例のいやな疲れが心にはびこりだしてこの「真面目な考え」を追うことを邪魔しだすと、今度は私は自分が理性の勝った人間だと考えることに喜びを見出《みい》だし、自分の冷ややかな持続性のない感情を、女に飽き果てた男のそれになぞらえることで、大人ぶりたいという衒気《げんき》の満足をまで併せ果していたわけだった。こうした心の動きは、十銭玉を入れると動き出してキャラメルを辷《すべ》らせる駄菓子《だがし》屋の機械のように、私の中に固定した。

およそ何らの欲求ももたずに女を愛せるものと私は思っていた。これはおそらく、人間の歴史がはじまって以来もっとも無謀な企てだった。私は自らそれと知らずに、（こんな大袈裟《おおげさ》な言い方は私の持ち前だからお許しねがうが、）愛の教義のコペルニクス*であろうと企てたのである。そのためには勿論《もちろん》私はしらずしらずプラトニックの観念を信じていた。前に述べたところと矛盾するようにみえるかもしれないが、私は真正直に額面通りに純粋にそれを信じていたのである。ともすると私が信じていたのは、この対象ではなく、純粋さそのものではなかったろうか？　私が忠誠を誓ったのは純粋さにではなかったろうか？　これは後《のち》の問題だ。

時として私がプラトニックな観念を信じていないようにみえたのも、私に欠けている肉感という観念へともすると傾きがちな私の頭脳と、大人ぶりたい病いの満足に与《あずか》りがちなあの人工的な疲れとのせいだった。いわば私の不安からだった。

戦争の最後の年が来て私は二十一歳になった。新年匆々《そうそう》われわれの大学はM市近傍のN飛行機工場へ動員された。八割の学生は工員になり、あとの二割、虚弱な学生は事務に携わった。私は後者であった。それでいて去年の検査で第二乙種合格を申し渡されていた私には今日明日にも令状の来る心配があった。

黄塵《こうじん》の湧《わ》き立つ荒涼としたこの地方に、横切るだけで三十分もかかる巨大な工場が、数千人の工員を動かして活動していた。私もその一人、四四〇九番、仮従業員第九五三号であった。この大工場は資金の回収を考えない神秘的な生産費の上にうちたてられ、巨大な虚無へ捧《ささ》げられていた。朝毎《あさごと》に神秘な宣誓がとなえられるのも故あることだった。私はこんなふしぎな工場を見たことがない。近代的な科学の技術、近代的な経営法、多くのすぐれた頭脳の精密な合理的な思惟《しい》、それらが挙《あ》げて一つのもの、すなわち「死」へささげられているのであった。特攻隊用の零式《ゼロしき》戦闘機*の生産に向けられたこの大工場は、それ自身鳴動し・唸《うな》り・泣き叫び・怒号している一つの暗い宗教のように思われた。何らかの宗教的な誇張なしには、こうした尨大《ぼうだい》な機構もありえないように私には思われた。重役どもが私腹を肥やしているところまで宗教的だった。

時あって空襲警報のサイレンが、この邪《よこし》まな宗教の黒弥撒《くろミサ》*の時刻を告げしらせた。事務室は色めいて、「情報はどうだべえ」と田舎訛《なま》りを丸出しにした。この部屋にはラジオがなかった。所長室附の女の子が、「敵数編隊よ」なぞと注進に来た。とこうするうちに、拡声器のだみ声が、女子学徒と国民学校児童の待避を命じた。救護係が、「止血　時　分」と印刷した赤い荷札のようなものを配ってあるいた。負傷して止血したときこの札に時間を記入して胸にさげるのである。サイレンが鳴ってから十分とたったかたたぬに、「全員待避」を拡声器が告げた。

事務員たちは重要書類の箱を抱えて、地下の金庫へいそぐのだった。それらを蔵《しま》いおわると我がちに地上へ駈け出し、広場を横切って駈けてゆく鉄兜《てつかぶと》や防空頭巾《ずきん》の群衆に加わった。群衆は正門をめざして奔流していた。正門の外は荒涼とした黄いろい裸かの平野であった。七八百米《メートル》へだたった緩丘の松林に無数の待避壕《たいひごう》が穿《うが》たれていた。それへ向って、砂塵のなかを、二筋の道にわかれた無言の・苛立《いらだ》たしい・盲目的な群衆が、ともかくも「死」ではないもの、よしそれが崩れやすい赤土の小穴であっても、ともかくも「死」ではないもののほうへと駈けるのだった。

たまたま休日にかえった自宅で、私は夜の十一時に召集令状をうけとった。二月十五日に入隊せよという電文だった。

私のようなひよわな体格は都会ではめずらしくないところから、本籍地の田舎の隊で検査をうけた方がひよわさが目立って採られないですむかもしれないという父の入《い》れ知恵《ぢえ》で、私は近畿《きんき》地方の本籍地のH県で検査をうけていた。農村青年たちがかるがると十回ももちあげる米俵を、私は胸までももちあげられずに、検査官の失笑を買ったにもかかわらず、結果は第二乙種合格で、今又令状をうけて田舎の粗暴な軍隊へ入隊せねばならないのであった。母は泣き悲しみ、父も少なからず悄気《しょげ》ていた。令状が来てみるとさすがに私も気が進まなかったが、一方景気のよい死に方の期待があるので、あれもよしこれもよしという気持になった。ところが工場で引きかけていた風邪が行きの汽車の中で募って来、祖父の倒産以来一坪の土地もない郷里の、昵懇《じっこん》な知人の家に到着すると、はげしい熱で立っていることも叶わなかった。しかしそこの家の手厚い看護と、なかんずく多量に嚥《の》んだ解熱剤が利目《ききめ》をあらわしたので、私は一応威勢よく人に送られて営門をくぐった。

薬で抑えられていた熱がまた頭をもたげた。入隊検査で獣のように丸裸かにされてうろうろしているうちに、私は何度もくしゃみをした。青二才の軍医が私の気管支のゼイゼイいう音をラッセル*とまちがえ、あまつさえこの誤診が私の出たらめの病状報告で確認されたので、血沈がはかられた。風邪の高熱が高い血沈を示した。私は肺《はい》浸潤《しんじゅん》の名で即日帰郷を命ぜられた。

営門をあとにすると私は駈《か》け出した。荒涼とした冬の坂が村のほうへ降りていた。あの飛行機工場でのように、ともかくも「死」ではないもの、何にまれ「死」ではないもののほうへと、私の足が駈けた。

……夜行列車の硝子《ガラス》の破れから入る風を避けながら、私は熱の悪寒《おかん》と頭痛に悩まされた。どこへ帰るのかと自分に問うた。何事にも踏切《ふんぎ》りのつかない父のおかげでまだ疎開《そかい》もせずに不安におびえている東京の家へか？　その家をとりかこむ暗い不安にみちた都会へか？　家畜のような目をして、大丈夫でしょうか大丈夫でしょうかとお互いに話しかけたがっているようなあの群衆の中へか？　それとも肺病やみの大学生ばかりが抵抗感のない表情で固まり合っているあの飛行機工場の寮へか？

凭《よ》りかかった椅子《いす》の板張りが、汽車の震動につれて私の背にゆるんだ板の合せ目を動かしていた。たまたま私が家にいるときに空襲で一家が全滅する光景を私は目をとじて思いえがいた。いおうようない嫌悪《けんお》がこの空想から生れた。日常と死とのかかわり合い、これほど私に奇妙な嫌悪を与えるものはないのだった。猫《ねこ》でさえ人に死様《しにざま》を見せぬために、死が近づくと姿を隠すというではないか。私が家族のむごたらしい死様を見たり、私が家族に見られたりするというこの想像は、それを思っただけで嘔吐《おうと》を胸もとまでこみ上げさせた。死という同じ条件が一家を見舞い、死にかかった父母や息子や娘が死の共感をたたえて見交わす目つきを考えると、私にはそれが完全な一家愉楽《ゆらく》、家族団欒《だんらん》の光景のいやらしい複製としか思えないのだった。私は他人の中で晴れ晴れと死にたいと思った。明るい天日《てんじつ》の下に死にたいと希《ねが》ったアイアスの希臘《ギリシャ》＊的な心情ともそれはちがっていた。私が求めていたものは何か天然自然の自殺であった。まだ狡智《こうち》長《た》けやらぬ狐《きつね》のように、山ぞいをのほほんと歩いていて、自分の無知ゆえに猟師に射《う》たれるような死に方を、と私はねがった。

——それなら軍隊は理想的ではなかったろうか？　それをしも私は軍隊に希っていたのではなかったか？　何だって私はあのようにむきになって軍医に嘘《うそ》をついたのか？　何だって私は微熱がここ半年つづいていると言ったり、肩が凝って仕方がないと言ったり、血痰《けったん》が出ると言ったり、現にゆうべも寝汗がびっしょり出た（当り前だ。アスピリンを嚥《の》んだのだもの）と言ったりしたのか？　何だって私は、即日帰郷を宣告されたとき、隠すのに骨が折れるほど頰を押して来る微笑の圧力を感じたのか？　何だって私は営門を出るとあんなに駈けたのか？　私は希望を裏切られたのではなかったか？　うなだれて、足も萎《な》えて、とぼとぼと歩かなかったのは何事か？

軍隊の意味する「死」からのがれるに足りるほどの私の生が、行手にそびえていないことがありありとわかるだけに、あれほど私を営門から駈け出させた力の源が、私にはわかりかねた。私はやはり生きたいのではなかろうか？　それもきわめて無意志的に、あの息せき切って防空壕へ駈けこむ瞬間のような生き方で。

すると突然、私の別の声が、私が一度だって死にたいなどと思ったことはなかった筈《はず》だと言い出すのだった。この言葉が羞恥《しゅうち》の縄目《なわめ》をほどいてみせた。言うもつらいことだが、私は理会した。私が軍隊に希ったものが死だけだというのは偽わりだと。私は軍隊生活に何か官能的な期待を抱いていたのだと。そしてこの期待を持続させている力というのも、人だれしもがもつ原始的な呪術《じゅじゅつ》の確信、私だけは決して死ぬまいという確信にすぎないのだと。……

……しかしながらこの考えは私にとっていかにも好もしからぬものだった。むしろ私は自分を「死」に見捨てられた人間だと感じることのほうを好んだ。死にたい人間が死から拒まれるという奇妙な苦痛を、私は外科医が手術中の内臓を扱うように、微妙な神経を集中して、しかも他人行儀にみつめていることを好んだ。この心の快楽の度合は殆《ほとん》ど邪《よこし》まなものにさえ思われた。

大学はＮ飛行機工場と感情的に衝突して学生全部を二月いっぱいで引揚げさせた上、

三月一ト月は講義を再開し、四月はじめから又別の工場へ動員されるというスケジュールを組んだ。二月末には小型機が千機ちかく襲来した。三月の講義といっても名目だけのものになることは知れていた。

こうして戦争のまっさい中に何の役にも立たない一ヶ月の休暇がわれわれに与えられた形になった。湿った花火を与えられたようなものだった。しかしなまじっか用立てやすい乾パンの一袋をもらうより、この湿った花火の贈物のほうが私にはうれしかった。いかにも大学のくれるものらしく間の抜けた贈物だったから。――この時代には、何の役にも立たないというだけでも、大した贈物だったのだ。

私の風邪が治って数日のち、草野の母から電話がかかった。M市近傍の草野の隊で三月十日にはじめて面会がゆるされるので一緒に行かないかという電話であった。

私は承諾し、打合せのために間もなく草野の家を訪れた。夕方から八時までの間がそのころいちばん安全な時間とされていた。草野の家では食事がすんだところだった。

彼の母は未亡人であった。母と三人の妹がいる炬燵《こたつ》に私は招かれた。母があのピアノの少女を私に紹介したが、園子《そのこ》という名であった。ピアノの名手であるI夫人と同じ名であるところから、私はあのときききいたピアノの音にかけていささか皮肉な冗談を言った。十九歳の彼女は暗い遮光《しゃこう》電燈のかげで赤くなり、ものを言わなかった。紅《あか》い革のジャケットを園子は着ていた。

　三月九日の朝、私は草野の家に近い或《あ》る駅の歩廊で草野家の人たちを待った。線路を隔てた店つづきが強制疎開で壊されかけているさまがつぶさにみえた。清冽《せいれつ》な早春の大気をそれが新鮮なめりめりという音で引裂いた。裂かれた家からは、まばゆいような新らしい木肌《きはだ》が見えているところもあった。

　まだ朝は寒かった。ここ数日というものついぞ警報がきかれなかった。その間に空気はいよいよ澄明《ちょうめい》に磨《みが》かれ、今は危うく崩壊の兆《きざし》もみせて繊細にはりつめていた。弾《はじ》けば気高く鳴りひびく絃《いと》のような大気であった。いわば音楽へあと数瞬間で達しようとしている豊かな虚《むな》しさにみちた静寂を思わせた。人気《ひとけ》のないプラットフォームにおちた冷ややかな日ざしでさえ、何かしら音楽の予感のようなものにおののいていた。

　と、むこうの階段を青いオーヴァーの少女が降りて来た。彼女は小さい妹の手を引き、一段一段妹を見戍《みまも》りながら足を運んでいた。大きいほうの十五六の妹は、この徐行にしびれを切らして、それでも先にどんどん下りてしまわずに、わざとジグザグに閑散な階段を伝わっていた。

　園子はまだ私に気づいていない様子であった。私のほうからはありありとみえた。

生れてこのかた私は女性にこれほど心をうごかす美しさをおぼえたことがなかった。私の胸は高鳴り、私は潔《きよ》らかな気持になった。こう書いたところで、ここまで読んで来た読者はなかなか信じまい。なぜといえ、額田の姉に対する私の人工的な片思いと、この胸の高鳴りとを区別する何ものもなかろうからだ。あの場合の仮借ない分析が、この場合だけ閑却される理由はないからだ。そうとすれば書くという行為ははじめから徒爾《あだごと》になってしまう。私が書いていることはこう書きたいという欲望の産物にすぎなく思われるからだ。そのためには私は辻褄《つじつま》を合わせておけば万事ＯＫだからだ。しかし私の記憶の正確な部分が、今までの私との一点の差異を告げるのである。それは悔恨であった。

園子はもう二三段で下りきろうとするとき私に気づき、寒気にさえた新鮮な頰《ほお》のほてりのなかで笑った。黒目勝ちの、幾分瞼《まぶた》の重い、やや睡《ねむ》たげな目が輝やいて何か言おうとしていた。そして小さい妹を十五六の妹の手にあずけると、光りの揺れるようなしなやかな身ぶりで私のほうへ歩廊を駈けて来た。

私は私のほうへ駈けてくるこの朝の訪れのようなものを見た。少年時代から無理矢理にえがいてきた肉の属性としての女ではなかった。もしそれならば私はまやかしの期待で迎えればよかった。しかし困ったことに私の直感が園子の中にだけは別のものを認めさせるのだった。それは私が園子に値いしないという深い虔《つつ》ましい感情であり、それでいて卑屈な劣等感ではないのだった。一瞬毎《ごと》に私へ近づいてくる園子を見ていたとき、居たたまれない悲しみに私は襲われた。かつてない感情だった。私の存在の根柢《こんてい》が押しゆるがされるような悲しみである。今まで私は子供らしい好奇心と偽わりの肉感との人工的な合金《アマルガム》の感情を以《もっ》てしか女を見たことがなかった。最初の一瞥《いちべつ》からこれほど深い・説明のつかない・しかも決して私の仮装の一部ではない悲しみに心を揺ぶられたことはなかった。悔恨だと私に意識された。しかし私に悔恨の資格を与えた罪があったであろうか？　明らかな矛盾ながら、罪に先立つ悔恨というものがあるのではなかろうか？　私の存在そのものの悔恨が？　彼女の姿がそれを私によびさましたのであろうか？　ややもすれば、それは罪の予感に他ならないのであろうか？

――園子はすでに抗《あらが》いがたく私の前に立っていた。私がぼんやりしているので、やりかけたお辞儀をもう一度はっきりとしてみせた。

「お待ちになりまして？　母やお祖母《ばあ》さま（と彼女は妙な語法を使って赤くなった）はまだお仕度が出来なくて遅くなりそうでございますの。あの、もうちょっと待って、(彼女はつつしみぶかく言い直した、）もうちょっとお待ちいただいて、まだまいりませんようでしたら、さきにU駅へ御一緒にまいりません？」

彼女はたどたどしい切口上でこれだけいうと、もう一度胸で息をした。園子は大柄《おおがら》な少女だった。背丈は私の額ほどまであった。非常に優雅な均整のとれた上体と、美しい脚とをもっていた。お化粧をしていない稚《おさ》なげな丸顔は、お化粧を知らない無垢《むく》な魂の似顔のようであった。唇《くちびる》はすこしひびわれて、そのせいで何か却《かえ》ってなまなましい色にみえた。

それから私たちは二言三言手持無沙汰《ぶさた》な会話をした。私は全力をあげて快活であろうとし、全力をあげて機智《きち》ゆたかな青年であろうとした。しかもそういう私を私は憎んだ。

電車は何度か私たちのかたわらに停《とま》り、また鈍い軋《きし》めきを立てて出て行った。この駅での乗り降りは激しくなかった。私たちが心地よく浴びている日光がそのたびに遮《さえぎ》られるだけだった。しかし車体が立去るごとに私の頰によみがえる日ざしの和やかさが私を戦慄《せんりつ》させた。こんなにも豊かにめぐまれた日光が私の上にあり、こんなに何事もねがわない刻々が私の心にあることは、何か不吉な兆、たとえば数分後に突然の空襲があって私たちが立ちどころに爆死すると謂《い》った不吉の兆でなければならぬような気がした。私たちはわずかな幸福をも享《う》けるに価いしない気持でいた。が、これを裏からいうと、私たちはわずかな幸福をも恩寵《おんちょう》だと考える悪習に染まっていた。こうして園子と言葉すくなに向いあっていることが、私の心に与えた効果は正にそれだった。おそらく園子を支配していたものも同じ力であったにちがいない。園子の祖母や母はなかなか来なかったので、何台目かの電車に私たちは乗ってU駅へ向った。

U駅の雑沓《ざっとう》のなかで、私たちは草野と同じ隊にいる息子に面会にゆく大庭《おおば》氏に呼びとめられた。頑固《がんこ》に中折帽と背広を固執しているこの中年の銀行家は、園子とも顔見知りの娘をつれていた。彼女が園子に比べてはるかに美しくないことが、何故《なぜ》か私を喜ばせた。この感情は何事だろう。園子が彼女と、交叉《こうさ》させた両手を親しげに握り合ってふりまわしている、その無邪気なはしゃぎ方を見ていても、園子には美しさの特権である安らかな寛容の具《そな》わっているのが知れ、彼女をいくらか年よりも大人らしく見せているのもこれだという発見からだった。

汽車は空《す》いていた。偶然のように私と園子は窓ぎわへ向い合って腰を下ろした。大庭氏の一行は女中を入れて三人だった。そしてやっと揃《そろ》ったこちらの人数は六人だった。九人で横一列の席を占めるとすると、一人あまる勘定だった。

私は自分でもそれと知らずにこの素早い計算を暗算した。園子もしていたのであろうか。二人は向いあってどしんと腰を下ろすと悪戯《いたずら》そうな微笑を交わした。

計算のむつかしさがこの離れ小島を黙認する結果になった。儀礼上、園子の祖母と母は大庭氏父娘と向い合わねばならなかった。園子の小さい妹は妹で、お母様の顔と外の景色と両ほう見える場所をすぐさま選んだ。彼女の小さい姉がこれに追随した。だからそこの座席は大庭家の女中がおませの女の子二人を預った運動場のようなものになった。古ぼけた椅子の背が、かれら七人から私と園子を隔離した。

汽車が走り出さないうちから一行を制圧したのは大庭氏のお喋《しゃべ》りだった。この声低《こえびく》の女性的なお喋りは相手に合槌《あいづち》を打つこと以外の権利を断じて与えなかった。草野家のお喋りの代表である気の若い祖母でさえが呆気《あっけ》にとられている様子が椅子の壁ごしにわかった。祖母も母も、「はあ、はあ」と言ったきり、要所要所で笑う仕事に追いまくられていた。大庭氏の娘にいたっては一言も口をきかなかった。やがて汽車がうごきだした。

駅を離れると、汚れた窓硝子《ガラス》をとおしてくる日ざしが、凸凹《でこぼこ》の窓枠《まどわく》や、園子と私の外套《がいとう》の膝《ひざ》のうえに落ちた。彼女も私も隣りのお喋りに耳をすましながら黙っていた。時折彼女の口に微笑がにじんで来た。すぐそれは私に伝染した。そのたびに私たちの目が合った。するとまた園子は、隣りの声に耳をすます・きらきらした・悪戯っぽい・心おきなげな眼差《まなざし》になって私の視線をのがれた。

「わたくしは死ぬときはこの恰好《かっこう》で死ぬつもりでございますよ。国民服*やゲートル*の恰好で死んでは、死んでも死にきれないではございませんか。わたくし娘にもズボンを穿《は》かせないのでございますよ。女らしい恰好で死なせてやることが親の慈悲ではございませんか」

「はあ、はあ」

「話はちがいますが、お荷物を疎開《そかい》なさるときはわたくしに御申しきかせ下さいませ。男手のない御家庭は何かと御不自由でございましょう。何なりとわたくしに御申しきかせ下さいませ」

「おそれいります」

「T温泉の倉庫を買い切りましてわたくしどもの銀行の行員の荷物はみなそこへ廻《まわ》してやっておるのでございますよ。ここなら安全まちがいなしと申してよろしゅうございましょう。ピアノでも何でも結構でございますよ」

「おそれいります」

「話はちがいますが、御子息様の隊の隊長はよい人のようでお倖《しあわ》せでございますな。うちの息子のほうの隊長は面会の時もってくる喰《た》べ物の上前《うわまえ》をはねるそうでございますからね。もうこうなると海のあちらと変りませんですな。面会日のあくる日に隊長が胃痙攣《いけいれん》をおこしたそうでございますよ」

「まあ、おほほほ」

——園子はまた口もとを微笑が押してくるので不安そうだった。そして手提《てさげ》の中から文庫本を出した。私は少し不服だった。しかもその本の名に興味が持たれた。

「何ですか？」

彼女はひろげた本の背を、笑いながら顔の前に、扇のようにかざして見せた。それは『水妖記《すいようき》＊』——括弧《かっこ》して——（ウンディーネ）と読まれた。

——うしろの椅子で立上った気配がした。園子の母であった。彼女は末の娘が座席の上でとんだりはねたりするのを鎮圧しかたがた、大庭氏のお喋りから逃げ出すつもりらしかった。しかしそればかりではなかった。母はこの騒がしい少女と姉のおしゃまな少女とを私たちの座席へ引き連れて来てこう言うのだった。

「さあ、この騒々しい人たちもお仲間入りをさせて下さいまし」

園子の母は優雅な美しい人だった。彼女のやさしい物言いを彩《いろど》る微笑は時あっていたいたしいものにさえ見えた。こう言ったときの彼女の微笑も私には何か悲しげな不安なものにみえた。母が行ってしまうと私と園子はまたちらりと目を合わせた。私は胸のポケットから手帖《てちょう》を出し、引きちぎった一枚の紙片に鉛筆でこんな風に書いた。

『お母さまは気にしていらっしゃいますよ』

「なあに？」

園子は斜めに顔をさし出した。子供らしい髪の匂《にお》いがした。紙片の字を読みおわると、項《うなじ》まで赤くなってうつむいた。

「ねえ、そうでしょう」

「あら、あたくし……」

また私たちの目が合い、了解が成立した。私もまた頰《ほお》がもえ立つのを感じた。

「お姉さま、それなあに？」

小さい妹が手を出した。園子が紙片をすばやく隠した。中《なか》の妹には、もうこうした経緯の意味が察せられるものらしかった。彼女は少なからずお冠りになって、つんとしていた。小さい妹を大袈裟《おおげさ》に叱《しか》りつけるのでそれがわかった。

私と園子は、このきっかけのおかげで、却ってずっと話しやすくなった。彼女は学校のことだの今まで読んだいくつかの小説のことだの兄のことだのを話し、私は私で話をすぐ一般論へもって行った。誘惑術の初歩である。私たちがあまり親密に話し合って二人の妹をないがしろにするので、彼女たちはまたもとの席へかえってしまった。

するとまた母が困ったように笑いながら、この二人のあまり役に立たない御目附役《めつけやく》を、私たちの傍《かたわ》ら へ連れ戻《もど》すのだった。

その夜、草野の隊に近いM市の宿に一同がおちつくと、もう寝る時刻が迫っていた。大庭氏と私とに一室が宛《あ》てがわれた。

二人きりになると銀行家は、露骨な反戦論を御披露《ごひろう》した。昭和二十年の春ともなればもう反戦論は寄るとさわると囁《ささや》かれていたので聞き飽きた形であった。融資先の大きな陶器会社で、戦災の埋め合せの名目の下に、平和をあてこんで大規模な家庭用陶磁器の生産をもくろんでいるという話や、ソヴィエトに和平を申込んでいるらしいという話が声低に喋りつづけられるのはやりきれなかった。私にはもっとひとりで考えてみたいことがあった。眼鏡を外してへんに腫《は》れぼったく見える彼の顔が、消したスタンドがひろげる翳《かげ》に没して、無邪気な溜息《ためいき》を二三度蒲団《ふとん》全体にゆるやかにゆきわたらせてから、やがて寝息を立てだすと、私は枕《まくら》に巻いた新しいタオルがほてった頰をつきさすのを感じながら、考え事に耽《ふけ》った。

一人になるといつも私をおびやかす暗い苛立《いらだ》たしさに搗《か》てて加えて、今朝ほど園子を見たときに私の存在の根柢をおしゆるがした悲しみが、また鮮明に私の心に立ち返っていた。それが今日私の言った一言一句、私のした一挙手一投足の偽りをあばき立てた。それというのも、偽りだとする断定が、もしかしてその全部が偽りかもしれないと思い迷う辛《つら》い臆測《おくそく》よりもまだしも辛くはなかったので、それを殊更《ことさら》にあばき立てるやり方が、いつかしら私にとって心安いものになっていたからだ。こうした場合も、人間の根本的な条件と謂ったもの、人間の心の確実な組織と謂ったものへの私の執拗《しつよう》な不安は、私の内省を実りのない堂々めぐりへしか導かなかった。他の青年ならどう感じるだろう、正常な人間ならどう感じるだろうという強迫観念が私を責め立て、私が確実に得たと思った幸福の一トかけらをも、忽《たちま》ちばらばらにしてしまうのであった。例の「演技」が私の組織の一部と化してしまった。それはもはや演技ではなかった。自分を正常な人間だと装うことの意識が、私の中にある本来の正常さをも侵蝕《しんしょく》して、それが装われた正常さに他ならないと、一々言いきかさねばすまぬようになった。裏からいえば、私はおよそ贋物《にせもの》をしか信じない人間になりつつあった。そうすれば、園子への心の接近を、頭から贋物だと考えたがるこの感情は、実はそれを真実の愛だと考えたいという欲求が、仮面をかぶって現われたものかもしれなかった。これでは私は自分を否定することさえ出来ない人間になりかかっているのかもしれなかった。

——こうしてようやくうとうとしたかと思うと、夜の大気を例の不吉な・しかしどことなしに魅するような唸《うな》りがつたわってきた。

「警報じゃありませんか」

私は銀行家の目ざとさにおどろかされた。

「さあ」

私はうやむやな返事をした。サイレンは永々と微《かす》かにつづいていた。


面会時間が早いので一同は六時に起きた。

「ゆうべサイレンが鳴ったでしょう」

「いいえ」

洗面所で朝の挨拶《あいさつ》を交わしたとき園子は真顔で否定した。部屋へかえるとそれが妹たちから園子がからかわれる好《よ》い材料になっていた。

「御存知ないのお姉様だけよ。ああおかしい」

小さい妹が尻馬《しりうま》に乗って言うのだった。

「わたくしだってちゃんと目がさめてよ。そうしたらお姉様の大きないびきがきこえたことよ」

「そうよ。わたくしもきいたことよ。あんまり猛烈ないびきだもんでサイレンがよくきこえなかったくらいだわ」

「言ったわね。証拠をお出しなさい」——園子は私の前なので真赤になって力んでいた。

「そんなひどい嘘《うそ》をつくと、あとが怖いわよ」

私には一人の妹しかなかった。子供のころから女の姉妹の沢山いる賑《にぎや》かな家に憧《あこが》れていた。このふざけ半分の騒々しい姉妹喧嘩《きょうだいげんか》が私の目にこの世の幸福のいちばん鮮やかな確かな映像として映った。それがまた私の苦痛をよびさました。

朝食の話題は三月に入っておそらくはじめての昨夜の警報のことでもちきりだった。警戒警報ばかりでとうとう空襲警報が鳴らなかったから大したことはあるまいという結論に皆が落着きたがった。私としてはどちらでもよかった。私が留守中に私の家が丸焼けになり、父母兄妹《きょうだい》が皆殺しにされていたら、それもさっぱりしてよかろうと考えた。別段酷薄な空想とは思えなかった。想像しうる限りの事態が平気で起るような毎日なので、却ってわれわれの空想力が貧しくされてしまっていた。たとえば一家全滅の想像は、銀座の店頭に洋酒の罎《びん》がズラリと並んだり、銀座の夜空にネオンサインが明滅したりすることを想像するよりもずっと容易《たやす》いので、易《やす》きに就くだけのことだった。抵抗を感じない想像力というものは、たといそれがどんなに冷酷な相貌《そうぼう》を帯びようと、心の冷たさとは無縁なものである。それは怠惰なまぬるい精神の一つのあらわれにすぎなかった。

ゆうべ一人になった時の悲劇役者めいた私とは事かわって、宿を出るときの私は、はやくも軽薄な騎士気取で園子の荷物を持ちたがった。それも皆のいる前でわざと効果をねらうやり方だった。そうすれば彼女の遠慮は私への遠慮というよりも、祖母や母を憚《はばか》る意味の遠慮に翻訳され、この結果に彼女自身がまた欺《だま》されて、祖母や母をも憚るほどの私との親しみを、ありありと、意識する筈《はず》だった。この小さな策略は功を奏した。鞄《かばん》を私の手にあずけると、彼女は申訳のように、私の傍らを離れなくなった。同じ年頃《としごろ》の友達がいるのに彼女とは話さないで、私とばかり話す園子を、私は時々ふしぎな気持でながめやった。春さきの埃《ほこり》っぽい向い風に、園子の哀切なほど無垢《むく》な甘ったれ声が吹きちぎられた。私は外套の肩を上げ下げして彼女の鞄の重みを試した。この重さが、私の心の奥底にわだかまるお尋ね者の疾《や》ましさに似たものを、辛うじて弁護した。――町外れまで来るか来ぬかに、祖母がまず音《ね》を上げた。銀行家が駅まで引返して、何か巧みな手を使ったらしく、程なく一行のために二台のハイヤーを雇ってかえって来た。

「よお、しばらく」

草野と握手した私の手は、伊勢蝦《いせえび》の殻《から》にさわったような感触にたじたじとなった。

「この手……どうしたんだ」

「ふふ、おどろいたろう」

彼にはもう新兵特有のうそ寒いいじらしさが身に着いていた。手をそろえて私の前にさし出した。赤ぎれとひびと霜焼けが、塵芥《じんかい》と油に固められて、海老《えび》の甲羅《こうら》のようないたましい手を作り上げているのだ。しかもそれは湿《しと》った冷たい手であった。その手が私をおびやかした仕方は、ちょうど現実が私をおびやかす仕方そのままだった。私はそういう手に本能的な恐怖を感じた。その実私が恐怖を感じているのは、この仮借ない手が私の中に告発し、私の中に訴追する何ものかだった。この手の前にだけは何事も偽れないという怖《おそ》れであった。こう考えるやいなや、園子というもう一つの存在が、この手に抵抗する私の柔弱な良心の、唯一《ゆいいつ》の鎧《よろい》、唯一の鎖帷子《くさりかたびら》*と謂った意味をもち出した。私は是が非でも彼女を愛さなければならぬと感じた。それが私の、例の奥底の疾ましさよりも更に奥底によこたわる当為*となった。……

何も知らぬ草野が無邪気に言うのだった。

「風呂《ふろ》の時なんか、この手で擦《こす》れば、垢《あか》すりが要らないよ」

軽い吐息が彼の母の口から洩《も》れた。私はこの場の自分を、恥しらずな余計者として しか感じることができなかった。園子が何の気なしに私を見上げた。私は頭を垂れた。 不条理ながら、私は彼女に何事かを詫《わ》びねばならないような気持でいたのである。

「外へ出ようや」

彼が祖母と母の背を少しきまりわるげな乱暴さで押し出した。吹きっさらしの営庭の枯芝に、それぞれの家族が車座になって、候補生たちに御馳走《ごちそう》をたべさせていた。残念なことに、どう目をこすってみても、私にはそれが美しい情景とは見えなかった。

やがて草野も同じように車座の中央に胡坐《あぐら》をかき、西洋菓子を頬張りながら、目ばかりぎょろぎょろさせて、東京の方角の空を指した。この丘陵地帯からは枯野のかなたにM市の展《ひろ》がる盆地が望まれ、その更にむこうの低い山脈の折れ合う間隙《かんげき》が、東京の空だということだった。早春の冷たい雲がそのあたりに稀薄《きはく》な翳を落していた。

「ゆうべ、あそこが真赤にみえたんだから大変だよ。君の家だって残っているかどうかわかりゃしないよ。あの空一面が赤く見えるなんて、今までの空襲ではなかったことなんだ」

――草野は一人で威丈高に喋り、祖母や母たちが一日も早く疎開してくれなければ毎晩おちおち眠れないと訴えた。

「わかりました。早速疎開しましょうね。おばあさんが約束しました」

祖母が勝気に言うのだった。そして帯の間から小さな手帖と、妻楊子《つまようじ》ほどの燻《いぶ》し銀のシャープ・ペンシルをとり出して、何やら克明に書きつけた。

かえりの汽車は憂鬱《ゆううつ》だった。駅で落ち合った大庭氏も、打ってかわって沈黙を守った。皆が例の「骨肉の情愛」というもの、ふだんは隠れた内側が裏返しにされてひりひりと痛むような感想の虜《とりこ》になった体《てい》だった。おそらくお互いに会えばそれ以外に示しようのない裸かの心で、かれらは息子や兄や孫や弟に会ったあげく、その裸かの心がお互いの無益な出血を誇示するにすぎない空《むな》しさに気づいたのだった。私は私で、あのいたましい手の幻影に追っかけられていた。灯《ひ》ともし頃《ごろ》、私たちの汽車は、省線電車に乗りかえるO駅に着いた。

そこで私たちははじめて昨夜の空襲の被害の明証にぶつかった。ブリッジが戦災者で一杯だった。彼らは毛布にくるまって、何も見ず何も考えない眼を、というよりは単なる眼球をさらしていた。同じ振幅で膝《ひざ》の子供を永遠にゆすぶっているつもりかとみえる母親がいた。行李《こうり》にしなだれて、半ば焦《こ》げた造花を髪につけた娘が眠っていた。

その間をとおる私たち一行は非難の眼差《まなざし》でさえ報いられなかった。私たちは黙殺された。彼らと不幸を頒《わか》たなかったというそれだけの理由で、私たちの存在理由は抹殺《まっさつ》され、影のような存在と見做《みな》された。

それにもかかわらず、私の中で何ものかが燃え出すのだった。ここに居並んでいる「不幸」の行列が私を勇気づけ私に力を与えた。私は革命がもたらす昂奮《こうふん》を理解した。彼らは自分たちの存在を規定していたもろもろのものが火に包まれるのを見たのだった。人間関係が、愛憎が、理性が、財産が、目《ま》のあたり火に包まれたのを見たのである。そのとき彼らは火と戦ったのではなかった。彼らは人間関係と戦い、愛憎と戦い、理性と戦い、財産と戦ったのである。そのとき彼らは難破船の乗組員同様に、一人が生きるためには一人を殺してよい条件が与えられていたのである。恋人を救おうとして死んだ男は、火に殺されたのではなく、恋人に殺されたのであり、子供を救おうとして死んだ母親は、他《ほか》ならぬ子供に殺されたのである。そこで戦い合ったのはおそらく人間のかつてないほど普遍的な、また根本的な諸条件であった。

私は目ざましい劇が人間の面《おもて》にのこす疲労のあとを彼らに見た。私に何らかの熱い確信がほとばしった。ほんの幾瞬間かではあるが、人間の根本的な条件に関する私の不安が、ものの見事に拭《ぬぐ》い去られたのを私は感じた。叫びだしたい思いが胸に充《み》ちた。

もうすこし私が内省の力に富み、もうすこし叡智《えいち》にめぐまれていたとしたら、私はその条件の吟味に立入りえたかもしれなかった。しかし滑稽《こっけい》なことに、一種の夢想の熱さが、園子の胴に私の腕をはじめて廻《まわ》させた。もしかしたらこの小さな動作でさえ、愛という呼び名がもはや何ものでもないことを、私自身に教えていたのかもしれない。私たちはそうしたまま、一行に先立って暗いブリッジを足早に通りぬけた。園子も何も言わなかった。

――が、ふしぎなほど明るい省線電車の車内に私たちが落ち合って顔を見交したとき、私は園子の私を見つめている目が、何か切羽《せっぱ》つまったような、それでいて黒い柔軟な輝やきを放っているのに気づいた。

都内の環状線に乗りかえると九割方が罹《り》災者《さいしゃ》の乗客だった。ここにはもっと露《あら》わな火の匂《にお》いが息捲《いきま》いていた。人々は声高《こわだか》に、むしろ誇らしげに、自分たちが今くぐって来た危難のことを語っていた。彼らは正しく「革命」の群衆だった。なぜなら彼らは輝やかしい不満・充溢《じゅういつ》した不満・意気昂然《こうぜん》たる・上機嫌な不満を抱いた群衆であったからだ。

私一人はS駅で一行と別れた。彼女の鞄が彼女の手に返された。真暗な道を家まで歩きながら、何度か私は、自分の手がもうあの鞄をもっていないことに思い当るのだった。すると私には、あの鞄が私たちの間でどんなに重要な役割を果していたかがわかった。それはささやかな苦役だった。私にとって良心があまり上のほうまでのし上って来ないためには、いつも錘《おも》りが、いいかえれば苦役が入用《いりよう》だったのである。

家の者はけろりとした表情で私を迎えた。東京と云《い》っても広いものだった。

二三日して私は園子に貸す約束をした本を携えて草野家を訪れた。こんな場合、二十一歳の男の子が十九歳の少女のために選ぶ小説といえば、題名を並べなくても大抵見当がつく筈《はず》だ。自分が月並なことをやっているという嬉《うれ》しさは、私にとっては格別のものだった。たまたま園子は近所まで出ていてすぐかえってくる由《よし》なので、私は客間で彼女を待った。

そのうちに春先の空が灰汁《あく》のように曇って雨がふりだした。園子は途中で雨に会ったものらしく、髪のそこかしこに滴《しずく》をきらめかせたまま、仄暗《ほのぐら》い客間へ入って来た。深い長椅子《ながいす》の真暗な片隅《かたすみ》に、肩をすくめるようにして坐《すわ》った。またその口に微笑がにじんだ。紅《あか》いジャケツの胸の二つの丸みが、薄闇《うすやみ》のなかから浮き出てみえた。

何と私たちはおずおずと、言葉すくなに語ったことだろう。二人きりでいる機会は、二人にとってはじめてのことだった。あの小旅行での汽車のなかの気楽な対話は、その八九分《ぶ》を隣りのお喋《しゃべ》りや小さな妹たちに負うていたものだとわかった。この間のように紙片に書いたたった一行の恋文を手渡す勇気さえ、今日は跡方もなかった。この前より私はずっと謙虚《へりくだ》った気持になっていた。私は自分を放《ほ》ったらかしておくとつい誠実になりかねない人間だったが、つまり私は彼女の前に、そうなることを怖れなかったのだ。私は演技を忘れたのであろうか？　全く正常な人間として恋をしているというお定まりの演技を？　それかあらぬか、私はまるでこの新鮮な少女を愛していないような気がしていた。それでいて私は居心地がよいのであった。

驟雨《しゅうう》がやみ、夕日が室内へさし入った。

園子の目と唇《くちびる》がかがやいた。その美しさが私自身の無力感に翻訳されて私にのしかかった。するとこの苦しい思いが逆に彼女の存在をはかなげに見せた。

「僕たちだって」――と私が言い出すのだった。「いつまで生きていられるかわからない。今警報が鳴るとするでしょう。その飛行機は、僕たちに当る直撃弾を積んでいるのかもしれないんです」

「どんなにいいかしら」――彼女はスコッチ縞《じま》のスカアトの襞《ひだ》を戯《たわむ》れに折り重ねていたが、こう言いながら顔をあげたとき、かすかな生毛《うぶげ》の光りが頰《ほお》をふちどった。「何かこう……、音のしない飛行機が来て、こうしているとき、直撃弾を落してくれたら、……そうお思いにならない？」

これは言っている園子自身も気のつかない愛の告白だった。

「うん……僕《ぼく》もそう思う」

尤《もっと》もらしく私が答えた。しかし考えてみると、この答がいかほど私の深い願望に根ざしているか園子が知る筈もなかった。しかし考えてみると、こんな対話は滑稽の極みだった。平和な世の中なら、愛し合った末でなければ交わす筈もない会話なのである。

「死に別れ、生き別れ、まったくうんざりしてしまう」と私は照れかくしにシニカルな調子になった。「ときどきこんな気がしませんか。こういう時代には、別れるほうが日常で、会っているほうが奇蹟《きせき》だということ、……僕たちがこうやって何十分か話していられるのだって、よく考えるとよほど奇蹟的な事件かもしれないっていうこと……」

「ええ、わたくしも……」——彼女は何か言い淀《よど》んだ。それから生真面目《きまじめ》な、しかし気持のよい平静さで、「お会いしたかと思うと早速わたくしたち離れ離れになってしまうのね。お祖母さまが疎開《そかい》をいそいでいらっしゃるわ。おととい帰るとすぐ、N県の某村《なにがしむら》の伯母さまに電報をお打ちになったの。そうしたら今朝、長距離電話で御返事が来たのよ。電報は『ウチサガセ』とお打ちになったの。御返事は、今探しても家なんかないから伯母さまの家へ疎開していらっしゃいという御返事なの。そのほうが賑《にぎ》やかになってうれしいと仰言《おっしゃ》るの。お祖母さまは二三日うちに伺いますからなんて気の早いことを言ってらしたわ」

私は軽い合槌《あいづち》が打てなかった。私の心がうけた打撃は、自分でもおやと思うほどのものだった。すべてこのままの状態で、二人がお互いなしには過せない月日を送るだろうという錯覚が、いつのまにか私の居心地のよさから導き出されていた。もっと深い意味では、それは私にとって二重の錯覚だった。別離を宣告している彼女の言葉が、今の逢瀬《おうせ》の虚《むな》しさを告げ、今の喜びの仮象にすぎぬことをあばきたてて、それが永遠のものであるかのように考える稚《おさ》ない錯覚を壊すと同時に、たとえ別離が訪れなくても、男と女の関係というものはすべてこのままの状態にとどまることを許さないという覚醒《かくせい》で、もう一つの錯覚をも壊したのである。私は胸苦しく目醒《めざ》めた。どうしてこのままではいけないのか？　少年時代このかた何百遍問いかけたかしれない問いが又口もとに昇って来た。何だってすべてを壊し、すべてを移ろわせ、すべてを流転《るてん》の中へ委《ゆだ》ねねばならぬという変梃《へんてこ》な義務がわれわれ一同に課せられているのであろう。こんな不快きわまる義務が世にいわゆる「生」なのであろうか？　それは私にとってだけ義務なのではないか？　少くともその義務を重荷と感じるのは私だけに相違なかった。

「ふん、君が行っちまうなんて……、尤も、君がここに居たって、僕も遠からず行っちまわなけりゃならないんだから……」

「どこへいらっしゃるの」

「三月の末か四月のはじめから又どこかの工場へ住込むことになってるんです」

「危ないんでしょう、空襲なんか」

「ええ危ないです」

私はやけになって答えた。匆々《そうそう》に帰った。

――明る日一日私はもう彼女を愛さなければならぬという当為を免《まぬ》かれた安らかさの中にいた。私は大声で歌をうたったり、憎たらしい六法全書を蹴《け》飛《と》ばしたりして、陽気であった。

この奇妙に楽天的な状態が丸一日つづいた。何か子供っぽい熟睡が訪れた。それを破ってまた深夜のサイレンが鳴りわたった。私たち一家はぶつくさこぼしながら防空壕《ごう》に入ったが、何事もなくやがて解除のサイレンが聞かれた。壕の中でうとうとしていた私は、鉄兜《てつかぶと》と水筒を肩に引っかけて、一番あとから地上へ出た。

昭和二十年の冬はしつこかった。春がもう豹《ひょう》のような忍び足で訪れていはしたものの、冬はまだ檻《おり》のように、仄暗《ほのぐら》く頑《かたく》なに、その前面に立ちふさがっていた。星明りにはまだ氷の耀《かがや》きがあった。

それをふちどる常磐樹《ときわぎ》の葉叢《はむら》の央《なか》に、私の寝起きの目が、あたたかく滲《にじ》んだ星のいくつかを見出《みい》だした。鋭い夜気が私の呼吸にまじった。突然私は、自分が園子を愛しており、園子と一緒に生きるのでない世界は私にとって一文の価値もないという観念に圧倒された。忘れられるものなら忘れてみよと内奥の声が言った。するとそのあとから待ちかねていたように、園子の姿を朝のプラットフォームに見出だした時のような、私の存在の根柢《こんてい》をぐらつかせる悲しみが湧《わ》き昇った。

私は居たたまれなかった。地団太《じだんだ》を踏んだ。

それでももう一日私は辛抱した。

三日目の夕刻、私はまた園子を訪ねた。玄関先で職人風の男が荷を作っていた。長持のようなものが砂利の上でむしろに包まれ、荒縄《あらなわ》で縛られていた。それを見ると私は不安にかられた。

玄関にあらわれたのは祖母だった。祖母のうしろにはすでに荷造りをおわって運び出すばかりになっている荷が積み上げられ、玄関のホールは藁屑《わらくず》で一杯だった。祖母のふと戸惑いした表情から、私は園子に会わないでこの場からすぐ帰る決心をした。

「この本を園子さんに上げて下さい」

私はまた本屋の小僧のように二三冊の甘い小説をさし出した。

「たびたびどうも恐れ入ります」――祖母は園子を呼ぼうともせずにこう言った。「わたくし共、明晩某村《なにがしむら》へ発《た》つことにいたしました。何もかもとんとん拍子に運びまして、思いがけなく早く発てることになりましたのでござんすよ。この家はTさんにお貸しして、Tさんの会社の寮になるのでござんす。本当に御名残惜しいことでございますね。孫たちがみな御近づきになれて喜んでおりましたのに。どうぞ某村のほうへもお遊びにおいで下さいましな。落付きましたらお便りを差上げますから、是非どうぞお遊びにおいで下さいまし」

社交家の祖母の切口上はきいていて不快なものではなかった。しかし彼女の整いすぎた入歯の歯並び同様に、言葉はいわば無機質な並びのよさにすぎなかった。

「皆さん御元気でお暮し下さい」

私はそれだけ言うことができた。園子の名は言えなかった。その時私の躊躇《ちゅうちょ》に招き寄せられたように、奥の階段の踊り場に園子が姿を現わした。彼女は片手に帽子の大きな紙箱と片手に五六冊の本を抱えていた。高窓から落ちてくる光線に髪が燃えていた。私の姿をみとめると、彼女は祖母がびっくりするような声で叫んだ。

「ちょっと待っていらしてね」

それからお転婆《てんば》な足音を立てて二階へ駈《か》け去った。私はびっくりしている祖母を見ているのが少なからず得意であった。祖母は家じゅう荷物でごった返していてお通しする部屋がないと詫《わ》び言を言いながら、忙しそうに奥へ消えた。

間もなく園子が大そう顔を赤らめて駈け下りて来た。玄関の一隅《いちぐう》に立ちすくんでいる私の前で物も言わずに靴《くつ》を穿《は》いて立上ると、そこまでお送りするわと言った。この命令的な高調子には私を感動させる力があった。私は初心《うぶ》な手つきで制帽をいじりまわしながら、彼女の動きをみつめていたのだが、心の中で何かがぴたっと足音を止《や》めたような気持がした。私たちは体をすり合うようにして扉《とびら》の外へ出た。門まで降りる砂利道を黙って歩いた。ふと園子が立止って靴の紐《ひも》を結び直した。妙に手間取るので、私は門のところまで歩いて街路を眺《なが》めながら待った。私には十九歳の少女の可愛《かわい》らしい手管《てくだ》がわからなかったのだ。彼女は私が少し先に立ってゆくことを必要としたのだ。

突然私の制服の右腕に彼女の胸がうしろからぶつかって来た。それは自動車事故にも似て何か偶然の放心状態から来た衝突だった。

「……あの……これ」

私の掌《てのひら》の肉に固い西洋封筒の角《かど》が刺《さ》さった。小鳥でも絞め殺すように、私は危うくその封筒を握りつぶすところだった。何だかその手紙の重みが私には信じられなかった。私は自分の掌が乗せている女学生趣味の封筒を見てはならないものを見るようにちらりと見た。

「あとで……お帰りになってから御覧になってね」

彼女はくすぐられているような息苦しい小声で囁《ささや》いた。私がたずねた。

「返事はどこへ出すの」

「なかに……書いてあることよ……某村の住所が。そこへお出しになって」

おかしなことであるが、急に別離が私にはたのしみになった。隠れんぼをするときに、鬼が数をかぞえ出すと思い思いの方角へ皆がちらばるあの瞬間のたのしさに似たものだ。私にはこんな風に、何事も享楽《きようらく》しかねない奇妙な天分があった。この邪《よこし》まな天分のおかげで私の怯懦《きようだ》は、私自身の目にさえも、しばしば勇気と見誤まられた。しかしそれは、人生から何ものをも選択しない人間の甘い償いともいうべき天分なのである。

駅の改札口で私たちは別れた。握手一つせずに。

生れてはじめて貰《もら》った恋文が私を有頂天にした。家へかえるまで待てなかったので、人目もかまわず、電車の中で封を切った。すると沢山の影絵のカードやミッション・スクールの生徒のよろこびそうな外国製の彩色画のカードがこぼれおちそうになった。なかに青い便箋《びんせん》が一枚折畳まれていて、ディズニィの狼《おおかみ》と子供の漫画の下に、御習字くさいきちんとした字でこんな文面があった。

御本を拝借させて頂き本当に恐れ入りました。お蔭《かげ》様で大変興味深く読ませて頂きました。空襲下にもお元気でお過しの事を心よりお祈り致します。あちらへ落着きましたら又お便り致しとう存じます。住所は、――県――郡――村――番地で御座います。同封の物はつまらぬ物で御座いますが、お礼のおしるしにと思いましたので、何卒《なにとぞ》御納め下さいませ。

何とまあ大した恋文であろう。御先走りな有頂天の鼻をへし折られて、私は真蒼《まっさお》になって笑いだした。返事なんか誰《だれ》が出すものかと思った。印刷された礼状にまたぞろ返事を書くようなものである。

ところが家へかえりつくまでの三、四十分のあいだに、返事を書きたいという当初からの要求が、次第にはじめの「有頂天な状態」の弁護に立った。あの家庭教育が恋文の書き方の習得に適していそうもないことはすぐ想像がつく。男にはじめて手紙を書くので、さまざまな思惑から、彼女の筆はすくんでしまったのにちがいない。この無内容な手紙以上の内容を、彼女のあのときの一挙一動が物語っていたことは確かだからである。

突然、別の方角から来た怒りが私をとらえた。何というだらしのなさだ、と私は自分を責めた。私はまた六法全書に八つ当りをして、それを部屋の壁に投げつけた。十九の女の子を前にして、物ほしそうに向うから惚《ほ》れて来るのを待っているなんて。どうしてもっとてきぱきと攻勢に出ないんだ。お前の逡巡《しゅんじゅん》の原因があの異様な・得体のしれない不安にあることはわかっている。それならそれで何だって又彼女を訪問したんだ。顧みてもみるがいい、お前は十五のころ、年相応の生活をしていた。十七のころも、まずまず、人と肩を並べて行けた。しかし二十一歳の今はどうだ。二十歳で死ぬという友人の予言はまだ叶《かな》わず、戦死の希《のぞ》みも一応絶たれてしまった。やっとこの年になって、あやめもわかぬ十九の少女との初恋に手こずっているざまだ。ちえっ、何て見事な成長だ。二十一にもなってはじめて恋文のやりとりをしようなんて、お前は年月の計算を間違えてやしないか。それにお前はこの年になってまだ接吻《せっぷん》一つ知らないじゃないか。落第坊主《ぼうず》め！

するとまた又別の暗い執拗《しつよう》な声が私を揶揄《やゆ》した。その声にはほとんど熱っぽい誠実さがあり、私の与《あずか》り知らない人間的な味わいがあった。声はこんな風に矢継早にたたみかけた。——愛かね？　それもよかろう。しかしお前は女に対して欲望があるのかね？　彼女に対してだけ「卑《いや》しい希み」がないという自己欺瞞《ぎまん》で、女という女に嘗《かつ》て「卑しい希み」なんか持ったことのないお前自身を忘れてしまおうとするつもりかね？　そもそも「卑しい」なんて形容詞を使う資格がお前にあるのかね？　そもそもお前は女の裸かを見たいなんて希みを起したことがあるのかね？　園子の裸かを想像したことが一度でもあるかね？　お前の年頃《としごろ》の男は若い女を見るときに彼女の裸かを想像しないではいられないという自明の理ぐらい、お前にも御得意の類推で見当がついていそうなものだがね。何故《なぜ》こんなことを言うか、お前の心に訊《たず》ねてごらん。類推はほんの一寸《ちょっと》の修正で可能ではないかね？　昨夜お前は眠りにつくまえにちょっとした因襲に身を委《まか》せたっけな。お祈りみたいなものだというならそれも結構さ。ちっぽけな邪教の儀式で、誰しもやらずにいられぬ奴《やつ》さ。代用品も使い馴《な》れると、使い心地のわるいものではないからね。殊《こと》にこいつは効果覿面《てきめん》の睡眠剤だからね。だが、あのときお前が心に浮べたのは断じて園子ではなかったようだね。とにかく奇妙奇天烈《きてれつ》な幻影で、横で見ている身は毎度のことながら肝をつぶすのだ。昼間、お前は街を歩いていて、うら若い兵士や水兵ばかりをじろじろ眺《なが》めていた。お前の好みの年齢の、よく日に焼けた・いかにも知識《インテリジェンス》とは縁の遠い・初心《うぶ》な口もとをした若者たちだよ。お前の目はそういう若者と見ると、忽《たちま》ち胴まわりを目測するのだね。法科大学を卒業したら仕立屋にでもなるつもりかね。お前は二十歳《はたち》恰好《かっこう》の無智《むち》な若者の、獅子《しし》の仔《こ》のようなしなやかな胴が大好物だね。お前は心の中で、昨日一日のうちにそういう若者を何人裸かにしてみたことか。お前は植物採集用の胴乱《どうらん》みたいなものを心の中に用意していて、何人かの *Ephebe* の裸体を採集してもちかえるのだ。そうして例の邪教の儀式の生贄《いけにえ》をこの中から選抜するのだ。気に入った一人が選び出される。さあ、それからが呆《あき》れ果てる。お前は生贄を妙な六角柱の傍《かたわ》らへつれて来る。それから隠しもった縄《なわ》でこの裸体の生贄を後手《うしろで》にして柱に縛《いまし》める。十分な抵抗、十分な叫びが必要だ。それからお前は生贄に懇《ねんご》ろな死の暗示を与える。するうちにふしぎなあどけない微笑がお前の口もとに昇ってきて、ポケットから鋭利なナイフを取り出させる。お前は生贄に近づいて、引締った脇腹《わきばら》の皮膚を刃の先で軽くすぐって愛撫《あいぶ》してやる。生贄は絶望の叫びをあげ、刃を避けようと身をよじり、恐怖の鼓動を高鳴らせ、裸かの脚はがたがたとわななないて膝頭《ひざがしら》をぶつけ合っている。ズシリとナイフが脇腹に刺《さ》った。もちろんお前の兇行《きょうこう》だ。生贄は弓なりに身をそらし、孤独ないたましい叫びをあげ、刺された腹の筋肉を痙攣《けいれん》させる。ナイフは鞘《さや》にはめられたような冷静な様子で波立つ肉に埋《う》まっている。血の泉が泡《あわだ》立って湧《わ》き上り、滑らかな太腿《ふともも》のほうへと流れてゆく。

お前の歓喜はこの瞬間、正しく人間的なものになるのだ。何故といって、お前の固定観念である正常さは、正にこの瞬間、お前のものだからだ。対象がどうあろうとも、お前は肉体の深奥から発情し、その発情の正常さに於《おい》て、他の男たちと少しのかわるところもない。お前の心は原始的な悩ましい充溢《じゅういつ》に揺ぶられる。お前の心に野蛮人の深い歓喜がよみがえる。お前の目はかがやき、全身の血はもえ上り、蛮族の抱く諸生命の顕現にお前はみちあふれる。*ejaculatio* のあとも、野蛮な讃歌《さんか》のぬくもりはお前の身に残り、男女の交合のあとのような悲しみはお前を襲わない。お前は放埒《ほうらつ》な孤独に耀《かが》やいている。古い巨大な河の記憶のなかにしばらくお前はたゆたう。蛮族たちの生命力が味わった窮極の感動の記憶が、何かの偶然で、お前の性の機能と快感とを残る隈《くま》なく占領してしまったのであろうか。お前は何をいつわろうとあくせくしているんだね。時あって人間存在のこのように深い歓喜にふれうるお前が、愛だの精神だのを必要とするとは解《げ》せない話だ。

いっそ、どうだね？　*園子の前で、お前の風変りな学位論文を御披露《ごひろう》に及んだら？　それは「*Ephebe* のトルソオ曲線と血液流出量との函数《かんすう》関係について」という高遠な論文だ。つまりお前の選択するトルソオは、滑らかで、しなやかで、充実していて、その上を血の流れが流れ落ちるときに最も微妙な曲線をえがいて流れるような若々しいトルソオなんだね。流れおちる血潮に、いちばん美しい自然な紋様――いわば野中を貫流する何気ない小川や、裁断された古い巨樹の示す木目《もくめ》のような――、を与えるトルソオなんだね。それにちがいあるまい？

――それにちがいなかった。

とはいうものの、私の自省力は、あの細長い紙片を一トひねりして両端を貼《は》り合せて出来る輪のような端倪《たんげい》すべからざる構造をもっていた。表かとおもうと裏なのであった。裏かとおもうとまた表なのであった。後年その周期は緩慢さを加えたが、二十一歳の私は感情の周期の軌道を目かくしをされて廻《まわ》っているだけのことであり、その廻転《かいてん》速度は戦争末期のあわただしい終末感のおかげで、ほとんど目まいのするほどのものになっていた。原因も結果も矛盾も対立も、ひとつひとつに立ち入っている暇をもたせなかった。矛盾は矛盾のまま、目にもとまらぬ速さで擦過《さっか》してゆくのであった。一時間もすると、私は園子の手紙に何か巧《うま》い返事を書いてやろうということしか考えていなかった。

……とこうするうちに桜が咲いた。花見に出かける暇のある人間はいなかった。東京の桜が見られるのは私の大学の私の学部の学生ぐらいのものだと思われた。私は大学のかえりに一人で・もしくは二三の友人たちと、S池のほとりをそぞろ歩いた。

花はふしぎと媚《なま》めかしく見えた。花にとっての衣裳《いしょう》ともいうべき紅白の幕や茶店の賑《にぎ》わいや花見の群衆や風船屋や風車売がどこにもいないので、常磐木《ときわぎ》のあいだにほしいままに咲いている桜などは、花の裸体を見る思いをさせた。自然の無償の奉仕、自然の無益な贅沢《ぜいたく》、それがこの春ほど妖《あや》しいまでに美しくみえたためしはなかった。私は自然が地上を再び征服してゆくのではないかという不快な疑惑を持った。だってこの春の花やかさは只事《ただごと》ではないのであった。菜の花の黄も、若草のみどりも、桜の幹のみずみずしい黒さも、その梢《こずえ》にのしかかる鬱陶《うっとう》しい花の天蓋《てんがい》も、何か私の目には悪意を帯びた色彩のあざやかさと映った。それはいわば色彩の火事だった。

私たちは下らない法律論を戦わしながら桜並木と池との間の草生《くさふ》を歩いた。私はそのころY教授の国際法の講義の皮肉な効果を愛していた。空襲下教授は鷹揚《おうよう》にいつ果てるともしれぬ国際聯盟《れんめい》*の講義をつづけていた。私には麻雀《マージャン》かチェスのお講義をきいているような心地がした。平和！　平和！　このしじゅう遠くで鳴っている鈴のような物音《もののね》は、耳鳴りとしか思えなかった。

と色の黒い大男のくせに肺浸潤《はいしんじゅん》が可成《かなり》進んでいて兵隊にとられずにいるAという田舎者の学生が言い出すのだった。

「もうよそうよ下らない」

とこれは一見肺結核とわかる蒼《あお》ざめたBが遮《さえぎ》った。

「物権的請求権*の絶対性の問題だがね」

「空には敵機、地には法律、……ふん……、」私は鼻先で笑った。「天には光栄《みさかえ》、地には平和か」

本物の肺病でないのは私一人だった。私は心臓病を装っていた。勲章か病気かどちらかの要る時代だった。

ふと桜の下草を踏みしだく音が私たちの足をとめた。その足音の主《あるじ》もこちらを見てびくっとした様子だった。それは薄汚れた作業服に下駄《げた》を穿《は》いた若い男であった。若いとわかるのはせいぜいが戦闘帽の下からうかがわれる五分刈《ごぶがり》の髪の色からで、濁《にご》った顔色とまばらな無精髭《ぶしょうひげ》と油まみれの手足と垢《あか》じみた咽喉元《のどもと》は、年齢と関《かか》わりのない陰惨な疲労を示していた。男の斜めうしろに、すねたようにして若い女がうつむいていた。彼女もひっつめ髪に国防色*のブラウスを着、それだけ奇妙に新鮮な・まあたらしい絣《かすり》のモンペイ*を穿いていた。徴用工同志のあいびきにまちがいなかった。彼らは工場を一日ずるけて花見に来たものらしかった。私たちを見ておどろいたのは憲兵かと思ったのであろう。

恋人同志はいやな上目づかいで私たちをちらと見ながら通りすぎた。私たちはそれからあんまり口を利《き》く気がしなかった。

桜が満開にならないうちに法学部はまた講義を閉鎖して、S湾から数里の海軍工《こう》廠《しょう》*へ学徒動員をされることになった。同じころ、母や妹弟は郊外に小さい農園をもつ伯父の家へ疎開《そかい》した。東京の家にはひねこびた中学生の書生が残って父の世話を焼くことになった。米のない日は、書生は茹《ゆ》でた大豆《だいず》を擂鉢《すりばち》で擂って、吐瀉物《としゃぶつ》のような粥《かゆ》をこしらえて、父に喰《た》べさせ、又自分も喰べていた。副食物のわずかなストックは、彼が父の留守に抜け目なく喰べちらしていた。

海軍工廠の生活は呑気《のんき》だった。私は図書館係と穴掘り作業に従事していた。部品工場を疎開するための大きな横穴壕《よこあなごう》を、台湾人の少年工たちと一緒に掘るのであった。この十二三歳の小悪魔どもは私にとってこの上ない友だった。かれらは私に台湾語を教え、私はかれらにお伽噺《とぎばなし》をきかせてやった。かれらは台湾の神が自分たちの生命を空襲から守り、いつかは無事に故国へ送りかえしてくれるものと確信していた。かれらの食慾《しょくよく》は不倫の域に達していた。すばしこい一人が厨《くりや》当番の目をかすめてさらって来た米と野菜は、たっぷり注がれた機械油でいためられて焙飯《チャーハン》になった。歯車の味がしそうなこの御馳走《ごちそう》を私は辞退した。

一ト月たらずのあいだに、園子との手紙のやりとりは、多少特別なものになりつつあった。手紙のなかでは私は心おきなく大胆に振舞った。ある午前、解除のサイレンが鳴って工廠へかえったとき、机に届いていた園子の手紙を読みながら手がふるえた。私は軽い酩酊《めいてい》に身を委《ゆだ》ねた。私は口のなかで何度もその手紙の一行をくりかえした。

『……お慕いしております。……』

不在が私を勇気づけているのであった。距離が私に「正常さ」の資格を与えるのだった。いわば私は臨時雇の「正常さ」を身につけていた。時と所の隔たりは、人間の存在を抽象化してみせる。園子への心の一途《いちず》な傾倒と、それとは何の関わりもない・常規を逸した肉の欲情とは、この抽象化のおかげで、等質なものとして私の中に合体し、矛盾なく私という存在を、刻々の時のうちに定着させているのかもしれなかった。私は自在だった。日々の生活はいわん方なくたのしかった。S湾にやがては敵が上陸してこのあたりは席巻《せっけん》されるだろうという噂《うわさ》もあって、死の希《のぞ》みもまた、以前にまして私の身近に濃くなっていた。かかる状態にあって、私は正《まさ》しく、「人生に希望をもって」いた！

四月も半ばすぎたある土曜日に、私は久々に外泊を許されて東京の家にかえった。そこで自分の本棚《ほんだな》から工場でよむ何冊かの本を取り出して、その足で郊外の母たちのところへ行って、そこへ泊るつもりであった。しかしかえりの電車が警報に会って停《と》まったり動いたりしているあいだに、私は急に悪寒《おかん》に襲われた。はげしい眩暈《めまい》がして、熱い倦《だる》さが体にゆきわたった。扁桃腺《へんとうせん》の症状であることが、たびたびの経験からわかっていた。家へかえると書生に床を敷かせてすぐ寝《やす》んだ。

しばらくすると階下に賑《にぎ》やかな女の声がきこえ、それがどぎつく熱の額にひびいた。階段を上って廊下を小走りに来る音がした。私は薄目をあけた。大柄《おおがら》な着物の裾《すそ》がみえた。

「――どうしたの。だらしがないわね」

「なんだ、チャーコじゃないか」

「なんだとは何よ。五年ぶりで会うのに」

彼女は遠縁の娘だった。その名の千枝子がもじられて、親戚《しんせき》のあいだではチャーコとよばれていた。私より五つ年上だった。この前会ったのは彼女の結婚式の折だったが、昨年良人《おっと》が戦死して以来、少し気が変なくらい陽気になったという噂をきいていた。いかにもこうしていると悔みの述べようもない陽気さであった。私は呆《あき》れて黙っていた。髪につけた白い大きな造花はよしたらよかろうと思われた。

「きょうは達《たつ》ちゃんに用があって来たのよ」と彼女は、達夫という私の父の名を呼んで、「荷物疎開のことでお願いがあって上ったの。この間パパが達ちゃんにどこかでお会いになったら、いいところへ紹介してやるって仰言《おつしや》ったそうだから」

「おやじは今日はかえりが一寸《ちよつと》おそいそうですよ。それはどうでもいいけど」――私は彼女の唇《くちびる》があまり紅《あか》いので不安になった。私の熱のせいか、その紅さは私の目をえぐり、私の頭痛をひどくするように思われた。「だけどそんな、……今時そんなお化粧をして外を歩いていて何とも言われないの？」

「あなたもう女のお化粧のことなんか気にする年なの？　そうやって寝ていると、まだやっと乳離れしたくらいにしか見えないことよ」

「うるさいなあ、むこうへ行けよ」

彼女はわざと寄って来た。寝間着の姿を見られるのがいやなので、私は首まで蒲団《ふとん》を引き上げた。突然彼女の掌《てのひら》が私の額にのびた。その刺すような冷たさがたまたま時宜を得ていたので、私を感動させた。

「熱いわ。計った？」

「九度きっちり」

「氷が要ることよ」

「氷なんかないよ」

「私が何とかしてよ」

千枝子は袂《たもと》をぱたぱたと叩《たた》き合せながらたのしそうに階下へ下りて行った。やがて上って来て、静かな容子《ようす》で坐《すわ》った。

「あの男の子にとりに行かしたわ」

「ありがとう」

私は天井を見ていた。彼女が枕許《まくらもと》の本をとりあげたとき絹物の冷たい袂が頰《ほお》にさわった。急にその冷たい袂がほしくなった。袂を額に載せておいてくれと頼もうかと思ってやめた。部屋が暮れだした。

「お使いの遅いこと」

熱のある病人には、時間の感覚は病的な正確さでわかるものだ。千枝子がとり立てて「遅い」というには、すこし早すぎる時間だと私には思われた。二三分たってまた彼女が言った。

「遅いのね。何してるんだろうあの子」

「遅くないったら！」

私は神経的に怒鳴った。

「可哀《かわい》そうに気が立っているのね。目をつぶっていらっしゃいよ。そんな怖《こわ》い目つきで天井と睨《にら》めっくらなんかしていないで」

目をとじると瞼《まぶた》の熱がこもって苦しくなった。ふと額に何か触れるものを感じた。それと一緒にかすかな息が額に触れた。私は額を外して、意味のない吐息をもらした。するとその息に異様な熱い息がまじって来て、突然唇《そら》が重い油っこいもので密閉された。歯がかち合って音を立てた。私は目をひらいて見るのが怖かった。そのうちに冷たい掌が私の頬をしっかりとはさんだ。

やがて千枝子が体を引くと、私も半ば身を起した。二人は薄暮のなかで睨み合っていた。千枝子の姉妹は淫蕩《いんとう》な女たちだった。その同じ血が彼女の中で燃えさかっているのがまざまざと見えた。しかしその燃えているものと、私の病気の熱とが説明しがたい奇妙な親和感を結んだ。私はすっかり身を起して、「もう一度」と言った。書生がかえるまで私たちは際限なく接吻《せっぷん》をつづけていた。接吻だけよ、接吻だけよ、と彼女は言いつづけていた。

——この接吻に肉感があったのかなかったのか私にはわからなかった。何にまれ最初の経験というものはそれ自身一種の肉感に他《ほか》ならないから、この場合の弁別は無用のことであったかもしれない。私の酩酊から例の観念的な要素を抽出《ひきだ》してみてもはじまらなかった。重要なのは、私が「接吻を知った男」になったということだ。よそでおいしいお菓子を出されるとすぐ「妹にたべさせたいな」と考える妹思いの男の子のように、私は千枝子と抱きあいながらひたすら園子を思った。これ以後私の考え事は園子と接吻するという空想に集中した。それが私の犯した最初の、そしてまたいちばん重大な誤算であった。

とまれ、園子を思うことがこの最初の経験を徐々に醜く見せた。私は千枝子があくる日かけてよこした電話に出てあしたもう工場のほうへかえるのだと嘘《うそ》をついた。あいびきの約束も守らなかった。そしてこうした不自然な冷たさが、最初の接吻に快感がなかったことに由来しているという事実には目をふさぎ、園子を愛していればこそそれが醜く思われるのだと自分に思い込ませた。園子への愛を私が自分の口実に利用したこれが最初だった。

初恋の少年少女がするように、私と園子は写真を交換した。私の写真をメダイヨンに入れて胸に下げているという手紙が来た。ところが園子が送ってよこした写真は折《おり》鞄《かばん》にしか入らない大きさだった。内ポケットにも入らないので、私は風呂敷《ふろしき》に包んで持ちあるいていた。工場が留守中に火事になることを考えて、家へかえるときはそれも持ってかえった。あるとき工廠へかえる夜の電車が突然サイレンに会って灯《ひ》を消した。やがて退避になった。私は手さぐりで網棚を探した。それが入れられた大きな包と一緒に、写真の風呂敷包は盗まれていた。私は迷信を信ずるたちだった。早く会いにゆかなければという不安がその日から私を追いかけだした。

五月二十四日夜の空襲が、あの三月九日夜半の空襲のように私を決定した。おそらく私と園子の間にはこうした多くの不幸から放たれる一種の瘴気《しょうき》*のようなものが必要だった。それは或《あ》る種の化合物に硫酸の媒介が必要とされるようなものらしかった。

広野と丘の接するところに無数に掘られた横穴壕に身をひそめて、私たちは東京の空が真紅《しんく》に燃えるのを見た。ときどき爆発がおこって空に反映が投げかけられると、雲の合間にふしぎなほど青い昼の空がのぞかれた。真夜中に一瞬の青空が出現するのだ。無力な探照燈*が、まるで敵機をお迎えのサーチライトと謂《い》った風《ふう》に、その淡い光の十文字の只中《ただなか》に敵機の翼のきらめきを屢〻《しばしば》宿して、次々と東京に近い探照燈へ光りのバトンを手渡しながら、慇懃《いんぎん》な誘導の役割を果たしていた。高射砲の砲撃もちかごろはまばらであった。B29*はらくらくと東京の空に達した。

ここから一体東京上空で行われる空中戦の、敵味方の見分けがつきえたであろうか。それにもかかわらず、真紅の空を背景に撃墜されてゆく機影を見てとると、見物衆は一せいに喝采《かっさい》した。なかんずく騒がしいのは少年工たちだった。そこかしこの横穴壕から、劇場のような拍手と喚声がひびきわたった。ここでの遠見の見物《けんぶつ》にとっては、墜《お》ちてゆく飛行機が敵のものであっても味方のものであっても本質的には大したかわりはないのだと私は考えた。戦争とはそんなものなのである。

――明る朝、まだくすぶっている枕木を踏み、半焼けの細い板をわたした鉄橋を渡って、不通の私鉄の半ばを歩いて家へかえった私は、私の家の近辺だけがきれいに焼け残っているのを見出《みい》だした。たまたまこちらへ泊っていた母と妹弟も、昨夜の火照《ほて》りで却《かえ》って元気であった。焼残ったお祝いに地下から掘出した罐詰《かんづめ》の羊羹《ようかん》をみんなで喰《た》べていた。

「お兄ちゃま誰《だれ》かさんにお熱《ねつ》なんでしょう」

私の部屋へ入って来て十七の跳ねっ返りの妹が言った。

「誰がそんなこと言った」

「ちゃんとわかるのよ」

「好きになっちゃいけないのかい」

「いいえ。いつ結婚なさるの」

——私はぎくりとした。お尋ね者が何も知らない人間から偶然犯罪に関わりのある事柄《ことがら》を言い出された気持だった。

「結婚なんか、しないさ」

「不道徳ね。はじめっから結婚する気がなくてお熱《ねつ》なの？　ああいやだ、男って悪者ね」

「早く逃げないとインキをぶっかけるぞ」——一人になると私は口の中でくりかえした。『そうだった、結婚ということもこの世では在り得るんだ、それから子供ということも。何だって僕《ぼく》はそれを忘れていたろう。少くとも何だって忘れたふりをしていたろう。結婚という些細な幸福も、戦争の激化のおかげで、在り得ないような錯覚がしていただけだ。その実結婚は、僕にとって何か極めて重大な幸福かもしれないんだ。何かこう、身の毛のよだつほど重大な……』——こんな考えが、私を今日明日《きょうあす》にも園子に会わねばならぬという矛盾した決心へ促した。これが愛だろうか？　ともするとそれは、一個の不安が私たちの内に宿るときに、奇体な情熱の形で私たちにあらわれる・あの「不安に対する好奇心」に似たものではなかったろうか？

園子や彼女の祖母や母からは、遊びに来るようにとの招きの手紙が何度か来ていた。私は彼女の伯母の家へ泊ることは心苦しいからホテルを探してくれと園子に書いた。彼女は某村のホテルの一つ一つに当ってみた。どこも官庁の出店になっていたり、独乙《ドイツ》人が軟禁されていたりして駄目《だめ》であった。

ホテル――。私は空想したのだ。それは少年時代からの私の空想の実現だった。またそれは読み耽《ふけ》った恋愛小説の悪影響だった。そういえば私の物の考え方には、ドン・キホーテ*風なところがあった。騎士物語*の耽読者《たんどくしゃ》はドン・キホーテの時代には数多かった。しかしあれだけ徹底的に騎士物語に毒されるには、一人のドン・キホーテであることが必要だった。私の場合もこれと変りはない。

ホテル。密室。鍵《かぎ》。窓のカーテン。やさしい抵抗。戦闘開始の合意。……その時こそ、その時こそ、私は可能である筈《はず》だった。天来の霊感のように、私に正常さがもえ上る筈であった。まるで憑《つ》きものがしたように、私は別人に、まともな男に、生れかわる筈であった。その時こそ、私は憚《はばか》りなく園子を抱き、私の全能力をあげて彼女を愛することもできる筈であった。疑惑と不安は隈《くま》なく拭《ぬぐ》われ、私は心から「君が好きだ」と言い得る筈だった。その日から私は大声で、空襲下の街中を、「これが僕の恋人です」と怒鳴って歩くことだってできる筈だった。

ロマネスクな性格というものには、精神の作用に対する微妙な不信がはびこっていて、それが往々夢想という一種の不倫な行為へみちびくのである。夢想は、人の考えているように精神の作用であるのではない。それはむしろ精神からの逃避である。

——しかしホテルの夢は、前提的に、実現しなかった。某村のホテルは結局どこもだめなので家へ泊ってくれと園子が重ねて書いてよこした。私は承諾の返事を出した。疲労に似た安堵《あんど》が私をとらえた。いかな私も、この安堵を諦《あきら》めだと曲解しようはなかった。

六月十二日に私は出発した。海軍工廠《こうしょう》のほうは工廠全体がだんだん投げやりな気分になっていた。休暇をとるためなら、どんな口実も可能であったのだ。

汽車は汚れて、そして空《す》いていた。戦争中の汽車の思い出は（あのたのしい一例を除いて）どうしてこうもみじめな思い出ばかりなのであろう。私は今度も子供らしいみじめな固着観念にさいなまれて汽車に揺られていた。それは園子に接吻するまでは決して某村を離れないぞと考えることだった。しかしながらこれは、人間が自分の欲望がさせる引込思案とたたかうときの矜《ほこ》りにみちた決心とは別物であった。私は盗みにゆくような気がしていた。親分に強《し》いられて、いやいや強盗にゆく気の弱い子分のような気がしていた。愛されているという幸福は私の良心を刺した。私が求めていたのは、もっと決定的な不幸であったかもしれないのだ。

園子が私を伯母に紹介した。私は気取っていた。私は一生懸命だった。皆が暗黙のうちにこう言い合っているように思われた。『園子は何だってこんな男を好きになったんだろう。なんて生っ白《ちろ》い大学生だろう。こんな男の一体どこが好《よ》いのかしら』皆によく思われようという殊勝な意識で、私はいつかの汽車の中でのような排他的な行動をとらなかった。園子の小さい妹たちの英語の勉強を見てやったり、祖母の伯林《ベルリン》時代の昔話に調子を合わせたりした。おかしなことに、そうしている方が、私には園子がより身近に居るように思われるのだった。私は祖母や母の前で、幾度となく彼女と大胆な目くばせを交わした。食事の時にはテエブルの下で足を触れ合った。彼女もだんだんこの遊びに夢中になって、私が祖母の長話に退屈していると、梅雨曇《つゆ》りの青葉の窓に身を凭《もた》せ、祖母のうしろから、私にだけ見えるように、胸のメダイヨンを指さきでつまみ上げて揺らしてみせたりした。

半月形の襟《えり》で区切られた彼女の胸は白かった。目がさめるほどに！　そうしている時の彼女の微笑には、ジュリエットの頰を染めたあの「淫《みだ》らな血」が感じられた。処女にだけ似つかわしい種類の淫蕩さというものがある。それは成熟した女の淫蕩とはことかわり、微風《びふう》のように人を酔わせる。それは何か可愛《かわい》らしい悪趣味の一種である。たとえば赤ん坊をくすぐるのが大好きだと謂ったたぐいの。

私の心がふと幸福に酔いかけるのはこうした瞬間だった。すでに久しいあいだ、私は幸福という禁断の果実に近づかずにいた。だがそれが今私を物悲しい執拗《しつよう》さで誘惑していた。私は園子を深淵《しんえん》のように感じた。

とこうするうちに、海軍工廠へかえらねばならぬ日が二日あとに近づいていた。私はまだ自分に課した接吻の義務を果たしていなかった。

雨期の稀薄《きはく》な雨が高原地方一帯を包んでいた。自転車を借りて私は郵便局へ手紙を出しに行った。園子が徴用のがれにつとめている官庁の分室から、午後のつとめをずるけて帰ってくる時刻なので、私たちは郵便局で落合う約束をしていた。霧雨に濡《ぬ》れそぼった錆《さ》びた金網のなかに、人気《ひとけ》のないテニスコオトがさびしげに見えた。自転車に乗った独乙人の少年が濡れた金髪と濡れた白い手をかがやかせて私の自転車のすぐかたわらをすれちがった。

古風な郵便局のなかで何分か待つうちに、ほのかに戸外が明るんで来た。雨が上ったのであった。一時の晴れ間《ま》、いわば思わせぶりな晴れ間である。雲は切れてはいず、白金《プラチナ》いろに明るんでいるだけのことだった。

園子の自転車が硝子《ガラス》扉のむこうに止った。彼女は胸を波打たせ、濡れた肩で息をして、しかし健やかな頬の紅《あか》らみの中で笑っていた。『今だぞ、そらかかれ！』私はけしかけられた猟犬のように自分を感じた。この義務観念は悪魔の命令じみたものだった。自転車に跳び乗ると、私は園子と並んで某村のメイン・ストリートを走り抜けた。

私たちは樅《もみ》や楓《かえで》や白樺《しらかば》の林の間を走った。樹々《きぎ》は明るい滴《したた》りを落していた。風に流れている彼女の髪は美しかった。健やかな腿《もも》がペダルを小気味よく廻《まわ》していた。彼女は生それ自身のように見えた。今は使われなくなっているゴルフ場の入口をとおると、私たちは自転車を降りて湿った径《みち》をゴルフ場ぞいに歩いた。

私は新兵のように緊張していた。あそこに木立《こだち》がある。あの蔭《かげ》が適当だ。あそこまで約五十歩ある。二十歩で彼女に何か話しかける。緊張を解いてやる必要がある。あと三十歩のあいだ何か当りさわりのない話をしたらいい。五十歩。そこで自転車のスタンドを下ろす。それから山のほうの景色を見る。そこで彼女の肩に手をかける。低い声で『こうしていられるの、夢みたいだね』とでも言え。すると彼女が何か他愛のない返事をする。そこで肩の手に力を入れて彼女の体を自分の前へ持ってくるんだ。接吻の要領は千枝子の時と変りはない。

私は演出に忠誠を誓った。愛も欲望もあったものではなかった。

園子は私の腕の中にいた。息を弾《はず》ませ、火のように顔を赤らめて、睫《まつげ》をふかぶかと閉ざしていた。その唇《くちびる》は稚《おさ》なげで美しかったが、依然私の欲望には愬《うった》えなかった。しかし私は刻々に期待をかけていた。接吻の中に私の正常さが、私の偽わりのない愛が出現するかもしれない。機械は驀進《ばくしん》していた。誰もそれを止めることはできない。

私は彼女の唇を唇で覆《おお》った。一秒経《た》った。何の快感もない。二秒経った。同じである。三秒経った。――私には凡《すべ》てがわかった。

私は体を離して一瞬悲しげな目で園子を見た。彼女がこの時の私の目を見たら、彼女は言いがたい愛の表示を読んだ筈だった。それはそのような愛が人間にとって可能であるかどうか誰も断言しえないような愛だった。しかし彼女は羞恥《しゅうち》と潔《きよ》らかな満足に打ちひしがれて、人形のように目を伏せたままだった。

私は黙ったまま病人を扱うように、その腕をとって自転車のほうへ歩きだした。

逃げなければならぬ。一刻も早く逃げなければならぬ。私は焦慮した。浮かぬ面持《おももち》を気《け》どられまいために、私は常よりも陽気を装った。夜の食事のとき、こうした私の幸福そうな様子は、誰の目にも見てとれる園子の甚《はなは》だしい放心状態と、しっくりすぎる暗合を示してしまったので、結果は却って私の不利になった。

園子はいつにもましてみずみずしく見えた。彼女の容姿にはもともと物語風なところがあった。物語に出てくる恋する乙女そのままの風情《ふぜい》だった。こうした彼女の一本気な乙女心を目《ま》のあたりに見ると、私はいかに陽気を装おうとしても、自分がその美しい魂を抱きしめる資格のない人間であることが、あまりにもまざまざとわかって来て話も淀《よど》みがちになるものだから、彼女の母は私の体を気づかう言葉を洩《も》らした。するとと園子は可愛らしい早呑込《はやのみこみ》で万事を察して、私を元気づけるために、またメダイヨンを振って『心配するな』という合図をした。思わず私は微笑した。

大人たちはこの傍若無人《ぼうじゃくぶじん》な微笑のやりとりに、半ば呆《あき》れた半ば迷惑そうな顔を並べていた。その大人たちの顔が私たちの未来に見ているものが何であるかを考えると、又しても私は慄然《りつぜん》とするのであった。

明る日私たちは又ゴルフ場の同じところへ来た。きのうの私たちの形見である・踏みにじられた黄いろい野菊の草むらを私は見出だした。草は今日は乾いていた。

習慣というものは怖《おそ》ろしい。あれほど事後に私を苦しめた接吻《せっぷん》を又私はしてしまった。尤《もっと》も此度《このたび》は、妹にするような接吻だった。するとこの接吻は却って不倫の味わいを放った。

「この次お目にかかれるの、いつかしら」と彼女が言った。「さあ、僕のいるところへアメリカが上陸して来なければね」と私は答えた。「また一ト月ほどして休暇がとれるよ」——私は希《ねが》っていた。希っているばかりか、迷信的に確信していた。この一ト月のあいだに米軍がS湾から上陸して私たちは学生軍として狩り出され一人のこらず戦死することを。さもなければまだ誰も考えてみたこともない巨大な爆弾が、どこにいようと私を殺すことを。——私はたまたま原子爆弾を予見していたことになろうか。

それから私たちは日の当る斜面のほうへ行った。二本の白樺が心のやさしい姉妹のような容子で斜面に影をおとしていた。うつむいて歩いていた園子が言い出した。

「この次お目にかかるときはどんなお土産を下さるの?」

「今僕の持って来られるお土産と云《い》ったら」——私は苦しまぎれに空恍《そらとぼ》けて答えた。「出来そこないの飛行機か、泥《どろ》のついたシャベルか、そんなものしかないよ」

「形のあるものではないことよ」

「さあ、何だろう」——私はますます空惚けながら追いつめられていた。「難題だなあ。かえりの汽車でゆっくり考えてみるよ」

「ええ、そうなさってね」——彼女は妙に威厳と落付きを加えた声音で言った。「お土産をもって来て下さること、お約束なさってね」

約束という言葉を園子が力をこめて言ったので、いきおい私は虚勢を張った快活さで身を護《まも》らねばならなかった。

よし、指切りしよう、と私は大風《おおふう》に言った。こうして私たちは一見無邪気な指切りを交わしたが、俄《にわ》かに子供の時感じた恐怖が私によみがえった。それは指切りをして約束を破るとその指が腐るという言いならわしがかつて子供心に与えた恐怖である。園子のいわゆるお土産は、それと言わぬながら明らかに「結婚申込」を意味していたので、私の恐怖も故《ゆえ》あることだった。私の恐怖は、夜一人で厠《かわや》へ行けない子供があたり一杯に感じるようなあの恐怖であった。

その晩、寝しなに、園子が私の寝室の戸口の帷《とばり》で半ば体を巻きながら、すねる調子で、私がもう一日滞在をのばすようにと愬《うった》えた時、私は寝床の中から、ものに愕《おどろ》いたように彼女を見つめていたきりだった。自分で的確な計算と思っていたその最初の項の誤算で凡《すべ》てが崩れてみると、私は今園子を見ている自分の感情を何と判断してよいかわからなかった。

「どうしてもおかえりになるの？」

「うん、どうしてもだよ」

私はむしろたのしそうに答えた。また偽わりの機械が上辷《うわすべ》りな廻転《かいてん》をはじめていた。私はこのたのしさを、ただ単に恐怖からのがれるたのしさにすぎないのに、彼女をじらすこともできる新たな権力の優越感が与えるたのしさだと解釈した。自己欺瞞《ぎまん》が今や私の頼みの綱だった。傷を負った人間は間に合わせの繃帯《ほうたい》が必ずしも清潔であることを要求しない。私はせめても使い馴《な》れた自己欺瞞で出血をとり押えて、病院へ向って駈《か》けて行きたいと思った。私はあのぐうたらな工場を、好んで厳格な兵営のように想像した。明日の朝かえらなくては、重営倉＊へも入れられかねない兵営のように。

出発の朝、私はじっと園子を見ていた。旅行者が今立去ろうとしている風景を見るように。

凡てが終ったことが私にはわかっていた。私の周囲の人たちは凡てが今はじまったと思っているのに。私もまた周囲のやさしい警戒の気配に身を委《ゆだ》ねて、私自身をだまそうとねがっているのに。

それにしても園子の静かな様子が私を不安にした。彼女は私の鞄《かばん》を詰める仕事を手つだったり、何か忘れものはないかと部屋のあちこちをたずねまわったりしていた。そのうちに窓のところに立って窓外を眺《なが》めながら動かなかった。今日も曇り日の、若葉の青ばかりが目立つ朝だった。見えない栗鼠《りす》が梢《こずえ》を揺らして通った。園子のうしろ姿には静かな・それでいて幼なげな「待つ表情」があふれていた。そんな表情の背中をそのままにして部屋を出てゆくことは、戸棚《とだな》を開けっ放しにして部屋を出てゆくことと同様に、几帳面《きちようめん》の私にとって我慢ならぬことである。私は歩み寄って背後から柔かく園子を抱いた。

「またきっとおいでになるわね」

彼女はらくらくと信じ切った調子で言った。それは何か、私に対する信頼というよりも、私をのりこえて・もっと深いものに対する信頼に根ざしているようにきかれた。園子の肩は慄《ふる》えていなかった。レースの胸がすこし威丈高に息づいていた。

「うん、多分ね。僕が生きていたら」

――私はそう言っている自分に嘔吐《おうと》を催おした。何故《なぜ》なら私の年齢はこう言うことの方をはるかに欲したからである。

『来るとも！　僕《ぼく》は万難を排して君に会いに来るよ。安心して待っておいで。君は僕の奥さんになる人じゃないか』

私のものの感じ方、考え方には、こんな風な珍奇な矛盾が、いたるところに顔を出した。自分に「うん多分ね」などという煮え切らない態度をとらせるものが、私の性格の罪ではなく、性格以前のものの仕業であり、いわば私のせいではないとはっきりわかっているだけに、多少とも私のせいである部分に対しては、滑稽《こっけい》なほど健全な常識的な訓誡《くんかい》を以《もっ》て臨むのが常だった。少年時代からの自己鍛練のつづきとして、私は煮え切らない人間、男らしくない人間、好悪《こうお》のはっきりしない人間、愛することを知らないで愛されたいとばかりねがっている人間には、死んでもなりたくないと考えていた。それはなるほど私のせいである部分に対しては可能な訓誡であったが、私のせいでない部分に対しては、はじめから不可能な要求だった。今の場合園子にむかって男らしいはっきりした態度をとることはサムソン*の力といえども及ばぬ筈《はず》だった。すると、今、園子の目に見えている私の性格らしきもの、煮え切らない一人の男の影像は、私のそれへの嫌悪をそそり立て、私という存在全体を値打のないものに思わせて、私の自負心をめちゃめちゃにするのであった。私は自分の意志をも、性格をも信じないようになり、少くとも意志の拘《かか》わる部分は贋物《にせもの》だと思わざるをえなかった。しかしまたこのように意志に重きをおく考え方は、夢想にちかい誇張でもあるわけだった。正常な人間といえども、意志だけの行動は不可能な筈だった。よしんば私が正常な人間であったにせよ、私と園子に幸福な結婚生活を送らせる条件が一から十までそろっている筈はなく、してみればその正常な私も、「うん多分ね」と答えたことであろう。こんなわかりやすい仮定にさえ、故意に目をつぶる習慣が私にはついていた。まるで私自身を苦しめる機会を、一つでも見のがすまいとするように。――これは逃げ場を失った人間が、自分を不幸だと考える安住の地へ、自分自身を追いこむときの常套《じょうとう》手段である。

――園子がしずかな口調で言い出した。

「大丈夫よ。あなたはお怪我《けが》ひとつなさりはしないわ。あたくし毎晩神《エス》さまにお祈りしていることよ。あたくしのお祈り、今までだってとても利《き》いたのよ」

「信心深いんだね。そのせいか、君って、とても安心しているように見えるんだ。こわいくらいだ」

「どうして？」

彼女は黒い聡明《そうめい》な瞳《ひとみ》をあげた。露ほどの疑惑もないこの無垢《むく》な問いかけの視線に出会うと、私の心は乱れ、答を失った。私は安心の中に眠っているように見える彼女をゆすぶり起したい衝動にかられていたのだが、却《かえ》って園子の瞳が、私の内に眠っているものをゆすぶり起すのだった。

——学校へゆく妹たちが挨拶《あいさつ》に来た。

「さようなら」

小さい妹は私の握手を求めると、その手で私の掌《てのひら》を咄嗟《とつさ》にくすぐり、戸外まで逃げて行って、折から射《さ》して来た稀薄《きはく》な木洩《こも》れ日《び》の下で、金いろの備錠《びじよう》のある紅いお弁当入れを高く振り上げた。

祖母と母も見送りに来たので、駅での別れはさりげない無邪気なものになった。私たちは冗談を言い合い、何気なく振舞った。やがて汽車が着いて私は窓ぎわの席を占めた。はやく汽車が動きだしてくれるようにとしか私はねがっていなかった。

すると明るい声が思わぬ方角から私を呼んだ。それは正しく園子の声だった。今の今まで聞き馴れていた声が、遠い新鮮な呼び声になって私の耳をおどろかした。その声がたしかに園子のものだという意識が、朝の光線のように私の心に射し入った。私は声の方角へ目をむけた。彼女は駅員の出入口をくぐりぬけて、プラットフォームに接した焼木の柵《さく》につかまっていた。チェック縞《じま》のボレロの間から夥《おびただ》しいレエスが溢《あふ》れて風にそよいでいた。彼女の目は活々《いきいき》と私へ向って見ひらかれていた。列車がうごきだした。園子の幾分重たげな唇が、何か口ごもっているような形をうかべたまま、私の視野から去った。

園子！　園子！　私は列車の一ト揺れ毎《ごと》にその名を心に浮べた。いおうようない神秘の呼名のようにもそれが思われた。園子！　園子！　私の心はその名の一ト返し毎に打ちひしがれた。鋭い疲労がその名の繰り返されるにつれて懲罰のように深まった。この一種透明な苦しみの性質は、私が自分自身に説明してきかそうにも、類例のない難解なものだった。人間のしかるべき感情の軌道とは、あまりにかけ離れた苦しみなので、私にはそれを苦しみと感じることさえ困難であった。ものに譬《たと》えようなら、明るい正午に午砲の鳴りだすのを待つ人が、時刻をすぎてもついに鳴らなかった午砲の沈黙を、青空のどこかに探り当てようとするような苦しみだった。怖《おそ》ろしい疑惑である。午砲が正午きっちりに鳴らなかったことを知っているのは世界中で彼一人だったのである。

もうおしまいだ。もうおしまいだ。と私は呟《つぶや》いた。私の嘆きは落第点をとった小心な受験生の嘆きに似ていた。失敗《しま》った。しまった。あのXを残しておいたから間違ったんだ。あのXから先に解決しておけばこんなことにはならなかったんだ。人生の数学を、私は私なりに、皆と同じ演繹《えんえき》法*で解いてゆけばよかったんだ。私が半分小賢《こざか》しかったのが何より悪かったんだ。私一人が帰納法*に依《よ》ったばかりにしくじったんだ。

私の惑乱があまりに甚だしかったので、前に掛けている乗客は不審そうに私の顔色をうかがっていた。それは紺の制服を着た赤十字の看護婦と、その母親らしい貧しい農婦とだった。彼らの視線に気づいて私が看護婦の顔に目をやると、このほおずきのように真赤に肥《ふと》った娘は、照れかくしに母親に甘えだした。

「ねえ、お腹空《す》いたよお」

「まだ早っぺや」

「だって空いたんだもん。よお、よお」

「きき分けもない!」

――母親がとうとう負けて弁当をとり出した。その中味の貧しさは、私たちが工場で喰《た》べさせられている食事より一段とひどかった。沢庵《たくあん》を二切そえた藷《いも》だらけの飯を、看護婦はぱくぱくと喰べだした。人間が御飯をたべるという習慣がこれほど無意味に見えたことはなかったので、私は目をこすった。やがてこうした観方《みかた》が、私が生きる欲望をすっかり失《な》くしていることに由来しているのを私はつきとめた。

その晩郊外の家へ落着いて私は生れてはじめて本気になって自殺を考えた。考えているうちに大そう億劫《おっくう》になって来て、それを滑稽なことだと思い返した。私には敗北の趣味が先天的に欠けていた。その上まるで豊かな秋の収穫《とりいれ》のように、私のぐるりにある夥《おびただ》しい死、戦災死、殉職、戦病死、戦死、轢死《れきし》、病死のどの一群かに、私の名が予定されていない筈はないと思われた。死刑囚は自殺をしない。どう考えても自殺には似合わしからぬ季節であった。私は何ものかが私を殺してくれるのを待っていた。ところがそれは、何ものかが私を生かしてくれるのを待っているのと同じことなのである。

工場へかえって二日すると、園子の熱情にあふれた手紙が届いた。それは本物の愛だった。私は嫉妬《しっと》を感じた。養殖真珠が天然の真珠に感じるような耐えがたい嫉妬を。それにしても自分を愛してくれる女に、その愛のゆえに嫉妬を感じる男がこの世の中にあるだろうか？

……園子は私に別れてから自転車に乗って勤めへ出た。あまりぼんやりしているので、気分が悪いのかと同僚にたずねられた。書類の扱いを何度かまちがえた。昼の食事をとりに家へかえったが、また勤めへかえる道すがら、ゴルフ場へまわって自転車を止めた。黄いろい野菊がまだ踏まれたままになっているあたりを見た。それから火山の山肌《やまはだ》が、霧が拭《ぬぐ》われるにつれて、明るい光沢を帯びた代赭《たいしゃ》いろをひろげるのを見、又しても暗い霧の気配が山峡《やまかい》から立ちのぼり、あのやさしい姉妹のような様子をした二本の白樺《しらかば》の葉が、かすかな予感のように慄《ふる》えるのを見た。

――私が汽車のなかで、私自ら植えつけた園子の愛からどんな風にして逃げ出そうかと心を砕いていた同じ時刻に！……しかしともすると私はいちばん真実にちかいかもしれぬ可憐《かれん》な口実に我身を委ねて安心している瞬間があった。それは「彼女を愛していればこそ彼女から逃げなければならない」という口実である。

私は一向発展もしないが冷めたともみえない調子の手紙をそののち何度か園子に書いた。一ト月足らずのうちに草野の二度目の面会が許されることになり、彼が移って来た東京近郊の隊へ草野の一家はまた面会にやって来るというしらせが届いた。弱さが私をそこへ促した。ふしぎにもあれほど彼女から逃げようという決心を固めた園子に、私は又ぞろ会わずにはいられなかった。会ってみて、私は渝《かわ》らぬ彼女の前に、変り果てた私自身を見出《みい》だした。私は冗談一つ彼女に言えなくなっていた。こうした私の変化から、彼女も、彼女の兄も祖母も、母さえも、ただ私の物堅さを見ているにすぎなかった。草野がいつものやさしい目つきで私に言った一言が私を戦慄《せんりつ》させた。

「近いうちに君のところへちょっとした重大通牒《つうちょう》を発するよ。たのしみに待っていたまえね」

——一週間後、私が休日に母たちのところへかえっていたとき、その手紙が届いた。彼らしい稚拙《ちせつ》な字が、まがいものでない友情を示していた。

『……園子のこと、家じゅうみんな本気だ。僕が全権大使に任命された。話は簡単なのだが、君の気持をききたいのだ。

みんな君に信頼している。園子はもとよりのことだ。式はいつごろにしようかとまで母は考えはじめているらしい。式のことはともかく、婚約の日取はきめても早すぎないころだと思う。

もっともこれはみんなこちらの当推量からのことなんだ。要するに、君のお気持をうかがいたい。家同志の話し合いも、すべてそれからのことにしたいと言っている。しかしこうは言っても、毛頭君の意志を縛るつもりはないんだ。本当のところをうかがえれば安心出来るんだ。NOの御返事でも決して怨《うら》んだり怒ったり、僕たちの友達としての間柄《あいだがら》に累《るい》を及ぼしたりすることにはならない。YESなら勿論《もちろん》大よろこびだが、NOの場合も決して気を悪くしたりすることはない。自由な気持で、フランクに御返事いただきたい。くれぐれも義理や行きがかりでない御返事をほしい。親しい友として御返事を待つ』

……私は愕然《がくぜん》とした。私はその手紙を読んでいるところを誰かに見られはしなかったかと思ってあたりを見まわした。

ありえないと思っていたことが起ったのだった。戦争というものに対する感じ方・考え方に、私とあの一家とでは格段の相違があるだろうことを、私は計算に入れていなかったのだ。まだ二十一歳で、学生で、飛行機工場へ行っていて、その上また、戦争の連続のなかで育って来て、私は戦争の力をロマネスクなものに考えすぎていた。これほど激しい戦争の破局のなかでも、人間の営みの磁針はちゃんと一つの方向へむかったままだった。自分だって今まで恋をしているつもりでいて、どうしてそこに気がつかなかったろう。私は奇体な薄ら笑いをうかべながら手紙を読み返した。

するとごく在り来《きた》りな優越感が胸をくすぐった。私は勝利者なのである。私は客観的にも、幸福なのであり、誰《だれ》もそれを咎《とが》めはしないのである。それなら私にだって幸福を侮蔑《ぶべつ》する権利はあるわけだ。

不安と居たたまれない悲しみとで胸が一杯なくせに、私は生意気な皮肉な微笑を自分の口もとに貼《は》りつけた。小さな溝《みぞ》を一つとびこせばよいように考えられた。それは今までの何ヶ月かをみんな出鱈目《でたらめ》だと考えればよいのである。はじめから園子なんか、あんな小娘なんか、愛していなかったと考えればよいのである。私はちょっとした欲望にかられて、（嘘《うそ》つき奴《め》！）、彼女をだましたと思えばよいのである。断るのなんかわけはない。接吻だけで責任はないんだ。——

『僕は園子なんか愛していはしない！』

　この結論は私を有頂天にした。

　素晴らしいことであった。愛しもせずに一人の女を誘惑して、むこうに愛がもえはじめると捨ててかえりみない男に私はなったのだ。なんとこういう私は律儀《りちぎ》な道徳家の優等生から遠くにいることだろう。……それでいて私が知らない筈はなかった。目的も達しないで女を捨てる色魔なんかありえないことを。……私は目をつぶった。私は頑固《がんこ》な中年女のように、ききたくないことにはすっかり耳をおおう習慣がついていた。

　あとは何とかしてこの結婚を妨害する工作が残っているだけである。まるで恋敵の結婚を妨害するように。

　窓をあけて私は母を呼んだ。

　夏のはげしい光りがひろい菜園の上にかがやいていた。トマトや茄子《なす》の畑が乾燥した緑をとげとげしく反抗的に太陽のほうへもたげていた。その勁《つよ》い葉脈に太陽はべたべたと、よく煮えた光線を塗りつけていた。植物の暗い生命の充溢《じゅういつ》が、見わたすかぎりの菜園のかがやきの下に押しひしがれていた。彼方《かなた》に、こちらへ暗い顔を向けている神社の杜《もり》があった。そのむこうの見えない低地を、時折やわらかな震動を漲《みなぎ》らせて郊外電車がとおるのである。そのたびにポールが軽躁《けいそう》に押して行ったあとの、ものうげに揺れている電線の光りが見えた。それは厚みのある夏の雲をうしろにして、意味ありげに、また何の意味もなさそうに、しばらくあてどもなく揺れているのだった。菜園のただなかから、青いリボンをつけた大きな麦藁《むぎわら》帽子が立上った。母だった。伯父——母の兄——の麦藁帽子は、ふりむきもせずに崩《くず》折れた向日葵《ひまわり》のように動かなかった。

ここの生活をはじめてからすこし日に灼《や》けた母は、遠くから白い歯が目立つようになっていた。彼女は声のとどくところまで来ると子供らしいキンキン声で叫んだ。

「なあによお。用ならそっちから出ていらっしゃいよお」

「大事な用なんだよお。ちょっとここまで来てよお」

母は不服そうにのろのろと近づいた。手の籠《かご》には熟したトマトが盛られていた。やがて彼女は窓枠《まどわく》の上にトマトの籠を置いて何の用かとたずねた。

私は手紙を見せなかった。かいつまんでその内容を話した。話しながら私は何のために母を呼んだかがわからなくなるのだった。私は自分を納得させるために喋《しゃべ》りつづけているのではなかったか？　私の父が神経質な口やかましい性格で、一つ家《や》にいれば私の妻になる人は苦労するにちがいないということ、そうかといって今のところ別に家を持つ目安はつかないこと、私の古風な家庭と園子の明るい開放的な家庭とでは家風が合うまいということ、私にしてもそんなに早くから妻を貰《もら》って苦労したくないということ、……さまざまなありふれた悪条件を私は平気な顔つきで述べ立てた。私は母の頑固な反対がほしいのだった。しかるに私の母はのどかな寛大な人柄だった。

「何だかへんな話なのね」——母は大して深く考えもしない様子で口をはさんだ。「それで一体あなたの気持はどうなの。好きなの？　それともきらいなの？」

「そりゃあ僕も、あの」——私は口ごもった。「そんなに本気じゃあなかったんだ。遊び半分のつもりだったんだ。それがむこうで本気にとったんで困っちゃったの」

「それなら問題はないじゃないの。早くはっきりさしておいた方がお互いのためだわ。どうせ一寸《ちょっと》した打診のお手紙なんでしょう。はっきりしたお返事を出しといたらいいわ。……お母様もう行くわよ。もういいんでしょう」

「ああ」

——私は軽い吐息をついた。母は玉蜀黍《とうもろこし》が立ちはだかっている枝折戸《しおりど》のところまで行くと、また小刻みに私の窓にかえってきた。彼女の顔つきはすこしさっきとはちがっていた。

「あのね、今のお話ね」——母はやや他人じみた、いわば女が見知らぬ男を見るような目つきになって私を見た。「……園子さんのことね、あなた、もしかして、……もう……」

「莫迦《ばか》だなあ、お母様ったら」——私は笑い出した。私は生れてから、こんな辛《つら》い笑いを笑ったことはないような気がした。「僕がそんな莫迦なことをすると思っているの？　そんなに信用がないの？　僕は」

「わかったわよ。念のためよ」——母は明るい顔に返って照れくささうに打ち消した。「母親ってものは、そういうことを心配するために生きてるものなのよ。大丈夫よ。あなたは信用しているわ」

——私はわれながら不自然だと思える婉曲《えんきょく》な拒絶の手紙をその晩書いた。急なことで、今の段階ではそこまで気持が進んでいないと私は書いた。あくる朝工場へかえりがけに、郵便局へその手紙を出しに行ったとき、速達の掛りの女が私の慄《ふる》える手をいぶかしそうに見た。私はその手紙が彼女のがさつな汚れた手で事務的にスタンプを押されるのを見つめた。私の不幸が事務的に扱われるのを見ることが私を慰めた。

空襲は中小都市の攻撃に移っていた。生命の危険は一応失われてしまったようにみえた。学生のあいだには降伏説が流行《はや》りだしていた。若い助教授が暗示的な意見を述べて、学生の人気を収攬《しゅうらん》しようとかかり出した。甚《はなは》だ懐疑的な見解をのべるときの彼の満足そうな小鼻のふくらみを見ると、私はだまされやしないぞと思った。私は一方今以《もっ》て勝利を信じている狂信者の群にも白眼を剥《む》いた。戦争が勝とうと負けようと、そんなことは私にはどうでもよかったのだ。私はただ生れ変りたかったのだ。

原因不明の高熱が私を郊外の家に帰した。私は熱にくるめく天井を見つめながら、経文のように園子の名を心に呟《つぶや》きつづけた。ようやく起き上れるようになったころ、広島全滅のニュースを私はきいた。

最後の機会だった。この次は東京だと人々が噂《うわさ》していた。私は白いシャツに白い半ズボンで街を歩き廻《まわ》った。やけっぱちの果てまで来て、人々は明るい顔で歩いていた。一刻一刻が何事もない。ふくらましたゴム風船に今破れるか今破れるかと圧力を加えてゆくときのような明るいときめきが至るところにあった。それでいて一刻一刻が何事もない。あんな日々が十日以上もつづいたら、気がちがう他はないほどだった。

ある日、間の抜けた高射砲*の砲撃を縫って、瀟洒《しょうしゃ》な飛行機が夏空から伝単《でんたん》*を降らした。降伏申入のニュースであった。その夕方父が会社のかえりにまっすぐ郊外の私たちの仮寓《かぐう》へ立寄った。

「おい、あの伝単はほんとうだよ」

――彼は庭から入ってきて縁側に腰を下ろすとすぐこう言った。そして確かな筋からきいたという原文の英文の写しを私に示した。

私はその写しを自分の手にうけとって、目を走らせる暇もなく事実を了解した。それは敗戦という事実ではなかった。私にとって、ただ私にとって、怖ろしい日々がはじまるという事実だった。その名をきくだけで私を身ぶるいさせる、しかもそれが決して訪れないという風《ふう》に私自身をだましつづけてきた、あの人間の「日常生活」が、もはや否応《いやおう》なしに私の上にも明日からはじまるという事実だった。

第四章

意外なことに、私が怖《おそ》れていた日常生活はなかなかはじまるけしきもなかった。それは一種の内乱であって、人々が「明日《あす》」を考えない度合は、戦争中よりもいやまさるように思われた。

大学の制服を借りていた先輩が軍隊からかえったので、私はそれを返した。すると私は思い出から、乃至《ないし》は過去から、自由になったような錯覚にしばらく陥った。

妹が死んだ。私は自分が涙を流しうる人間でもあることを知って軽薄な安心を得た。園子が或《あ》る男と見合をして婚約した。私の妹の死後、間もなく彼女は結婚した。肩の荷が下りた感じとそれを呼ぼうか。私は自分にむかってはしゃいでみせた。彼女が私を捨てたのではなく、私が彼女を捨てた当然の結果だと自負して。

宿命が私に強《し》いるところを、私自身の意志の、また理性の勝利だと附会する永年の悪癖が、一種きちがいじみた尊大さに達していた。私が理性と名付けているものの特質には、どこか道ならぬ感じ、気まぐれな偶然が彼を王位に据《す》えたまやかしものの僭《せん》主《しゅ》の感じがあった。この驢馬《ろば》のような僭主は、おろかしい専制の、ありうべき復讐《ふくしゅう》の結果をさえ予知しないのである。

つづく一年を私はあいまいな楽天的な気持ですごした。通り一ぺんの法律の勉強、機械的な通学、機械的な帰宅、……私は何ものにも耳を貸さず、何ものも私に耳を傾けはしなかった。若い僧侶《そうりょ》のような世故《せこ》に長《た》けた微笑を私は学んだ。自分が生きているとも死んでいるとも感じなかった。私は忘れているらしかった。あの天然自然の自殺――戦争による死――の希《のぞ》みがもはや絶たれてしまったことを。

本当の苦しみというものは徐々にしか来ない。それはまるで肺結核に似ていて、自覚症状が起る時にはすでに病気が容易ならぬ段階に進んでいるのである。

ある日、だんだんに新刊の増した本屋の棚《たな》の前に立って、私は粗末な仮綴《かりとじ》の翻訳書をとりだした。フランスの或る作家の冗舌《じょうぜつ》なエッセイであった。ふとひろげた頁《ページ》の一行が私の目に灼《や》きついた。しかし不快な不安に押されて本を閉じ、本棚に返した。

あくる日の朝、ふいに思い立つと、私は登校の道すがら大学正門にちかいその本屋に立ち寄ってきのうの本を買った。民法の講義がはじまると、ひろげたノートのわきにそっとそれを取り出して例の一行を探した。きのうよりももっと鮮明な不安をその

「……女が力をもつのは、ただその恋人を罰し得る不幸の度合によってだけである」

一行が私に与えた。

大学で親しくなった友人が一人あった。老舗《しにせ》の菓子屋の息子であった。一見面白気《おもしろげ》のない勤勉な学生のようでいて、彼が人間や人生に対してもらす「ふふん」と謂《い》った調子の感想と、私にきわめてちかい脆弱《ぜいじゃく》な体格とが、共感を呼んだのであった。私が自己防衛と虚勢から同じような犬儒派《けんじゅは》*風の態度を身につけていたのにひきかえて、彼のそれにはもっと危なげのない自信の根があるように思われた。何から来る自信だろうと私は考えた。程経て彼が、私を童貞と見きわめた・のしかかるような自嘲《じちょう》と優越感とで、彼の悪所通いを告白した。そして私に誘いをかけた。

「行きたくなったら電話をかけてよこせよ。いつでもお供するよ」

「うん。行きたくなったらね。……多分……、もうすぐだ。もうすぐ決心がつくよ」

と私は答えた。彼は照れくさそうに鼻をうごめかした。今の私の心理状態がすっかり彼には読め、ちょうど今の私と同じ状態にあった時の彼自身を思い出す羞恥《しゅうち》の気持が、私からはねかえってくると謂った面持《おももち》である。私は焦躁《しょうそう》を感じた。彼の目に映っているような私の状態と、現実の私の状態とを、ぴったりと一つものにしたいという御定まりの焦躁である。

潔癖さというものは、欲望の命ずる一種のわがままだ。私の本来の欲望は、そういう正面切ったわがままをさえ許さぬほどの隠密《おんみつ》な欲望だった。さりとてまた、私の仮想の欲望——つまり女に対する単純な抽象的な好奇心——は、およそわがままの余地もないほどの冷淡な自由を与えられていた。好奇心には道徳がないのである。もしかするとそれは人間のもちうるもっとも不徳な欲望かもしれない。

いたましい秘密な練習を私ははじめた。裸婦の写真をじっと見つめて自分の欲望をためすこと。——わかり切ったことだが、私の欲望はうんともすんとも答えない。例によっての悪習に際して、まず何の幻影もうかべぬことから、次に女のもっともみだらな姿態を心にうかべることから自分を馴《な》らそうと試みた。時あってそれは成功するように思われた。しかしこの成功には心の砕けるような白々しさがあった。

一か八かだと私は思い定めた。日曜の午後五時にある喫茶店で待っていてくれるようにと彼に電話をかけた。戦争がおわって二度目の新年の月半ばであった。

「やっと決心がついたかい」——彼は電話口でげらげら笑った。「よし行くよ。僕《ぼく》はきっと行くからね。すっぽかしたら承知しないぜ」

——笑い声が耳に残った。それに対抗するには、誰《だれ》も気のつかない・ひきつった微笑をしか私の持たないことが私にはわかっていた。それでいてまだ一縷《いちる》の希み、というよりは迷信が私にあった。それは危険な迷信だった。虚栄心のみが危険を冒させる。私の場合は二十三にもなって童貞だと思われまいとする在り来《きた》りの虚栄心である。考えてみると、私が決心を固めた日は誕生日であった。

――私たちはお互いに探り合うような表情で相手を見たが、彼もきょうは、尤《もっと》もらしい顔つきもげらげら笑いもどちらも同じ程度に滑稽《こっけい》に見えることを知っていて、あいまいな口もとからしきりに煙草《たばこ》の煙を吹いた。そして二言三言この店の菓子の不出来について、手持無沙汰《ぶさた》な意見を述べ立てた。私はろくにきいていなかった。こう言った。

「君にも覚悟があるだろうね。はじめてそんなところへ連れて行った奴《やつ》は、一生の友達かそれとも一生の仇敵《きゅうてき》か、どっちかになるだろうよ」

「おどかすなよ。僕は御覧のとおり気が弱いんだ。一生の仇敵なんて、役どころ、、じゃねえや」

「それだけ自分がわかってるとは感心だ」

私はわざと高飛車に出た。

「それはそうと」と彼が司会者のような顔をして、「どこかで飲んで行かなくちゃ。素面《しらふ》じゃ、はじめての人はちょっと無理だ」

「いや、僕は飲みたくない」——私は頰《ほお》が冷えるのを感じた。「絶対に飲まないで行くよ。そのくらいの度胸はあるんだ」

それから暗い都電、暗い私鉄、見知らぬ駅、見知らぬ街、貧弱なバラックが立並んだ一隅《いちぐう》、紫や赤の電燈が女たちの顔を張りぼてのようにみせていた。霜どけのじとじとする径《みち》を嫖客《ひょうかく》*たちが、跣足《はだし》であるくような靴音《くつおと》を立てて無言で行き交うていた。何の欲望もない。不安だけが、まるでおやつをせきたてる子供のように私をせきたてた。

「どこでもいいよ。どこでもいいったら」

ちょいと、ちょいとったら、……という女たちのわざとらしく息苦しげな声から私は逃げたかった。

「その家の妓《こ》は危ないんだよ。いいかい？　あんな面《つら》で。あそこなら比較的安全だよ」

「面《つら》なんかどうでもいいや」

「そんなら僕は相対的にシャン*のほうにするぜ。あとで怨《うら》むなよ」

——私たちが近づくと、二人の女が憑《つ》かれたように立上った。立上ると天井に頭の届きそうな小さい家である。金歯と歯茎をむき出しにして笑いながら、のっぽの東北訛《なまり》の女が私を三畳の小部屋へ誘拐《ゆうかい》した。

義務観念が私に女を抱かせた。肩を抱いて接吻《せっぷん》しかかると、厚い肩がぐらぐらと揺れて笑った。

「だめよォ。紅《べに》がついちまうわよォ。こうすんのよォ」

娼婦《しょうふ》が口紅にふちどられた金歯の大口をあけて逞《たく》ましい舌を棒のようにさし出した。私もまねて舌を突き出した。舌端が触れ合った。……余人にはわかるまい。無感覚というものが強烈な痛みに似ていることを。私は全身が強烈な痛みで、しかも全く感じられない痛みでしびれると感じた。私は枕《まくら》に頭を落した。

十分後に不可能が確定した。恥じが私の膝《ひざ》をわななかせた。

友人が気づかなかったという仮定のもとに、それから数日、むしろ快癒《かいゆ》のあの自堕落な感情に私は身を委《ゆだ》ねた。不治の病の危惧《きぐ》になやんだ人が、その病名が確定して、却《かえ》って味わう一時的な安堵《あんど》に似たものである。彼はそのくせ安堵が一時的なものにすぎないことをよく知っている。しかも心はもっと逃げ場のない絶望的な、それだけに永続性のある安堵を待つのである。もっと逃げ場のない打撃を、言いかえればもっと逃げ場のない安堵を私も心待ちにしていたことになろう。

それから一ト月のあいだに、私は例の友人と学校で何度か会っていた。お互にあの話には触れなかった。一ト月たって彼が同じように私と親しい女好きの友達をつれてたずねてきた。十五分で女をものにしてみせるとつねづね広言している衒気《げんき》いっぱいの青年だった。話はやがて落ちるべきところへ落ちた。

「僕はもうやりきれないよ。自分で自分を扱いかねるよ」――女好きの学生が私の顔をじろじろ見ながら言った。「もし僕の友達にインポテンツ*の男がいたら、僕は羨《うらや》ましいね。羨ましいどころか尊敬するね」

私の顔色が変ったのを見てとって、例の友人が話題を変えた。

「マルセル・プルゥスト*の本を君から借りる約束だったね。面白いかね」

「ああ、面白いね。プルゥストはソドムの男なんだよ。下男と関係があったんだ」

「何だい、ソドムの男って？」

私が知らないふりをすることで、この小さな質問にすがって、私の失態が気づかれてはいないという反証の手がかりを得ようと、力の限り足搔《あが》いているのが私にはわかった。

「ソドムの男ってソドムの男さ。知らないかなあ。男色家のことだよ」

「プルゥストがそうだとは初耳だな」――私は声がふるえるのを感じた。怒りを見せれば相手に確証を与えるようなものだった。私はこんな恥ずべき見かけの平静に耐えられる自分が空怖《そらおそ》ろしかった。例の友人がかぎつけていたことは明白である。心なしか彼は私の顔を見まい見まいとしているように思われた。

夜十一時にこの呪《のろ》わしい訪客がかえると、私は部屋に引きこもって一夜を明かした。私は啜《すす》り泣いた。最後に、いつもながらの血なまぐさい幻想が訪れて私を慰めた。この何よりも身近で親しい残忍非道な幻影に私は身を打ちまかせた。

慰めが要った。空っぽの会話と白けた後味をしか残さないことがわかっていながら、私は古い友人の家の集まりにたびたび顔を出した。大学の友人とちがって御体裁屋がそろっているそうした集まりは、却って心易《こころやす》く思われたからである。そこには乙に気取った令嬢たちやソプラノ歌手や女流ピアニストの卵や結婚したての若い夫人たちがいた。ダンスをしたり少量のお酒を飲んだり下らない遊戯をしたり多少エロティックな鬼ごっこをしたりして、時には夜明けにわたるのであった。

明けがたになると、私たちはときどき踊りながら眠った。睡気《ねむけ》ざましに、幾枚かの座蒲団《ざぶとん》を撒《ま》き、突然止《や》むレコードを合図に輪踊りの輪を崩し、男と女が一組ずつ一枚の座蒲団へ腰を下ろして、坐《すわ》りはぐれた一人に隠し芸をさせるという遊びをした。立って踊っているものが、もつれ合って床の座蒲団に腰を落すのだから、大騒ぎである。何度もくりかえすうちに、女たちもなりふりをかまわないようになった。いちばん美しい令嬢がもつれ合って尻餅《しりもち》をついたはずみに、スカートが太腿《ふともも》の上までまくれてしまったのを、少し酔っているせいか気がつかずに笑っている。腿の肉がつややかに白いのである。

以前の私なら、転瞬も忘れぬ例の演技で、他の青年と同じように、自分の欲望から身をそむける習慣を真似《まね》て、咄嗟《とっさ》にそこから目を外《そ》らしただろうと思われる。しかし私はあの日以来、以前の私とは変っていた。私はいささかの羞恥《しゅうち》もなく、――つまり生来的な羞恥がないということについての羞恥がいささかもなく――、じっと物質を見るようにその白い腿を見詰めた。俄《にわ》かに私に、凝視から来る収斂《しゅうれん》された苦しみが訪れた。苦しみはこう告げるのである。『お前は人間ではないのだ。お前は人交わりのならない身だ。お前は人間ならぬ何か奇妙に悲しい生物《いきもの》だ』

折よく官吏登用試験の準備が迫り、私をできるかぎり無味乾燥な勉強のとりこにしてくれたので、身も心も苦しめる事柄《ことがら》からは自然に遠のいていることができた。しかしそれもはじめのうちだけである。例の一夜からの無力感が生活の隅々《すみずみ》にはびこるにつれ、心は鬱《うつ》して何も手につかない数日がつづいた。自分に対して何らかの可能の証《あか》しを立てる必要が日ましに濃くなるように思われる。それを立てなければ生きてゆけないように思われる。とはいえ、生れながらの背徳の手段《てだて》はどこにも見当らなかった。私の異常な欲望を、よしんばずっと穏当な形でも、充《み》たしてくれるような機会はこの国にはなかった。

春が来て、私は平静な外見《そとみ》のかげに狂おしい苛立《いらだ》たしさを蓄えた。季節そのものが、砂まじりの烈風がそれを示すように、私に対して敵意を抱いているように感じられた。私を擦過《さっか》してゆく自動車があると、心の中で声高《こわだか》にこう叱《しか》りつけるのであった。『何《な》故《ぜ》僕《ぼく》を轢《ひ》かないのだ』と。

私は好んで強引な勉強と強引な生活法を自分に課した。勉強のあいまに街へ出るときなど、私の血走った目に不審の眼差《まなざし》を何度か感じた。人目には世にも謹直な日々が重ねられているというのに、私は自堕落と放蕩《ほうとう》と明日《あす》を知らぬ生活と酸《す》え切った怠惰との、むしばむような疲労について知るのであった。しかし春も果てようというある午後のこと、都電に乗っていて、私はだしぬけに、息のとまりそうな清洌《せいれつ》な動悸《どうき》に襲われた。

立っている乗客の間からのぞかれる向いの座席に、園子の姿を見たからである。稚《おさ》なげな眉《まゆ》の下に、真率でつつましく・いおうようない深い優しさのある彼女の眼があった。私は危うく立上ろうとした。と、立っていた乗客の一人が吊革《つりかわ》を離れて出口のほうへ動きだした。女の顔がまともに見える。園子ではなかった。

私の胸はまだ立ちさわいでいた。その動悸をただの愕《おどろ》きの・あるいは疚《や》ましさの動悸だと説明することは容易であったが、刹那《せつな》の感動の潔《きよ》らかさを、そうした説明でくつがえすことはできなかった。私は三月九日の朝のプラットフォームで園子を見出《みい》だしたときの感動を咄嗟《とっさ》に思いうかべたが、これとそれとはそっくりであり、別のものではなかった。薙《な》ぎ倒されるような悲しみまで似ていたのである。

この些細《ささい》な記憶は忘れがたいものになり、それにつづく数日に活々とした動揺を与えた。そんなわけはない、私がまだ園子を愛しているわけはない、私は女を愛することなんかできない筈《はず》だ。こういう反省が却ってそそるような抵抗になった。きのうまではこうした反省が私に忠実で従順な唯一《ゆいいつ》のものであった筈なのに。

こうして思い出が突然私のなかに権力を取戻《とりもど》し、このクゥデタ*はあからさまな苦痛の形をとった。二年まえに私がきちんと片附けてしまった筈の「些細な」思い出が、まるで成長してあらわれた隠し児《ご》のように、私の眼前に異常に大きなものに育ってよみがえった。それはその時々に私が仮構した「甘さ」の調子でもなく、また後になって私が整理の便法として用いた事務的な調子でもなく、思い出の隅々までが、一つの、明瞭《めいりょう》な、苦しみの調子に貫ぬかれていた。それが悔恨であったとしたら、多くの先人が耐える道すじを発見してくれている。しかしこの苦しみは悔恨ですらなく、何か異常に明晰《めいせき》な、いわば窓から街路を区切っている烈《はげ》しい夏の日ざしを見下ろしていることを強《し》いられでもしたような苦痛なのである。

ある梅雨曇りの午後、日頃馴染《ひごろなじ》みのうすい麻布《あざぶ》の町を所用のついでに散歩していると、うしろから私の名が呼ばれた。園子である。ふりむいたところに彼女を見出だした私は、電車のなかでほかの女を彼女と見まちがえた時ほどには愕かなかった。この偶然の出会はいたって自然なもので、私はすべてを予知していたように感じた。この瞬間をずっと以前から知悉《ちしつ》していたように感じたのである。

彼女は胸の切込みにレエスをつけた他には飾りのない・洒落《しゃ》れた壁紙のような花もようのワンピースを着ており、奥さん奥さんしたところが見られなかった。配給所のかえりとみえてバケツを手に提げ、やはりバケツを提げた老女が附き従っていた。老女を先にかえして私と話しながら歩いた。

「すこしおやせになったのね」

「ああ、試験勉強のおかげで」

「そうお。お体お気をつけあそばせね」

私たちは少しのあいだ黙った。焼け残った邸町《やしきまち》の閑散な道に薄日がさしはじめる。一軒の厨口《くりやぐち》から、びしょぬれの家鴨《あひる》が一羽不器用に歩き出して、私たちの前をわめきながら溝《みぞ》ぞいにむこうへゆく。私は幸福を感じた。

「今、どんな本をよんでいるの」と私がたずねた。

「小説？　『蓼喰《たでく》う虫』と、……それから」

「Aはよまないの」

私は今流行の『A……』という小説の名を言った。

「あの裸の女の？」と彼女が言った。

「え」――私が愕いてきき返した。

「いやだわ……表紙の絵のことよ」

――二年前、彼女は面とむかって『裸の女』などという言葉を使える人ではなかった。園子がもう純潔ではないことが、こうした些細な言葉の端から痛いほどわかるのである。角のところまで来ると彼女は立止った。

「家はここを曲って突き当りなのよ」

別れが辛《つら》いので、私は伏せた目を、バケツに移した。バケツのなかには、日を浴びて、海水浴の日に灼《や》けた女の肌のようにみえる蒟蒻《こんにゃく》がひしめいていた。

「あんまり日に当てておいたら、蒟蒻がくさってしまうな」

「そうなの、責任重大なのよ」園子が鼻にかかった高声で言った。

「さようなら」

「ええ、ごきげんよう」——彼女は背を向けた。

私が呼びとめて、お里へかえることはないのかと訊《たず》ねると、今度の土曜日にかえると事もなげに言った。

別れてから、私は今まで気づかずにいた重大なことに気づくのだった。今日の彼女は私を恕《ゆる》しているように見えたのだ。何故私を恕すのであろう。この寛大さにまさる侮辱《ぶじょく》があるかしら。しかしもしもう一度はっきりと彼女の侮辱にぶつかれば、私の苦痛も癒《い》えるかもしれないのである。

土曜日が待ち遠に思われた。折よく草野は京都の大学から自宅にかえっていた。

土曜日の午後、草野を訪ねて話しているうちに、私は自分の耳を疑った。ピアノの音がきこえたのである。それはもう稚なげな音色ではなく、豊かで、奔逸《ほんいつ》するような響をもち、充実し、輝やかしかった。

「誰？」

「園子だよ。きょうは家へかえって来ているんだ」

何も知らない草野がそう答えた。私はあらゆる記憶を苦痛を以《もっ》て一つ一つ心に呼び返した。あの時の婉曲《えんきょく》な拒絶についてその後一言もふれない草野の善意が重たく感じられた。私は園子があの時いささかでも苦しんだという証拠を得たく、私の不幸の何らかの対応物をみとめたかった。しかし「時」がふたたび草野や私や園子の間に雑草のように生い茂り、何らかの意地、何らかの見栄《みえ》、何らかの遠慮をとおさない感情の表白は、禁ぜられてしまったのである。

ピアノが止んだ。連れて来ようかと草野が気をきかせて言った。やがて兄と一緒に園子がこの部屋へ入って来た。三人は園子の良人《おっと》がつとめている外務省の知人たちの噂話《うわさばなし》をして意味もなく笑った。草野が母に呼ばれて立ったので、二年前のある日のように園子と私は二人きりになった。

彼女は良人の尽力で草野家が接収を免《まぬ》かれた自慢話を子供らしく私にきかせた。少女時代から彼女の自慢話が私は好きだった。謙遜《けんそん》すぎる女は高慢な女と同様に魅力のないものであるが、園子はおっとりした程のよい自慢話に、無邪気な好もしい女らしさを漂わせた。

「あのね」と彼女がしずかに言葉をついだ。「うかがおううかがおうと思っていて今までうかがえなかったことがあるの。どうして私たち結婚できなかったのかしら。あたくし兄に御返事をいただいた時から、世の中のことがわからなくなってしまったの。毎日考えて考えて暮らしたの。それでもわからなかったの。今でも、あたくし、どうしてあなたと結婚できなかったのか、わからなくてよ。……」――怒っているように、すこし紅《あか》みのさした頰《ほお》を私のほうへ向けて、彼女は顔をそむけながら朗読するように言った。「……、あたくしをおきらいだったの?」

聞きようによっては事務的な査問の調子にすぎないこの単刀直入な問いかけに、私の心は一種劇烈ないたましい喜びを以て応《こた》えた。しかしたちまち、この不埒《ふらち》な喜びは苦痛に転身した。それは実に微妙な苦痛であった。本来の苦痛のほかに、二年前の「些細」な出来事のむし返しにこうも心が痛むことで自尊心が傷つけられているという苦痛もあった。私は彼女の前に自由でありたいのだった。しかし依然としてそうある資格はないのである。

「君は世の中のことをまだちっとも知らないんだ。君のいいところもその世間知らずにあるんだ。でもね、世の中というものは、好きな同志がいつでも結婚できるようにはできていないんだ。僕が君の兄貴への手紙にも書いたとおりさ。それに……」――私は自分が女々《めめ》しいことを言い出そうとしているのを感じた。黙りたかった。しかし止めることはできなかった。「……それに、僕はあの手紙のなかで、どこにもはっきり結婚できないなんて書きはしなかった。まだ二十一だし、学生だし、あまり急なことだったからだ。そうして僕が愚図々々《ぐずぐず》しているうちに、君はあんなに早く結婚してしまったんだもの」

「それはあたくしだって、後悔する権利なんかありはしないわ。主人はあたくしを愛してくれるし、あたくしも主人を愛しているのですもの。あたくしは本当に幸福で、これ以上希《ねが》うことなんかないのですもの。でも、悪い考えかしら、ときどき、……こう、何と言ったらいいのかしら、別のあたくしが別の生き方をしようとしているのを想像してみることがあるのよ。そうすると、あたくしはわからなくなるの。あたくしは言ってはいけないことを言おうとしているような気がするの。考えてはいけないことを考えそうな気がしてこわくてたまらなくなるのよ。そういう時に主人がとてもたよりになるわ。主人はあたくしを子供のように可愛《かわい》がってくれるわ」

「己惚《うぬぼ》れみたいだけど、言おうか。そういうとき、君は僕を憎んでいるんだ。ひどく憎んでいるんだ」

——園子には「憎む」という意味さえわからなかった。やさしく生真面目《きまじめ》にすねてみせた。「御好きなように御想像あそばせ」

「もう一度二人きりで会えない？」——私は何かに急《せ》かれるように哀願した。「ちっとも疾《や》ましいことじゃない。ただ顔を見さえすれば気がすむんだ。僕にはもう何も言う資格はない。黙っていたっていいんだ。たった三十分でもいいんだ」

「会ってどうなさるの。一度お目にかかればもう一度と仰言《おっしゃ》りはしなくって。主人の家は姑《はは》がやかましくて、いちいち出先から時間までしらべることよ。そんな窮屈な思いをしてお目にかかっていて、もしかして……」——彼女は言い淀《よど》んだ。「……人間の心って、どんな風に動いてゆくか誰《だれ》も言えないわ」

「そりゃあ、誰も言えない。しかし君は勿体《もったい》ぶり屋さんだね、あいかわらず。物事をどうしてもっと朗らかに、何でもなく考えられないの？」——私はひどい嘘《うそ》を言っている。

「……男の方《かた》はそれでいいんだわ。でも結婚した女はそうも行かないのよ。あなた奥様をおもちになればきっとおわかりになるわ。あたくし、どんなに物事を大事をとって考えても考えすぎないと思っていることよ」

「まるでお姉さんみたいなお説教をするんですね」

――草野が入って来て、話が中断された。

こうした対話のあいだにも、私の心にむらがる狐疑《こぎ》は限りがなかった。私が園子に逢《あ》いたいという心持は神かけて本当である。しかしそれに些《いささ》かの肉の欲望もないことも明らかである。逢いたいという欲求はどういう類《たぐ》いの欲求なのであろう。肉慾《にくよく》のないことがもはや明らかなこの情熱は、おのれをあざむくものではあるまいか？　よしそれが本当の情熱だとしても、たやすく抑えうるような弱い焔《ほのお》をこれ見よがしに掻《か》き立てているにすぎぬのではないか？　そもそも肉の慾望にまったく根ざさぬ恋などというものがありえようか？　それは明々白々な背理ではなかろうか？

しかしまた思うのである。人間の情熱があらゆる背理の上に立つ力をもつとすれば、情熱それ自身の背理の上にだって、立つ力がないとは言い切れまい、と。

＊
＊＊

あの決定的な一夜このかた、私は巧みに女を避けて暮らした。あの一夜以来、まことの肉慾をそそる *Ephebe* の唇《くちびる》はおろか、一人の女の唇にも触れずに来た。よし接吻《せっぷん》せぬことが却《かえ》って非礼に当るような局面に出会っても。――そして春にもまして、夏の訪れが私の孤独をおびやかした。真夏は私の肉慾の奔馬に鞭《むち》をあてるのである。私の肉を灼きつくし、苛《さい》なむのである。身を保つためには、時あって一日五回の悪習が必要であった。

　倒錯現象を全く単なる生物学的現象として説明するヒルシュフェルトの学説は私の蒙《もう》をひらいた。あの決定的な一夜も当然の帰結であり、何ら恥ずべき帰結ではなかったのである。想像裡《り》での *Ephebe* への嗜欲《しよく》は、かつて一度も *pedicatio** へは向わずに、研究家がほぼ同程度の普遍性を証明している或《あ》る種の形式に固定した。独乙《ドイツ》人の間では私のような衝動は珍らしからぬこととされている。プラァテン伯*の日記はもっとも顕示的な一例であろう。ヴィンケルマン*もそうであった。文芸復興期の伊太利《イタリー》では、ミケランジェロ*が明らかに私と同系列の衝動の持主であったのである。

　しかしこうした科学的な了解で私の心の生活が片附いたわけではなかった。倒錯が現実のものとなりにくいのも、私の場合はただそれが肉の衝動、いたずらに叫び・徒《いたず》らに喘《あえ》ぐ暗い衝動にとどまっていたせいだった。私は好もしい *Ephebe* からも、ただ肉慾をそそられるに止《とど》まった。皮相な言い方をするならば、霊はなお園子の所有に属していた。私は霊肉相剋《そうこく》という中世風な図式を簡単に信じるわけにはゆかないが、説明の便宜のためにこう言うのである。私にあってはこの二つのものの分裂は単純で直截《ちょくせつ》だった。園子は私の正常さへの愛、霊的なものへの愛、永遠なものへの愛の化身のように思われた。

しかしまた、それだけでも問題は片附かない。感情は固定した秩序を好まない。それは灝気《エーテル》の中の微粒子のように、自在にとびめぐり、浮動し、おののいていることのほうを好むのである。

……一年たって私たちは目ざめるのであった。私は官吏登用試験に合格し、大学を卒業し、ある官庁に事務官として奉職していた。この一年、私たちは、あるときは偶然のようにして、あるときは大して重要でもない用件にかこつけて、二三ヶ月おきに、それも昼の一、二時間、何事もなく逢い何事もなく別れるような機会をいくつか持った。それだけであった。私は誰に見られても恥ずかしくなく振舞った。園子もわずかな思い出話と、今のお互いの環境を遠慮がちに揶揄《やゆ》する話題以外には踏み出さなかった。関係とはむろんのこと、間柄《あいだがら》と呼ぶさえどうかと思われる程度の交際である。逢っているときも私たちはその時々の別れぎわをきれいにすることしか考えていなかった。

私はそれで以て満足していた。のみならずこうした途絶えがちな間柄の神秘な豊かさを何ものかにむかって感謝していた。園子のことを考えない日はなかったし、逢うたびごとに静かな幸福を享《う》けた。逢瀬《おうせ》の微妙な緊張と清潔な均整とが生活のすみずみにまで及び、いたって脆《もろ》いがしかしきわめて透明な秩序を生活にもたらすように思われた。

しかし一年たって私たちは目ざめたのである。私たちは子供部屋にいるのではなく、すでに大人の部屋の住人であり、そこでは中途半端《はんぱ》にしか開かないドアはすぐさま修繕されなければならない。いつも一定度以上ひらかないドアのような私たちの間柄は、早晩修理を要するものなのである。そればかりか大人は子供のようには単調な遊びに耐えられない。私たちが閲《けみ》した何回かの逢瀬は、重ねてみるとぴったり合うカルタの札《ふだ》のように、どれもおなじ大きさとおなじ厚さとの、判で押したようなものにすぎなかった。

こうした関係にあって、私はしかも、私にしかわからない不徳のよろこびをも抜け目なく味わっていた。それは世の常の不徳よりも一段と微妙な不徳で、精妙な毒のように清潔な悪徳なのである。私の本質、私の第一義が不徳である結果、道徳的な行い、やましからぬ男女の交際、その公明正大な手続、徳操高い人間と見做《みな》されること、却ってこれらのことが背徳の秘められた味わい、まことの悪魔的な味わいで私に媚《こ》びるのである。

私たちはお互いに手をさしのべて何ものかを支えていたが、その何ものかは、在ると信じれば在り、無いと信じれば失われるような、一種の気体に似た物質であった。これを支える作業は一見素朴《そぼく》で、実は巧緻《こうち》を要する計算の結着である。私は人工的な「正常さ」をその空間に出現させ、ほとんど架空の「愛」を瞬間瞬間に支えようとする危険な作業に園子を誘ったのである。彼女は知らずしてこの陰謀に手を貸しているようにみえた。知らなかったので、彼女の助力は有効だったということができよう。が、時が来て園子はおぼろげに、この名状しがたい危険、世の常の粗雑な危険とは似ても似つかぬ或る正確な密度ある危険の抜きがたい力を感じるのであった。

晩夏の一日、高原の避暑地からかえった園子と、私は「金の雞」というレストランで逢《あ》った。逢うとすぐ、私は役所をやめたいきさつを話した。

「どうなさるの、これから」

「成行まかせだよ」

「まあ呆《あき》れた」

彼女はそれ以上は立入らなかった。私たちの間にはこの種の作法が出来上っていた。

高原の陽《ひ》に灼けて、園子の肌は、胸のあたりの眩《まば》ゆい白さを失っている。指環《ゆびわ》の巨《おお》きすぎる真珠が暑さのために物憂《ものう》げに曇っている。彼女の高い声の調子にはもともと哀切さと倦《だる》さとの入りまじった音楽があるのだが、それがこの季節に大そう似つかわしくきこえた。

私たちはしばらく、またしても無意味な、徒らに堂々めぐりの、不真面目な会話をつづけていた。暑さのせいであろうか、それが時として大そう空《から》まわりな会話に感じられる。他人の会話をきいているような心地がする。眠りのさめぎわに、たのしい夢からさめまいとして、また寝入ろうとする苛立《いらだ》たしい努力が、かえって夢をよびかえすことを不可能にしてしまうあの気持。あの白々しく切り込んで来る覚醒《かくせい》の不安、あの醒《さ》めぎわの夢の虚《むな》しい悦楽、それらが私たちの心を何か悪質の病菌のように蝕《むし》ばんでいるさまを私は見出《みい》だした。病気は、諜《しめ》し合わされたように、ほとんど同時に私たちの心に来たのであった。それが反動的に私たちを陽気にした。おたがいに相手の言葉に追いかけられるようにして、私たちは冗談を言い合った。

園子はエレガンな高い髪形の下に、日焼《ひや》けが幾分その謐《しず》けさを擾《みだ》しているにしても、稚《おさ》ない眉《まゆ》とやさしく潤《うる》んだ目とこころもち重たそうな唇とをいつものように静かに湛《たた》えていた。卓の傍《かたわ》らをレストランの女客が彼女を気にしながら通る。給仕が大きな白鳥の氷の背に氷菓をのせた銀の盆を捧《ささ》げてゆききしている。彼女は指環のきらめく指でプラスティックのハンドバッグの留金をそっと鳴らした。

「もう退屈したの？」

「そんなこと仰言っちゃ、いや」

何かふしぎな倦怠《けんたい》が彼女の声の調子にこもってきこえる。それは「艶《つや》やかな」と謂《い》ってもいいもの大差のないものである。窓外の夏の街並へ視線が移された。ゆっくりとこう言った。

「ときどきあたくしわからなくなることよ。こうしてお目にかかっているの何のためかしら。それでいてまた、お目にかかってしまうのだわ」

「少くとも意味のないマイナスではないからでしょう。意味のないプラスにはちがいないにしても」

「あたくしには主人というものがあるわ。たとえ意味がないプラスでも、プラスの余地はないわけだわ」

「窮屈な数学ですね」

——園子がようやく疑惑の門口へ来ていることを私はさとった。半分しか開《あ》かないドアはそのままにしてはおけないことを感じはじめたのである。ともすると今ではこう謂った几帳面《きちようめん》な敏感さが、私と園子との間に在る共感の大きな部分を占めているのかもしれなかった。何もかもそのままにしておける年齢には、私もまだ程遠いのである。

それにしても名状しがたい私の不安が園子にいつのまにか伝染《うつ》っており、しかもこの不安の気配だけが私たちの唯一《ゆいいつ》の共有物であるかもしれない事態を、突然明証が私の目につきつけそうに思われる。園子はまたこう言った。私は聞くまいとした。しかし私の口が軽佻《けいちょう》な受けこたえをするのである。

「今のままで行ったらどうなるとお思いになる？　何かぬきさしならないところへ追いこまれるとお思いにならない？」

「僕《ぼく》は君を尊敬しているんだし、誰に対しても疾《や》ましくないと思っているよ。友達同志が逢ってどうしていけないの？」

「今まではそうだったわ。それは仰言るとおりだことよ。あなたは御立派だったと思っていてよ。でも先のことはわからないわ。何一つ恥かしいことをしていないのに、あたくしどうかすると怖い夢を見るの。そんな時、あたくし神さまが未来の罪を罰していらっしゃるような気がするの」

この「未来」という言葉の確実な響きが私を戦慄《せんりつ》させた。

「こうやっていれば、いつかお互いに苦しむようなことになると思うの。苦しくなってからでは手遅れではなくて？　だってあたくしたちのしていること、火遊びみたいなものではなくて？」

「火遊びってどんなことをするんだと思っているの？」

「それはいろいろあると思うわ」

「こんなの火遊びのうちに入るもんですか。水遊びみたいなもんだ」

彼女は笑わなかった。ときどき話の合間に唇がきつくたわむほどに引締められた。

「あたくしこのごろ自分のことを怖《おそ》ろしい女だと思いはじめたの。精神的には穢《けが》れてしまった悪い女としか自分を思えないの。主人のほかの人のことは夢にも思わないようにしなければいけないわ。この秋に、あたくし、受洗する決心をしたことよ」

私は園子が半ば自己陶酔で言っているこうしたものぐさな告白のなかに、却って彼女が女らしい心の逆説を辿《たど》って、言うべからざることを言おうとしている無意識の欲求を忖度《そんたく》した。それを喜ぶ権利も、悲しむ資格も私にはない。そもそも彼女の良人《おっと》に些《いささ》かの嫉妬《しっと》も感じていない私が、この資格なり権利なりを、どう動かし、どう否定し、またどう肯定することができよう。私は黙っていた。夏のさかりに、自分の白い弱々しい手を見ることが私を絶望させた。

「今はどうなの？」

「今？」

彼女は目を伏せた。

「今は誰のことを考えているの？」

「……それは主人だわ」

「では受洗の必要はないんだね」

「あるの。……あたくし怖いのよ。あたくしまだひどく揺れているような気がするの」

「それでは今はどうなの？」

「今？」

誰へ向ってともなく訊《たず》ねるように、園子は生真面目《きまじめ》な視線をあげた。この瞳《ひとみ》の美しさは稀有《けう》のものである。泉のように感情の流露をいつも歌っている深い瞬かない宿命的な瞳である。この瞳に向うと私はいつも言葉を失《な》くした。吸いさしの煙草《たばこ》を、遠い灰皿《はいざら》へいきなり押しつけた。と、かぼそい花瓶《かびん》が顛倒《てんとう》して卓を水びたしにした。

給仕が来て水の始末をする。水に皺《し》畳《わ》んだ卓布が拭《ぬぐ》われているさまを見ることは、私たちをみじめな気持にした。それがすこし早目に店を出る機会になった。夏の街が苛立たしく雑沓《ざっとう》している。胸を張って健康な恋人同志が腕もあらわに行き過ぎる。私はあらゆるものからの侮蔑《ぶべつ》を感じた。侮蔑は夏のはげしい日差のように私を灼《や》くのである。

あと三十分で私たちの別れの時刻が来るのだった。それが正確に別れの辛《つら》さからだとは言いにくいが、一種情熱に見まがう暗い神経的な焦躁《しょうそう》が、その三十分間を油絵具のような濃厚な塗料で塗りつぶしたい気持にさせた。調子の狂ったルムバを拡声器が街路に撒《ま》きちらしている踊り場の前で私は立止った。昔読んだ或る詩句をふと思い泛《うか》べたからである。

……然《しか》しそれにしてもそれは
終りのないダンスだった。

その余は忘れた。たしかアンドレ・サルモン*の詩句である。園子はうなずいて、三十分のダンスのために、行き馴《な》れぬ踊り場へ私に従った。

オフィスの昼休みを一二時間自分勝手に延長して踊りつづけている常連で踊り場は混雑していた。温気《うんき》が顔にまともに当った。ただえさえ不備な換気装置に、外光を避ける重苦しいカアテンが加わって、場内は澱《よど》んだ息苦しい暑熱が、ライトの映し出す霧のような埃《ほこり》をどんよりと動かしている。汗と安香水と安ポマードの匂《にお》いをふりまきながら、平気で踊っている客種はいわずと知れていた。園子を連れ込んだことを私は後悔した。

しかしあとへ引返すことは今の私にはできない。私たちは気の進まぬままに踊りの群へ分け入った。所まばらな扇風機も、風らしい風を送ってはよこさなかった。ダンサアとアロハ・シャツの若者が汗みどろの額を寄せ合って踊っている。ダンサアの鼻のわきはどす黒くなり、白粉《おしろい》が汗に粒立ってできもののようにみえる。ドレスの背は、先程の卓布以上に、うす汚れて濡《ぬ》れそぼっていた。踊るか踊らぬかに汗が胸を伝わった。園子は息苦しそうに短かい息を吐《つ》いた。

私たちは外気を吸いに、季節はずれの造花をからませたアアチをくぐって、中庭へ出て、粗末な椅子《いす》で休んだ。するとここには、外気はあったが、混凝土《コンクリート》の床の照り返しが、日影の椅子にまで強烈な熱を投げかけていた。コカコラの甘さは口に粘ついた。私の感じているあらゆるものからの侮蔑の痛みが園子をも無言にしていることが感じられる。私はこの沈黙の時間の推移に耐えきれなくなって、目を私たちの周囲に移した。

太った娘がハンケチで胸をあおぎながら、ものうげに壁に凭《よ》りかかっていた。圧倒するようなクィック・ステップを、スウィング・バンドが奏している。中庭の植木鉢の縦《もみ》は、ひびわれた土の上に斜めになっていた。日覆《ひおおい》の下の椅子は満員であったが、日向《ひなた》の椅子にはさすがにかける人がなかった。

しかしただ一組だけがその日向の椅子を占めて人もなげに談笑していた。それは二人の娘と二人の若者だった。娘の一人は吸いなれない手つきの煙草を、気取った様子で口にあてては、そのたびに小さなこもった咳《せき》をしていた。どちらも浴衣《ゆかた》で作ったらしい怪しげなワンピースに腕もあらわである。漁師の娘のようなその赤い腕には、ところどころに虫の嚙《か》み跡があった。彼女たちは若者の野鄙《やひ》な冗談に、いちいち顔を見合わせて様子ぶって笑っていた。髪にふりかかる強烈な夏の日差も別段気にかからぬ風《ふう》だった。若者の一人はすこし蒼《あお》ざめた陰険な顔つきでアロハを着ている。しかし腕は逞《たく》ましい。ちらちらとたえず卑猥《ひわい》な笑いが口もとにうかんで消えた。指さきで女の胸を突っついては笑わせていた。

のこる一人に私の視線が吸い寄せられた。二十二三の、粗野な、しかし浅黒い整った顔立ちの若者であった。彼は半裸の姿で、汗に濡れて薄鼠《うすねずみ》いろをした晒《さらし》の腹巻を腹に巻き直していた。たえず仲間の話に加わりその笑いに加わりながら、彼はわざとのように、のろのろとそれを巻いた。露《あら》わな胸は充実した引締った筋肉の隆起を示して、深い立体的な筋肉の溝《みぞ》が胸の中央から腹のほうへ下りていた。脇腹《わきばら》には太い縄目《なわめ》のような肉の連鎖が左右から窄《すぼ》まりわだかまっていた。その滑らかで熱い質量のある胴体《トルソオ》は、うす汚れた晒の腹巻でひしひしときびしく締められながら巻かれていた。日に灼けた半裸の肩は油を塗ったように輝やいていた。腋窩《えきか》のくびれからはみだした黒い叢《くさむら》が、日差をうけて金いろに縮《ちぢ》れて光った。

これを見たとき、わけてもその引締った腕にある牡丹《ぼたん》の刺青《いれずみ》を見たときに、私は情慾《じょうよく》に襲われた。熱烈な注視が、この粗野で野蛮な、しかし比《たぐ》いまれな美しい肉体に定着した。彼は太陽の下で笑っていた。のけぞる時に太い隆起した咽喉元《のどもと》がみえた。あやしい動悸《どうき》が私の胸底を走った。もう彼の姿から目を離すことはできなかった。

私は園子の存在を忘れていた。私は一つのことしか考えていなかった。彼が真夏の街へあの半裸のまま出て行って与太《よた》仲間と戦うことを。鋭利な匕首《あいくち》があの腹巻をとおして彼の胴体《トルソオ》に突き刺さることを。あの汚れた腹巻が血潮で美しく彩《いろど》られることを。彼の血まみれの屍《しかばね》が戸板にのせられて又ここへ運び込まれて来ることを。……

「あと五分だわ」

園子の高い哀切な声が私の耳を貫ぬいた。私は園子のほうへふしぎそうに振向いた。この瞬間、私のなかで何かが残酷な力で二つに引裂かれた。雷が落ちて生木が引裂かれるように。私が今まで精魂こめて積み重ねて来た建築物がいたましく崩れ落ちる音を私は聴いた。私という存在が何か一種のおそろしい「不在」に入れかわる刹那《せつな》を見たような気がした。目をつぶって、私は咄嗟《とっさ》の間《ま》に、凍りつくような義務観念にとりすがった。

「もう五分か。こんなところへつれて来て悪かったね。怒っていない？　あんな下劣な連中の下劣な恰好《かっこう》を、君みたいな人は見てはいけないんだ。ここの踊り場は仁義の切り方がわるかったので、断《ことわ》っても断ってもああいう連中が只《ただ》で踊りに来るようになったという話だよ」

しかし見ていたのは私だけであった。彼女は見ていはしなかった。彼女は見てはならないものは見ないように躾《しつ》けられていた。見るともなしに、踊りを眺《なが》めている汗ばんだ背中の行列をじっと眺めやっていただけである。

とはいえこの場の空気が、しらずしらずのうちに園子の心にも或《あ》る種の化学変化を起させたとみえて、やがてそのつつましい口もとには、何か言い出そうとすることを予《あらかじ》め微笑で試《ため》していると謂った風《ふう》の、いわば微笑の兆《きざし》のようなものが漂った。

「おかしなことをうかがうけれど、あなたはもうでしょう。もう勿論《もちろん》あのことは御存知の方《ほう》でしょう」

私は力尽きていた。しかもなお心の発条《バネ》のようなものが残っていて、それが間髪を容《い》れず、尤《もっと》もらしい答を私に言わせた。

「うん、……知ってますね。残念ながら」

「いつごろ」

「去年の春」

「どなたと？」

――この優雅な質問に私は愕《おどろ》かされた。彼女は自分が名前を知っている女としか、私を結びつけて考えることを知らないのである。

「名前は云えない」

「どなた？」

「きかないで」

あまり露骨な哀訴の調子が言外にきかれたものか、彼女は一瞬おどろいたように黙った。顔から血の気の引いてゆくのを気取《けど》られぬように、あらん限りの努力を私は払っていた。別れの時刻が待たれた。時間を卑俗なブルースがこねまわしていた。私たちは拡声器から来る感傷的な歌声のなかで身動《みじろ》ぎもしなかった。

私と園子はほとんど同時に腕時計を見た。

——時刻だった。私は立上るとき、もう一度日向の椅子のほうをぬすみ見た。一団は踊りに行ったとみえ、空っぽの椅子が照りつく日差のなかに置かれ、卓の上にこぼれている何かの飲物が、ぎらぎらと凄《すさ》まじい反射をあげた。

—一九四九、四、二七—

注解

ページ《ぺージ》
四 *悪行《ソドム》 Sodom　旧約聖書創世記に記されている死海の近くの古都市。ゴモラと共に住民の淫乱《いんらん》と罪業《ざいごう》のため、天上の火で滅ぼされた。のち比喩《ひゆ》的に使われ、道徳的腐敗と性的錯乱、ことに教会がきびしく禁圧する男色、少年愛など自然に反した性的背理行為を指す。

*ドストエーフスキイ Fyodor Mikhailovich Dostoevskii (1821—81)　ロシアの作家。トルストイと並んで十九世紀ロシア・リアリズムを代表する一方の雄《ゆう》であるが、社会の激動期の矛盾に引き裂かれながら、時代の本質を鋭くとらえ、またシベリア流刑と持病の癲癇症《てんかんしょう》から内観を深め、神秘的宗教精神と表裏する病的心理の解剖に独自の境地をひらいて、のちの実存主義文学に大きな影響を与えた。主要作「罪と罰」「白痴」「悪霊《あくりょう》」など。

*カラマーゾフの兄弟　ドストエフスキー晩年の代表作。カラマーゾフ家の父と息子たちが織りなす愛欲と聖性のドラマ、地獄絵巻にも似た人間苦を通して、ロシアの全体像を描こうとした思想小説で、奇抜な構想と心理分析の深刻、宗教的信念の高揚において雄大なスケールをもつ大作である。

七＊震災　大正十二年九月一日の関東大震災。

＊植民地の長官時代に……　作者の祖父平岡定太郎は、明治四十一年から大正三年まで、樺太庁《からふとちょう》長官をつとめ、当時のいわゆる「樺太疑獄」により辞任したが、のち無罪となっている。

八＊狷介不屈《けんかいふくつ》　狷介は自己の意思に固執して人と相容《あいい》れないこと。不屈はくじけぬこと。

＊痼疾《こしつ》　久しくなおらぬ病。持病。

九＊奉書　奉書紙の略。古来、式典用に用いられた、しわのない純白の和紙。

＊三宝《さんぼう》　神仏や貴人に供える物を載せる台。檜《ひのき》の白木《しらき》で作った方形の折敷《おしき》に、三方に刳形《くりがた》のある台をとりつけたもの。

十＊カンフル　樟脳液《しょうのうえき》。衰弱した血管運動神経を興奮させるための注射で、かつては重症患者の強心剤として多用された。

＊葡萄糖《ぶどうとう》　葡萄糖の五〜五〇パーセント溶液。薬物として心臓衰弱・中毒症・虚脱・衰弱などに注射。

＊経帷子《きょうかたびら》　白麻などでつくり、経文や題目などを書いて、死者に着せる着物。

＊自家中毒　小児にみられる周期性嘔吐症《おうとしょう》。自律神経の不安定な子供に、疲労の時などに起る、とされる。

十三＊花電車　祝祭日の記念行事などのため、造花や電燈《でんとう》などで飾って運転する電車。

十四＊ジャンヌ・ダルク　Jeanne d'Arc (1412—31)　フランス東北部シャンパーニュの農村

に生れ、百年戦争の惨敗《ざんぱい》に救国の神託を受けたと信じて一四二八年シャルル七世に上書、イギリス軍を撃破してオルレアンを奪還した少女。のち邪教徒として火刑に処された。

十五＊オスカア・ワイルド　Oscar Wilde（1854―1900）　イギリスの作家。機知と逆説を弄《ろう》し、得意のダンディズムを発揮、「芸術のための芸術」を唱えて、十九世紀末唯美《ゆいび》主義文学の代表者となる。小説「ドリアン・グレイの画像」、戯曲「サロメ」、童話「幸福王子」など。

十六＊ユイスマン　Joris Karl Huysmans（1848―1907）　フランスの作家。美術批評家。はじめゾラの一派に属し、自然主義風の小説を書いたが飽き足らず、奇作「さかしま」で感覚的な人工の極地を求め、「彼方《かなた》」では悪魔礼讃《らいさん》、呪詛《じゅそ》、錬金術など、中世の神秘学をきわめた。さらに一転してキリスト教に改宗、中世キリスト教の音楽・芸術・儀式・神秘を追求、これを心霊的自然主義と称した。

＊ジル・ド・レエ　Gille de Rais（1404―40）　ブルターニュの藩侯《はんこう》。若年時、戦禍に疲弊していたフランスのシャルル七世の下に馳《は》せ参じ、ジャンヌ・ダルクを助けて各地を転戦、幾多の功労をたてた。のちに神秘思想や悪魔礼拝《らいはい》、錬金術などに耽溺《たんでき》し、最後は幼児の大量殺戮者《さつりくしゃ》として処刑された。ペローの童話「青ひげ」はその実話からヒントを得たといわれる。

＊シャルル七世　（1403―61）　フランス王。一四二二年即位。百年戦争の末期、ジャンヌ・ダルクなどの奮戦により、カレーを除く全国土をイギリス軍の支配から奪回したが、

性来優柔不断で、ジャンヌ・ダルクの処刑を阻止できなかった。

十七＊薬莢《やっきょう》　内部に火薬を入れる真鍮《しんちゅう》・黄銅《おうどう》製の小筒。銃砲に装塡《そうてん》して弾丸を発射するのに使用。

＊アウグスティヌス　Aurelius Augustinus（354—430）　ローマのキリスト教会最大の教父。北アフリカに生れ、初めマニ教に学んだが、ミラノで新プラトン主義哲学に転じ、信仰を求めてキリスト教に回心。永遠の真理が人間にあらわれる内面世界の構造、自由意志と罪に対する神の恩寵《おんちょう》の問題が省察の中心で、形而上学《けいじじょうがく》を神学の枠内《わくない》に置き、キリスト教的な世界観の総合をなしとげ、中世の神学体系の基礎を形造った。主要作「告白録」「神の国」など。

＊予定説　人間は救われるか滅びるかが、予《あらかじ》め定められている、とするキリスト教神学説。

十八＊決定論〔哲〕自然的諸現象・歴史的事件・殊《こと》に人間の意志は原因によって全的に規定されている、とする立場。

十九＊フリーメイソン　Freemason　起源は中世の石工《いしく》組合という。一七二三年（一七一七年とも）ロンドンに成立、全ヨーロッパに広がる。十八世紀の啓蒙《けいもう》主義精神から生れ、人種・階級・国家を超えて、平和的な人道主義を奉ずる国際的秘密結社。各国の王侯、政界学芸方面の名士多数を会員に含む。

＊松旭斎天勝《しょうきょくさいてんかつ》（1886—1944）　明治後期から大正・昭和初年にかけて、奇術界の王座をしめた女西洋奇術師。海外にも巡演し、千数十種におよぶ奇術を考案、一代の名声をう

たわれた。
*ハーゲンベック・サーカス　ドイツの大動物興行団。昭和八年三月初来日、東京芝における万国婦人子供博覧会に出演。
*黙示録《もくしろく》　新約聖書巻末の一書。小アジアで迫害されているキリスト教徒を慰め励まし、キリストの再来と神の国の到来、地上の王国の滅亡を告知。ヨハネ黙示録。
*大淫婦《いんぷ》　ヨハネ黙示録第十七章四節に「女は紫色と緋《ひ》とを著《き》、金・宝石・真珠にて身を飾り、……」とある。
二〇*宝島　英国の作家、R・L・スティヴンソンの冒険小説。一八八三年発表。一枚の地図をたよりに、海賊一味と闘いながら、宝島の探険に出かける少年ジムの物語。
二一*フラ・ディアボロ　Fra Diavolo　原作は、十九世紀イタリアのテラチナ付近の小村を舞台に、山賊の首領フラ・ディアボロをめぐる男女の恋の葛藤《かっとう》を描いたもので、ウージェーヌ・スクリーブの台本、ダニエル・オーベール作曲の喜歌劇。映画は当時輸入されたものと思われる。
*八重垣姫《やえがきひめ》　近松半二作の歌舞伎義太夫《かぶきぎだゆう》狂言「本朝二十四孝」のヒロイン。武田・上杉両家の争いにからむ両家の子女の恋や忠臣の活躍を描いたものであるが、八重垣姫は長尾謙信の息女で、武田勝頼《かつより》の許婚《いいなずけ》。歌舞伎三姫の一。
*クレオパトラ　Cleopatra　(B.C.69—B.C.30)　古代エジプトのプトレマイオス朝最後の女王。美貌《びぼう》をもってカエサルを魅惑、彼の援護で国を統一。のち、アントニウスと結婚

し、東方の女王として君臨したが、アクティウムの海戦でアントニウスと共に敗れ、毒《どく》蛇《じゃ》により自殺。絶世の美女の典型として語り伝えられる。

＊輦台《れんだい》　人を乗せて数人で担《かつ》ぐ、棒付きの台。

二三＊頽唐期《たいとうき》　勢いの衰える時期。

＊ヘーリオガバルス　Heliogabalus（204―222）ローマ皇帝。シリアのエメサに生れ、十四歳で軍隊に推されて即位。エラガバルス神をローマ帝国の最高神として祀《まつ》り、祭儀をさかんにしたが、狂気と乱行がきわまり、近衛兵に殺された。

二九＊アマゾーネン　Amazonen〔独〕アマゾーネ Amazone の複数。ギリシア神話における小アジアの好戦的な女子部族。転じて、女傑、女丈夫の意。

三一＊木遣《きやり》　木遣歌の略。重い材木や石材などを多人数が音頭をとりつつ運ぶ時にうたう一種の俗謡で、地突きや祭礼の山車《だし》を引く時、祝儀《しゅうぎ》にもうたう。

三二＊仕丁《じちょう》　中古、主殿寮《とのもりょう》・木《もく》工寮・院の庁などの雑役。江戸時代は御台所《みだいどころ》で輿《こし》かきなどの雑役をしたもの。

三八＊ゼノア　ジェノヴァ Genova イタリア西北部、地中海最古の商港の一。

＊パラッツォ・ロッソ　Palazzo Rosso 十七世紀に建立されたブリニョーレ・サレ家の赤い邸宅。絵画館として、ファン・ダイク、ボルドーネなどの肖像画、版画、デッサン、陶器などを陳列している。

＊グイド・レーニ　Guido Reni（1575―1642）イタリアの画家。ボローニャで活躍、天

井画、フレスコ画に優美な古典主義的傾向を示すが、後年、洗練された奇想と演劇性が強まり、近代信仰画図像の定型をつくった。

＊聖《サン》セバスチャン Sebastian〔英〕Sebastianus〔ラテン〕は、三世紀末ローマの伝説的なキリスト教殉教者。聖人伝によると、武勇人にすぐれ、ディオクレティアヌス帝に愛されて、親衛隊隊長となったが、キリスト教徒として、ひそかに信徒を助けていたのが発覚、杭《くい》につながれ、矢に射られて殉教した。が、奇跡により蘇《よみがえ》り、帝のもとにおもむいてキリスト教の福音を説き、再び、撲殺《ぼくさつ》された。その殉教図は、カトリック教会の祭壇画として数多く、ひろく礼拝の対象となっている。

＊チシアン Titian〔英〕イタリア名は Vecellio Tiziano（1490?—1576）ルネッサンス期イタリアの画家。フィレンツェ派の彫刻的な形態主義に対してヴェネツィア派の色彩主義を確立。古典神話画、寓意《ぐうい》画、祭壇画に色彩の魔術師としての本領を発揮、また教皇庁や欧州各地の宮廷に迎えられ、要人たちの肖像画にも傑作が多く、後世の画家に大きな影響を与えた。

三九＊アンティノウス Antinous（110?—130）ローマのハドリアヌス帝に寵愛《ちょうあい》された美青年。ナイル河に溺死《できし》したため、皇帝はその地にアンティノウス市を建て、多くの彫像を奉献した。のち神格化され、その信仰はエジプト、小アジアに広まった。甘美な女性的表情をもつ美青年の典型として流行し約三〇〇点の模作が現存する。

四一＊*ejaculatio*〔ラテン〕射精。

＊ヒルシュフェルト　Magnus Hirschfeld（1868—1935）ドイツの性科学者。ベルリンの性科学研究所長。性本能の障害、特に同性愛を研究し、これに対する法的な取扱いの正当化を主張した。主著 Sexual pathologie。

＊倒錯者　本能や感情の異常、ないし徳性の異常により、社会秩序に反する行動を示す者。

＊ディオクレチャヌス帝　Diocletianus（243?—313）ローマ皇帝。卑賤《ひせん》から身を起して皇帝ヌメリアヌスの親衛隊隊長となり、同帝が暗殺された後、軍隊から推されて帝位に即《つ》く。帝国の支配体制を再編成し、軍人皇帝時代に終止符を打ち、皇帝権力を強化して帝位相続法を確立。また一方、キリスト教に対し、最大の迫害を行なった。

四三＊アドリヤン帝　Hadrien〔仏〕Publius Aelius Hadrianus（76—138）ローマ帝国最盛期五賢帝の三人目に位する皇帝。防衛の強化・国力の充実に努め、帝国の諸制度の基礎をつくった。またギリシア的教養の豊かなコスモポリタンで、アテネやローマに各種の神殿を建設した。

四四＊エンデュミオン　Endymion　ギリシア神話中の美青年。月の女神セレーネーに愛され、彼女の願いで不朽の若さを保つため、永遠の眠りを与えられた。

四五＊マッザーロース　Mazzaroth　旧約時代の星座の名。

四八＊教練　かつて学校で行なった軍事教練。

五三＊荷担人《かとうど》　荷担《かたん》する人。味方。仲間。

六〇＊顴骨《かんこつ》　ほおぼね。

六一＊イオニヤ　小アジアの西部およびその近海の諸島を含む地方。

六二＊塩瀬《しおぜ》　奈良に古くからあった饅頭《まんじゅう》屋。中国から帰化した林浄因が日本で初めて饅頭を作ったという。のち京都烏丸通《からすまどおり》、江戸日本橋にもできた。

六三＊紀元節　旧制の四大節の一つ。毎年二月十一日宮中で儀式が行われ、国民は祝日として祝った。神武天皇が大和《やまと》の橿原宮《かしはらのみや》で即位した日と伝えられる。現在の建国記念の日。

六八＊劫初《ごうしょ》　仏教用語で、この世界の創成された初め。

七四＊*erectio*〔ラテン〕勃起《ぼっき》。

七五＊スパルタ式訓練法　西紀前千年ころ、ドーリア族により建国された古代ギリシアの都市国家スパルタで行われた勤倹・尚武《しょうぶ》の厳格な国家主義的教育訓練。転じて、厳格な教育の意。

＊格率　マクシム。行為の主観的原理。

七九＊元禄《げんろく》　江戸幕府第五代将軍綱吉《つなよし》治政下の年号。(1688―1704) 幕藩体制は安定し、町人の台頭、学問文化の興隆などで、清新な気風がみなぎった。

八一＊雪花石膏《アラバスター》　透明で大理石のような縞模様《しまもよう》をもつ方解石の一種。

八四＊僭主《せんしゅ》　古代ギリシアで、主に貴族と平民の抗争を利用し、暴力などの非合法手段で、政権を占有した独裁者。

八六＊十二指腸虫　人体や哺乳類《ほにゅうるい》の小腸、特に十二指腸に寄生して、血液を吸い、重患を起す、体長一センチメートルくらいの寄生虫。

*萎黄病《いおうびょう》 貧血病の一。皮膚・粘膜などが蒼白《そうはく》となり、頭痛・眩暈《めまい》・耳鳴りを起し、体力が減退して労働ができなくなる。若い女性に起りやすい。

*自瀆《じとく》 手などにより自分で性的快感を得る行為。

八七 *ド・サァド Marquis de Sade (1740—1814) フランスの作家。通称サド侯爵《こうしゃく》。性的スキャンダルのため生涯《しょうがい》の三分の一以上を獄中で過し、そこで精力的に執筆活動を展開。加虐性《かぎゃくせい》性欲サディズムは彼の名に由来する。代表作「ジュスティーヌあるいは美徳の不幸」「ジュリエット物語あるいは悪徳の栄え」また性倒錯の総目録ともいうべき「ソドム百二十日」など。

*クオ・ヴァディス Quo vadis ポーランドの作家シェンキェヴィッチ Henryk Sienkiewicz (1846—1916) の歴史小説。狂気のローマ皇帝ネロによるキリスト教徒の大虐《だいぎゃく》殺《さつ》、さらにペテロとパウロの殉教などを背景に、迫害されるポーランド民族の運命を描いたもの。ラテン語の題名は、「あなたは何処へ行くか?」の意で、ペテロが十字架におもむくキリストに問いかけた言葉。

*コロッセウム colosseum 〔ラテン〕ローマ帝政時代、ローマに造られた野天の円形劇場。五万人を収容。

九二 *ヘラクレス Herakles ギリシア神話の代表的な英雄。ゼウスとミュケーナイの王女アルクメーネーとの子。諸方を遍歴して猛獣や怪物を退治し、武勇の名をあげたが、妻の嫉妬《しっと》のため、非業《ひごう》の最期《さいご》をとげる。

＊弓を引くヘラクレス　フランスの彫刻家ブールデル Emile-Antoine Bourdelle（1861—1929）の彫刻（1908—9）。

九八＊シュテファン・ツヴァイク　Stefan Zweig（1881—1942）オーストリアの作家。若くして新ロマン派風の抒情《じょじょう》詩人として出発、小説・戯曲・評論・伝記に才筆をふるった。ヒトラー政権成立後、イギリス、アメリカ、ついでブラジルに亡命したが、第二の妻ロッテとともに自殺。「悪魔的なものとは……」以下の引用は、「魔神《デーモン》との闘争」（1925）からの文章で、ヘルダーリンやニーチェなどロマン主義芸術の宿命を論じた評伝。

一〇三＊イオニヤ型　イオニア人の様式は、優雅繊細で女性的な特質をもち、アルカイク彫刻では男性的なドーリス様式と著しい対照をなす。

一〇四＊シレエヌ　Sirène〔仏〕ギリシア神話中の、半人半魚の海の魔女。美声で船人を魅惑し難破させるという。

一〇五＊絽刺《ろざし》　日本刺繡《ししゅう》の一。絽織を枠張《わくば》りにし、織地の透き目に金糸・銀糸・色糸を刺したもの。袋物などに用いる。

一一〇＊鹹湖《かんこ》　排水口がなく、塩分が一リットル中〇・五グラム以上となった湖。大陸内部の乾燥地に多い。カスピ海、死海など。

一一五＊壮丁《そうてい》　血気さかんな男子。わかもの。

＊ゼウス　Zeus　ギリシア神話中の最高神。天空とともに地上の人間生活を支配している。ギリシアの王家は祖先を神に求めたので、ゼウスにはニンフや人間の女との交りに

よる子孫が多い。

＊ヘーラー　Hera　ゼウスの妃《きさき》。女性の保護神で結婚を司《つかさど》る。

＊ヘーベー　Hebe　ゼウスとヘーラーの娘で、青春の女神。昇天して神の列に加わったヘラクレスの妻となった。

＊嘉納《かのう》　他人からの贈物などを喜んで受け入れること。

一一七＊ヒアキントス　Hyakinthos　ギリシア神話中の美少年。スパルタの王子で太陽神アポロンに愛されたが、これに嫉妬《しっと》した西風の神ゼピュロスがアポロンの投げた円盤を吹き飛ばして少年の額に当てた。アポロンは彼の死を哀《かな》しんでその血をヒアシンスの花に変えたという。

＊ホイットマン　Walt Whitman（1819―92）アメリカの詩人。ニューヨーク州ロング・アイランドの大工の子として生れ、若年のころ多くの職業を転々とした後、三十六歳の時、詩集「草の葉」第一版を出し、「臨終版」にいたる九版までを書き続けた。自我と民衆、魂と肉体、個人主義と民主主義国アメリカの神秘的合一について、大胆な自由詩型をもってうたい上げ、また汎神論《はんしんろん》の立場から東西の諸宗教を肯定し、肉体を讃美し、人間の永生《えいせい》を高唱するなど、顕著な同性愛的な傾向が指摘されている。

一二三＊コペルニクス　Nicolaus Copernicus（1473―1543）ポーランドの天文学者。古来より定説となっていた地球中心宇宙説に反対し、肉眼による天体観測に基づいて太陽中心宇宙説を首唱、地球その他の惑星がその周囲をめぐる、という地動説を発表、近代の世界観樹立に貢献した。比喩《ひゆ》的に、ものの考え方を一八〇度転換すること。

一二四＊零式《ゼロしき》戦闘機　旧日本海軍の戦闘機。昭和十二年三菱重工が設計。中国戦線に出動し、さらに太平洋戦争終了まで広く活動した。初期は軽戦闘機の特徴を生かして戦果をあげたが、のちには多く特攻機として使用された。

＊黒弥撒《くろミサ》　中世フランスのキリスト教異端派を起源とする悪魔礼拝。十六・七世紀には秘《ひそ》かに王侯貴族の間に流行し、人肉犠牲や性的瀆神《とくしん》の儀式を行なったと伝えられる。

一二六＊ラッセル　Rassel〔独〕炎症などが原因で、気管・気管支・肺に分泌物《ぶんぴぶつ》があるとき、呼吸とともに聴診器にきこえる異常音。

一二八＊アイアス　Aias　ギリシア神話中の英雄。トロイヤ遠征に参加、多くの勲功をあげたが、アキレウスの死後、その武具の継承をめぐってオデュッセウスと争い、敗れて憤死した。

一三七＊国民服　国民が常用すべきものとして定められた服装。ことに太平洋戦争中は軍服に似たものが制定され広く用いられた。

＊ゲートル　guêtres〔仏〕足首から膝《ひざ》まで巻く脚絆《きゃはん》。ラシャ、ズックまたは革製。戦時中、国民服とともに着用された。

一三八＊水妖記《すいようき》　Undine　ドイツロマン派の作家フリードリッヒ・ド・ラ・モット・フーケ Friedrich de la Motte Fouqué（1777—1843）の代表作。彼はフランス亡命貴族で、ゲルマン伝説をもとに数々の騎士物語を書いたが、これは水の妖精と騎士の愛と死を描いた物語。

一四五＊鎖帷子《くさりかたびら》　小さい鎖を綴《つづ》り合せて襦袢《じゆばん》のように作ったもの。戦国時代以後、武具として鎧《よろい》や衣服の下に着た。

＊当為　「あること」（存在）および「あらざるをえないこと」（自然的必然性）に対して、「まさにかくあるべきこと」を意味する。カントは道徳を無条件的に要求される当為と考えた。また新カント派は、真・善・美等の規範的価値がすべて当為の性格をもつものとした。

一六三＊トルソオ　torso（伊）頭・手・足を欠く胴体だけの塑像《そぞう》。

一六五＊国際聯盟《れんめい》　第一次大戦後、平和の確保・国際協力の促進のために、ベルサイユ条約に基づいて一九二〇年に設立され、諸国家の加盟した団体。一九三三年、日本が満州事変の解決をめぐり脱退後、独伊ともこれにならい脱退、一九四六年解散した。

一六六＊物権的請求権　物権は財産権の一つで、直接に物を支配し、その利益を受ける権利。所有権・地上権・質権・抵当権・占有権など。これを人に奪われ、喪失し、妨害され、また妨害される恐れのある場合、目的物の回収・妨害の排除・予防を請求する権利。

＊国防色　もと陸軍軍服のカーキ色。茶褐色。

＊モンペイ　袴《はかま》の形をして足首のくくれている股引《ももひき》。武士の旅装用から転じ、保温着、または労働着として普及。とくに第二次大戦中は女性のふだん着として常用された。

一六七＊海軍工廠《こうしょう》　海軍用の兵器・弾薬などを製造する工場。

一七四＊瘴気《しょうき》　熱病を起こさせる山川の毒気。

一七五＊探照燈　強い光源を使って反射鏡で遠距離を照らす装置。

＊Ｂ29　第二次大戦中のアメリカの爆撃機。ボーイング社製。四発で当時最大のもの。主に対日戦に用いられた。

一七七＊ドン・キホーテ　Don Quijote　スペインの作家セルバンテスの長編小説。一六〇五年刊。主人公ドン・キホーテは騎士物語を耽読《たんどく》して妄想《もうそう》に陥り、百姓サンチョ・パンサを従士として騎士道修行の旅に出、様々の滑稽《こっけい》な冒険譚《たん》を展開する。現実を無視して自分の空想世界を行動に移す誇大妄想的な人物をいう。

＊騎士物語　騎士道は中世ヨーロッパでキリスト教の影響を受けて起った勇武・名誉・信義・廉恥《れんち》、さらに貴婦人崇拝などを理想とする武人階級の気風。これを題材とした文学で、多くは吟遊詩人により創《つく》られ広められた。フランス最古の叙事詩「ロランの歌」、ドイツの英雄叙事詩「ニーベルンゲンの歌」、ブリテンの「アーサー王伝説」など。

一八六＊重営倉　もと陸軍で、兵を営倉（兵営内の牢《ろう》）に一日ないし数日監禁する懲罰。

一八八＊サムソン　Samson　旧約聖書中の英雄。イスラエルの士師時代（紀元前十二―十一世紀）に活躍。怪力無双で外敵ペリシテ人を悩ませ、イスラエルに多大の戦勝をもたらした。

一九二＊演繹《えんえき》法　前提された命題から、経験によらず論理の法則に従って必然的な結論を導き出す思考の手続。一般的原理から特殊的事実を推論すること。

＊帰納法　個々の特殊的具体的事実を総合して共通点を求め、これに基づいて一般的原

理・法則を導き出すこと。

二〇二＊高射砲　飛行機を射撃するのに用いる中小口径砲で、もと陸軍での呼称。海軍では高角砲といった。

＊伝単《でんたん》　宣伝ビラ。

二〇五＊犬儒派《けんじゆは》　ギリシア哲学の一派。無為と自然を生活の理想とみなし、そのため社会的慣習や文化的生活を軽蔑《けいべつ》した。ここから、既成の社会を蔑視して、世の中からすねる者をいう。

二〇八＊嫖客《ひようかく》　花柳街に遊ぶ男の客。

＊シャン　Schön〔独〕昔の学生語で、美人。

二一〇＊インポテンツ　Impotenz〔独〕男性の性的不能症。

＊マルセル・プルゥスト　Marcel Proust（1871—1922）フランスの作家。ベルグソン哲学や精神分析学の影響の下に、彼自身が生活していたフランス第三共和国の上流階級の種々相を、深層心理学的に再編成し、七編十六巻の長編小説「失われし時を求めて」を書いた。自伝的回想小説のかたちをとっているが、従来のロマンとは本質的に異なる複雑な構造を秘め、自我と宇宙との相関を円環的にとらえようとして、多次元的な二十世紀の新しい小説を創造した。

二一四＊クゥデタ　coup d'État〔仏〕非合法的な非常手段による急激な政治的変革の行動。政変。クーデター。

二二三＊*pedicatio*〔ラテン〕男色。

＊プラァテン伯　August von Platen（1796—1835）ドイツの詩人。バルト海のリューゲン島の古い貴族の末裔《まつえい》といわれる。陸軍少尉《しょうい》として対フランス戦争に従軍したが、のち大学でヨーロッパや東洋の諸国語を習得し、ゲーテなどロマン派の影響下に詩作、ロマンティックな新しい市民感情を典雅な古典詩形にうたいあげた。また男性美を讃《たた》え、同性愛に悩み、晩年はイタリアに移り住んでシチリアで客死した。

＊ヴィンケルマン　Johann Joachim Winckelmann（1717—68）ドイツの美学者、美術史家。古代ギリシア・ローマ美術に対する憧憬から、イタリアに移住、それまで骨董《こっとう》的遺品にしかすぎなかったギリシア美術を、その創造の根源に立ち戻《もど》って考察、諸民族の風土や精神上の諸力との相関関係を探究し、芸術研究に様式の問題を導入して古典考古学、美術史学の基礎をきずいた。主著「古代美術史」。

＊ミケランジェロ　Michelangelo　本名 Michelagniolo Buonarroti（1475—1564）イタリアのルネッサンス盛期の代表的芸術家。彫刻・絵画・建築の各分野にわたって古典主義の完成に寄与するとともに、後半生の内面的な情念の表出を強調する男性の肉体表現、その複雑な構成やテーマ、様式のダイナミズムは、後代に大きな影響を与えた。代表作は「ピエタ」「モーゼ」「ダビデ」「奴隷《どれい》」などの大理石像。絵画ではシスティナ礼拝堂の天井画と「最後の審判」など。晩年はローマのサン・ピエトロ大聖堂のドームなど建築の設計。またフィレンツェの独立と自由を防衛する戦にも身を投じた。

二三二＊アンドレ・サルモン André Salmon (1881―1969) フランスの詩人、美術批評家。アポリネール、ピカソ等とともにキュビスムの運動に参加。叙事詩的表現で、第一次大戦時代の不安をうたった。詩集「信用状」「母音発声練習」などのほか、小説、時評、回想記なども手がけた。

田中美代子

三島由紀夫　人と文学

佐伯彰一

三島由紀夫の年譜をながめてみると、その整然たる布置結構におどろかされる。一九二五年に生れて、一九四五年、二十歳にして敗戦に遭遇し、一九七〇年、四十五にして自ら命を絶った。あたかも何者かの手で予《あらかじ》め仕組まれた図表か幾何学模様のようにきっちりと割り切れている。あれほどの天分、才能をいだきながら、あまりに死をいそぎすぎたという嘆きは深いのだけれど、他面この整然として隙《すき》のない、あたかもフランス風人工庭園のプランさながらの数字の組合せに接すると、一種不思議な完結感といったものに心打たれざるを得ない。宿命、天運といった言葉もおのずと浮んでくるのである。

一九二五年は、大正十四年、大正という年代はその翌年にもう終ったから、いわば昭和その前夜ともいうべき年であり、三島は文字通り昭和っ子として、昭和という年代とその生涯《しょうがい》を共にしたといえるだろう。いささか大げさな言い方を許していただくなら、昭和の日本とその鼓動、その興廃、盛衰を共にしたのだ、と。

三島由紀夫は本名平岡公威《きみたけ》、大正十四年一月十四日、東京市四谷区永住町（現在新《しん》宿《じゅく》区）に生れた。父は元農林省水産局長の平岡梓《あずさ》、母は倭文重《しずえ》、その長男であった。父の梓氏は明治二十七年（一八九四年）生れであるから、長男誕生の年には三十一歳、当時農林省の事務官であった。祖父定太郎も存命であったが、文化三年生れ、明治二十五年法科大学卒業（現在の東大法学部）のこの生粋《きっすい》の明治人は、福島県知事から樺太《からふと》庁長官を歴任している。父の梓氏もおなじく東大法学部の出身であり、三島自身もまた昭和二十二年に同じ大学、同じ学部を卒業している。祖父、父、孫と三代にまたがる官僚系エリートの家系であった。

さらに、祖母の家系についてみると、その祖父に幕府若年寄をつとめた永井玄蕃頭《げんばのかみ》尚志《なおむね》がある。行政、統治といった形での政治は、この一家の血脈深くしみこんでいたと認めないわけにゆかない。こうした家系の血、またその意識がどれほど作家としての三島由紀夫のうちに息づいていたか、そして又どんな影響を彼の作品の上に及ぼしたかは、もちろん簡単には言いきれない問題ながら、絶対に無視できない要素とだけははっきり認めてよい。

三島は、普通の意味でもじつに頭脳明晰《めいせき》、かつ理詰めな構成家、論理家であったが、とくにその評論をよみ、座談に接していて、法科論理という感じを受けたことが幾度もあった。複雑に入りくんだ状況や課題をじつに手ぎわよく整理して、明快に筋道立てて一つ一つ片づけてゆく。その手腕の鮮やかさにおどろきながら、一切が余りに三段論法式に割り切られすぎている。肝心の対象そのもののうちからくみ出されたというよりは、予め用意された論理の物さしによる裁断という不満もおさえかねたのである。こうした一家の官僚的訓練の血、また三島自身の法学部学生としての勉強は、案外に根づよく彼の思考法の中に入りこんでいたように思われる。三島の小説や戯曲にも構成に対する執心が目立っており、時にピタゴラスのいわゆる天球の音楽のように、整然とくみ立てられた構成自体のもたらす音楽的な快感のごときものが、三島作品における文学的魅力の大事な要素をなしていたことを感じさせられる。これを直ちに、家系の血と学生としての訓練と結びつけ、一切をそこから演繹《えんえき》しようとするのは、いうまでもなく行きすぎに違いないが、他面三島における構成愛、論理的秩序への指向をたんに文学的な古典主義として割り切っていいかとなれば、そうも言いきれまい。

もちろん、法学生風な、乾いて非実体的な論理操作がただちに三島作品の中にもちこまれたという訳ではないのだが、論理的な斉一、整序に対する三島の偏愛には、彼が意識的に押し立てた美学的な理念とのみは受けとりかねる陰影がつきまとっている。

執念と化した秩序愛、明晰と一貫性に対する憑《つ》かれた努力といったものを嗅《か》ぎとらずにいられない。『愛の渇《かわ》き』や『仮面の告白』以来の三島作品における、あまりに整然たる構成と秩序は、そのあまりの整序のゆえにかえって一つの謎《なぞ》と化しているとだけ、ここではいっておこう。

さて昭和時代における最初の国際的な大事件は、満洲事変の勃発《ぼっぱつ》であるが、この年に三島は学習院の初等科に入っている。ひ弱で神経質な少年であったらしい。この小学生にとって最初の記憶にのこる社会的事件は、いわゆる二・二六事件の軍事クーデターで、昭和十一年、三島は初等科五年生であった。これが作家としての三島にとって意外に底深く尾をひく象徴的な事件と化していった過程は、それ自体一つの研究対象をなすだろう。その意識的な作品化の最初の企ては、昭和三十六年の小説『憂国』であるが、すでに二十代の作者による半自叙伝的な小説『仮面の告白』（一九四九年）の中の、雪の朝の描写に「この雪景色の仮面劇は、えてして革命とか暴動とかの悲劇的な事件を演じがちだ。雪の反映で蒼《あお》ざめた行人《こうじん》の顔色も、何かしら荷担人《かとうど》じみたものを思わせる」とあるイメージは、この事件の内的な余響を示すものといってよい。十一歳の少年の蒙《こうむ》った衝撃が、十三年をへて、二十四歳の作家の文学的想像力のうちに、ふと蘇《よみがえ》ったように思われる。

昭和の大事件との奇縁はさらにつづいて、三島が学習院中等科に進学したのが、蘆《ろ》溝橋《こうきょう》事件の年であり、また彼がはじめて三島由紀夫というペンネームを用いはじめ、そして又はじめて学外の文学雑誌に作品を発表することが出来たのが、昭和十六年、つまり太平洋戦争勃発の年であった。この作品は、いわば彼の公的な処女作『花ざかりの森』であり、雑誌「文芸文化」に掲載された。この年、三島は十六歳、学習院における国文学の師清水文雄氏の紹介、推薦によるものであった。その後、同じ雑誌に、また学習院の友人二人と一緒に出した同人誌に短編を書きつづけて、昭和十九年、敗戦の前年の暮には、はやくも処女小説集『花ざかりの森』の刊行を見た。いささか擬古的な耽美《たんび》調が目につきすぎる嫌《きら》いはあるものの、今日も十分に読むに耐える作品集であり、とくに三島的世界を予兆するテーマやイメージがじつにたっぷりとこの中にもりこまれている。死や海や落日など、この作家にとっての中核的な象徴はほとんどすべてここに先取りされている。文字通り、象徴の森である。三島の目ざましい早熟な才能におどろかされると同時に、一種運命的な暗合に衝撃をおぼえざるを得ない。この作家においては、明晰な計算、早熟な開花と、不思議に一貫した宿命の促し、内側の暗い衝動とがたえず共存し、一つにからみ合っているのだ。

『花ざかりの森』の出た年に、東大法学部に進学、その翌年、二十歳で敗戦を迎えたことは、すでにふれた。この敗戦体験も、二・二六事件とともに、以後の三島の上に陰に陽に深い影響をのこしている。敗戦の当時、三島はいわゆる勤労動員で神奈川県の海軍工廠《こうしょう》におり、直接に敗戦前後を描いた戯曲『若人よ蘇れ《よみがえ》』（一九五四年）のうちに当時の生活、見聞が生かされているが、これまた体験そのものより、その後三島の内側で育ちふくらんでいった象徴的な意味の方が、重要である。『若人よ蘇れ』は、「山川　戦争がすんだ、戦争がすんだ、と。……全く妙だなあ。本多　今日のおひるの玉音放送さ、陛下のお声って案外黄いろい声でおどろいた。あれがお公家《くげ》さん風の声なんだな。（口真似《くちまね》をして）『堪《た》へ難キヲ堪へ忍ビ難キヲ忍ビ以《もっ》テ万世ノ為《ため》ニ太平ヲ開カント欲ス』か。無条件降伏も云い様で立派だな。山川　これで俺《おれ》たちがいちばん割り切りの早いほうだな。泣いたやつは戸田一人じゃないか。今日の晩飯も、またごまかして三人前喰《く》ったんだぜ」といった学生同士のやりとりが示すように、むしろシニカルに乾いた客観化が目立つ戯曲なのだが、敗戦による断絶の意識は、現実の社会的事件に取材した長編『青の時代』（一九五〇年）や『金閣寺』（一九五六年）の中にも、重要な劇的な契機として描きこまれている。とくに後者においては、金閣寺という日本の伝統美の象徴ともいえる建築の破壊へと駆り立てられる主人公の内的な動因のうちに、敗戦は欠くべからざる重要な一環としてしかと組みこまれている。主人公に対して、金閣寺の象徴する永続的な伝統美を一きわ魅力的なものともすれば、同時にやり切れぬ反撥《はんぱつ》をもかき立てずにおかぬものとした要因の一つは、敗戦という事態に他《ほか》ならない。敗戦によって、頼るべきものを失った日本人に、自国の美的伝統は、奇妙に二重性をはらんだ厄介《やっかい》な対象と化した。一方では、自信回復のためのほとんど唯一《ゆいいつ》の手掛りであると同時に、焦ら立《いだ》たしいかぎりの内的呪縛《じゅばく》の象徴ともうつった。そうした伝統に対する愛憎共存の微妙なアンビヴァレンスを、三島は『金閣寺』において、まことに鮮やかに小説化して見せたのである。

敗戦の翌年から、三島は『煙草《たばこ》』、『岬《みさき》にての物語』などを川端康成の推薦で文芸雑誌に発表、まだ学生ながら、すでに新進作家として注目を集めた。翌二十二年、大学を卒業、ただちに大蔵省銀行局に勤めはじめたが、この頃《ころ》から敗戦後の文芸ジャーナリズムの急激な肥大現象という条件も働いてにわかに執筆量もふえ、役人勤めは一年足らずで退職することとなった。昭和と満年齢をひとしくする三島はこの時二十三歳、ほぼ彼の生涯の半ばにいた。以後の二十二、三年は、ほかにまったく職歴のない、作家としての一本道である。

その出発を劃《かく》する作品としては、やはりすでに言及した半自伝的な長編『仮面の告白』をあげるべきであろう。「どんな人間にもおのおののドラマがあり、人に言えぬ秘密があり、それぞれの特殊事情がある、と大人は考えるが、青年は自分の特殊事情を世界における唯一例のように考える。ふつう、こういう考えは詩を書くのにはふさわしいが、小説を書くのには適しない。『仮面の告白』は、それを強引に、小説という形でやろうとしたのである」(『私の遍歴時代』)というのは、三十八歳の作者による回想だが、現在読みかえしてみれば、意外なほど素直な自己告白となっている。一種の自己清算の若々しい意気ごみと、自らの特異性のロマンチックな栄光化とが入りまじり、重なり合っている点も、いかにも二十代半ばの芸術家の自画像にふさわしい。『仮面の告白』という題名からして、その仮面性、フィクション性をもっぱら強調する見方が強いのだけれども、「仮面」の使用そのものをもふくめて、これはやはり三島の自画像、自伝的小説と受けとる方がいい。ここには内なる魔物との格闘があり、この「私」は作者と血肉をわけ合っている。

「『仮面の告白』のような、内心の怪物を何とか征服したような小説を書いたあとで、二十四歳の私の心には、二つの相反する志向がはっきりと生まれた。一つは、何としてでも、生きなければならぬ、という思いであり、もう一つは、明確な、理知的な、明るい古典主義への傾斜であった」という三島の言葉も、卒直でしかも正確な自己表白とみとめてよい。

もっとも、「二つの相反する志向」の同時共存といった幸福な事態は、ほんのしばらくしか続かない。北米・ヨーロッパを経てのギリシャ旅行（一九五二年）の記録『アポロの杯』、また『潮騒《しおさい》』（一九五四年）、『近代能楽集』（一九五六年）あたりが、こうした共存、均衡の幸福をたもち得た時期の所産で、早くも『金閣寺』（一九五六年）には、すでにふれたように、にがく苛烈《かれつ》なアンビヴァレンスがうごめき始めている。ただ実生活に即してみれば、三島は、昭和三十年ごろからボディビルを始め、さらにボクシング、また剣道と肉体の鍛錬に熱中するようになり、三十三年には結婚して、新居をかまえた。かつてのひ弱な少年は、筋骨たくましい三十代の成年へと鮮やかに鍛え直され、『仮面の告白』や『金閣寺』に定着されたアウトサイダーの烈《はげ》しい孤独は、一応青春の記念碑として後方に置き去りにされたかに見えた。この頃、三島がもっとも力を注いだのが二部からなる書きおろしの長編『鏡子の家』（一九五九年）であり、その翌年には、東京都知事選に材を得たことで、後にプライバシー訴訟をひき起した『宴《うたげ》のあと』（一九六〇年）を書いた。いずれも、画面の広い、客観的な社会小説であり、その点では何よりも主人公の内面にかかわり、その烈しい疎外《そがい》感に集中した『仮面の告白』や『金閣寺』といちじるしい対照をなしている。

ある意味では、社会との和解の季節、社会に対して開かれた時期といえるだろう。

しかし、『宴のあと』の出た三十五年は、また安保騒動の年であり、ナショナリズムと反米主義と左翼的ムードの奇妙に入りまじった昂奮《こうふん》の高波が日本をおおった年であった。そして、いささか皮肉なことながら、この騒動を開幕の合図とする一九六〇年代は、わが国としてかつて例のない経済的繁栄期ともなった。六〇年代は、客観的に概観するには、じつのところ、まだ身近すぎ、生々しすぎるので、三十代半ばに達し、ようやく社会に対して開かれた、小説家としての成熟期にふみこんだ三島が、たまたまこうした時期に行き当ったという事態の幸不幸、いやその文学的な意味も、まだ正確には測定しがたい。三十六年始めに、三島は二・二六事件に焦点をすえた中編『憂国』を書き、その二年後に『剣』と『林房雄論』を、さらにその三年後には『英霊の声』（一九六六年）を書いて、ナショナリズムへのいちじるしい接近を示したが、この前年には、同時に見事な出来栄《できばえ》の戯曲『サド侯爵《こうしやく》夫人』を仕上げ、また七、八年以前から英訳を中心に相ついで外国訳が出て、海外読者の広い注目を集めるに至り、この年の秋には、早くもノーベル賞候補に上げられている。そして、最後の大作『豊饒《ほうじよう》の海』四部作が書き出されたのも、同じくこの年、四十年の秋であった。

第一部の『春の雪』が完結したのは四十二年の始めだったが、この年の春に自衛隊への体験入隊をはじめ、翌年には「楯《たて》の会」を結成するに至る。『豊饒の海』はその後も第二部『奔馬』、第三部『暁《あかつき》の寺』と順調に書きつがれてゆき、その間に戯曲『わが友ヒットラー』（一九六八年）、『癩王《らいおう》のテラス』（一九六九年）も成った。そして、四十五年十一月、第四部『天人五衰』を書き上げた直後の十一月二十五日、東京市ケ《いち》谷《や》の自衛隊総監室に入りこんで自決するに至った経緯は改めてふれるまでもないだろう。

三島由紀夫の生涯には、あたかも緻密《ちみつ》に計算され、整然と区分されたかのような人工性と秩序の雰囲気《ふんいき》とともに、憑かれた者の逃れ難い宿命の気配がつきまとっている。明晰、晴朗な古典主義への意志と、一種物狂いにも似たロマン主義の放恣《ほうし》とが同居し、からみ合っている。その結び目の謎《なぞ》を判然と解き明かすには、まだかなりの時間を要するだろう。

（昭和四十八年十二月、文芸評論家）

『仮面の告白』について

福田恆存

豊穣《ほうじょう》なる不毛――そんな感じがする。無邪気そうな悪党、子供のようでいながら大人、芸術家の才能をもった常識人、模造品をつくる詐欺《さぎ》師。だが、芸術家とは才能以外のなにものでもない、芸術家とはつまり詐欺師のことではないか、といわれれば、まさにそのとおり――現代にとっては苦しまぎれのこの逆説を、逆説でなくした人間、あるいはみずから逆説的存在になることによってそれを逆説ではなくそうとしている人間、それが三島由紀夫だ。

三島由紀夫はその逆説を身をもって生きているばかりか、そういう自分の位置をよく承知し、作品においてはいっさいが計量ずみなのである。『仮面の告白』において、作者はそのからくりをもっとも明確に意識している。河出書房版の月報ノート（以下、ノート）にかれはつぎのように書きつけている――「私は無益で精巧な一個の逆説だ。この小説はその生理学的証明である。私は詩人だと自分を考えるが、もしかすると私は詩そのものなのかもしれない。詩そのものは人類の恥部《セックス》に他《ほか》ならないかもしれないから」このことばをいちおうまともに受けとってみよう。

ぼくがある場所で三島由紀夫の作品のことを音楽ではなくてオルゴルだと放言したのは、つまりそのことなので、かれ自身のことばでいえば「詩人」ではなくて「詩そのもの」だということになるのだろう。かれの作品は美しい音にみちている。が、いかにも不安定だ——それはオルゴルの気まぐれ。読者は、かれが自分の気まぐれにしたがって、興ふかげに、そしていくぶんたいくつそうにそれをゆりうごかしているのに聴きほれる。が、それは音楽の与える喜びとはあきらかにべつなものなのだ。

音楽はひとつの必然によってつらぬかれ、安定したリズムとメロディーによってみちびかれる。だからわれわれは容易にそれに乗じて、ひとつの主題の展開に参与し、聴手《ききて》もまた創造の喜びをわかちうる。が、オルゴルは気まぐれで不安定で、つぎの瞬間にどんな音が出てくるか見当もつかない。そのくせ、そこではどんな偶然もわれわれを驚かさない。オルゴルの音はつねにあまりにオルゴル的であり、夢幻的な華麗という限定詞に背《そむ》くことはけっしてありえないのである。それは美しく楽しいが、どこまでいってもおなじことだ——完結はない。三島由紀夫の作品の特徴である。かれの作品はオルゴルいちおうそういえる。が、それはいちおうだけの話である。

ではなくて、りっぱな音楽なのである。『仮面の告白』において、そのことがもっともはっきり証明されている。自分自身を「一個の逆説」にすぎず、「詩そのもの」であるかもしれぬと規定する精神は、けっして逆説そのものでなく、逆説をあやつる芸術家であり、りっぱな詩人なのである。『仮面の告白』において三島由紀夫は自己の芸術家のいるべき揺ぎなき岩盤を発見している。あるいは、そこから出発してこの作品を書いている。この作品に『仮面の告白』と題しえたゆえんは、つまり作者が仮面のうしろに自己の素面を自覚していたことの、なによりの証拠ではないか。

すべての芸術は仮面の告白である。それをことさらこの作品に『仮面の告白』と題せずにいられなかったのか。理由はおそらくこうであろう――三島由紀夫の若い豊かな才能は仮面を仮面と自覚せずに、ただ「扮装慾《ふんそうよく》」（二二頁《ページ》）の興味にかられ、「演技」（二九頁）の慾求にひきずりまわされて、仮面そのものをもてあそんできた結果、長ずるにおよんでそれがようやく素面にくいこんできたからではなかろうか。そこに――いいかえれば、仮面をかぶろうとする要求そのものに――三島由紀夫は素面の自己を発見せずにはいられなかったのだ。

……人の目に私の演技と映るものが私にとっては本質に還《かえ》ろうという要求の表われであり、人の目に自然な私と映るものこそ私の演技であるというメカニズムを、このころからおぼろげに私は理解しはじめていた。が、そのことをはっきり理解したのは『仮面の告白』においてである。いや、かれ自身はすでに自覚していたかもしれぬ。ただ、かれは『仮面の告白』によってその自覚を定著しようとした。素面にくいこんでくる仮面をおもいきってひきはがし、その仮面によって左右されぬところに自己の素面を設定しようという努力——それが『仮面の告白』の秘密であろう。したがって三島由紀夫のおもわくとは反対に——いや、反対ではなく、すでにかれ自身は気づいているだろうが——この作品は「書く人」（ノート）としての三島由紀夫は「完全に捨象され」（ノート）ているどころか、じつは作者を追求し捕捉《ほそく》しようとするところにひきあがった小説である。『仮面の告白』は小説の小説なのである。

では、この小説の中の凡《すべ》てが事実にもとづいているとしても、「芸術家としての生活が書かれていない以上、すべては完全な仮構であり、存在しえないものである。私は完全な告白のフィクションを創《つく》ろうと考えた」（ノート）というのは自己欺瞞《ぎまん》であろうか。それとも自覚の欠如であろうか。そうではない。おそらく三島由紀夫はこのことばを書きつけたとたんに、それもまたうそであることに気づいたにちがいない。ただそれがうそであるからといって、かれはこの自己解説を消そうとはせず、むしろそれが自己韜晦《とうかい》に役だつであろうと見こして、ほくそえんだのにそういないのである。その証拠にこうも書いている――「肉にまで喰《く》い入った仮面、肉づきの仮面だけが告白をすることができる。『告白の本質は不可能だ』ということだ」（ノート）『告白は不可能だ』ということで、かれは読者を、さらに自分自身をも突っぱなしているのである。そうすることによって、作者は素面をも仮面となし、その背後に真の素面のための逃げ道をつくってやる。三島由紀夫はやはり「書く人」を「完全に捨象」してのけたのであって、作者の素面をけっして追求し捕捉しようとしてはいない。いや、真相は、現代においては、素面を追求するしぐさによってしか仮面は完成しえず、素面を仮面と見なさずしては素面は成立しえないということにある。けだし「肉づきの仮面だけが告白をすることができる」ゆえんであろう。そんなことをこの作品はあかしている――小説の小説だというのもその意味だ。『仮面の告白』をしさいに読んでみたまえ。それがずいぶん苦しい小説だということがわかる。たとえばこんな描写がある。

私の学校は初等科時代から同級生が同じなので、肩を組んだり腕を組んだりする親しさは当然のことだった。折から整列の呼笛《よびこ》が吹き鳴らされ、みんなはそんな風にして整列場へいそいでいた。近江《おうみ》が私と一緒にころがり落ちたことも、もうそろそろ見飽きてきた遊戯の結着と見えたにすぎず、私と近江が腕を組んで歩いているのさえ、格別目に立つ景色ではない筈《はず》だった。しかし彼の腕に凭《もた》れて歩きながら、私の喜びは無上であった。ひ弱な生れつきのためかして、あらゆる喜びに不吉な予感のまじってくる私ではあったが、彼の腕の強《きつ》い・緊迫した感じは、私の腕から私の全身へめぐるように思われた。世界の果てまで、こうして歩いて行きたいと私は思った。（六七頁）

私と同じようにいつも風邪ばかり引いている痩《や》せた少年が、体重計の上に立った。生毛《うぶげ》がいっぱい生えた彼のみすぼらしい白い背中を見ているうちに、私に突然記憶が蘇《よみがえ》った。私がいつも近江の裸体を見たいと、あれほどはげしく希《ねが》っていたことを。体格検査というその恰好《かっこう》な機会に、私が愚かにも思い及ばなかったことを。すでにその機会はすぎ、またあてどもない機会を待つほかはないことを。

私は蒼《あお》ざめた。私の裸体がその白けた鳥肌《とりはだ》に、一種の寒さに似た悔いを知るのだった。私はうつろな目つきで、自分のかぼそい二の腕にある・みじめな種痘の痕《あと》をこすった。私の名が呼ばれた。体重計が、ちょうど私の刑執行の時刻を告げ顔の絞《こう》首台《しゅだい》のようにみえた。（六九頁）

これは描写だろうか。そうではない。読者はこの主人公がほんとうに「世界の果てまで」歩いていきたいとおもったかどうか、ほんとうにかれは「蒼ざめ」、眼のまえの体重計が「絞首台のようにみえた」かどうか、いちおう疑ってみたくならないだろうか。そこには黒を白といいくるめる文章の苦しさがある。というのは、仮面を素面といいくるめる苦しさであり、そのかげでは作者は逆に素面を仮面として突きはなそうとしているのである。右の引用箇処ばかりではない。ぼくにはどの文章もすべてそのために書かれているようにおもわれる。三島由紀夫は無から有を生む手品師なのだ。だれにもできることではない。苦しそうではあるが、手品はとにかくみごとに遂行される。しかもときに、比喩《ひゆ》的なレトリックが軽快な一廻転《かいてん》とともに、嘘《うそ》を真実にすりかえる。その瞬間、心理主義があざやかに形而上学《けいじじょうがく》へと転身する。ことばが現実の素面を離れて、仮面を成就《じょうじゅ》させるのだ。三島由紀夫がアフォリズムをこのんで用いるゆえんであろう。

　ことばとは――ことばによる散文芸術の魅力とは――そういうところにあるのだ。たとえ三島由紀夫の文章が見るひとによってはいかにも苦しげに、そしてまたある種のひとにはでたらめな偶然にみえるとしても、それはけっきょく、ことばの芸術としての文学の伝統がいまだ現代の日本に確立されていないからにほかなるまい。素朴《そぼく》な実感を楯《たて》にとって、美を虚偽として猜疑《さいぎ》する卑俗な心理主義、さらにそれによってすっかり汚されてしまった現代日本語——そういう抵抗を感ずれば感ずるほど、三島由紀夫のような作家は苦しい立場に追いこまれるであろう。同時に、その苦しさを克服しうる豊かな才能を、われわれは三島由紀夫のうちにはじめて見いだすことができるのである。

『仮面の告白』は三島由紀夫の書いた作品のうちで最高の位置に位するものであるばかりでなく、戦後文学としても、のちのちに残る最上の収穫のひとつであるとおもう。今後のかれのしごとに現代文学は大きな期待をもたなければならない。三島由紀夫は『仮面の告白』において到達した地点から、新しく出発することによってこの期待に答えてくれるであろう。かれが自由自在に仮面を使いこなすのをぼくは楽しみにしている。

（昭和二十五年四月）

『仮面の告白』と三島由紀夫

中村文則

この小説を初めに読んだのは大学生の頃で、国内外の文学を貪《むさぼ》るように読んでいた流れで手に取った。僕にとって、恐らく最初の三島作品だったと思う。

僕の性の対象は女性であり、いわゆる異性愛者だった。だから主人公のような性を持っていたわけでないが、この小説世界に馴染《なじ》んだ。内容は違っても、僕も「あまり人に言えないこと」を内面に抱えていたし、それを隠し、この主人公のように時に演技をしていたからだった。

それ以来、全《すべ》ての三島作品を読んだわけではないが、僕なりに三島を愛読してきたつもりでいる。

『仮面の告白』は三島のデビュー作ではない。でもこの小説で本格的に文壇に登場した意味で、デビュー作の佇《たたず》まいがあり、そのイメージも強い（これ以前の『花ざかりの森』などは、本来のデビュー作前の習作の印象を受ける）。デビュー作にはその作家の本質が現れるとよくいわれるが、今回この「解説」を書くため随分久し振りに読み返し、例に漏れずその後の三島作品のあらゆる主題が含まれているのを確認した。でも僕が驚いたのは、後の三島の自決に至る萌芽《ほうが》までが、既に記されていたことだった。

それを想《おも》い痛ましさを覚えたが、そのことは後に触れる。あらゆる主題が含まれていると言っても、ここに三島の苛烈《かれつ》な右派思想はないじゃないか、と思われるかもしれないが（雪と革命の言及は二・二六事件を連想させはするが、印象の気配に過ぎず、思想の領域と明確にずれている）、でもそれはある意味当然のことで、そのこともまた後に触れる。

デビュー作（またはそれに準ずる作品）の冒頭も、時に何かしらを象徴することがある。一人称の語りで始まるが、すぐ「この蒼《あお》ざめた子供らしくない子供の顔を～眺めた」とその語り手が他者の側に立つ視点が入りやや歪《いびつ》になる。これが既に、主人公の秘匿《ひとく》された内面と周囲の他者というこの小説の構図を表しているように感じる。そして盥《たらい》のふちにさす光と水の描写は、このような本当とも思えない情景にリアルさを出すために「細部を書く」文学的手法があるが、それだけでなく、三島が憧《あこが》れた太陽と海が象徴されているようにも思える。だが最も重要なのは、本当に生まれたのが夜という言及かもしれない。「昼」のような人生を歩みたかった主人公（と三島自身）だったが、「夜」のような人生を歩むことになり、「昼」に憧れ続けるといったことまで内包されているとさえ思うのだ。

文章は時に観念的で実体からずれ、語り手の中では了承されているのだろうが、他者（読者）にはややわかりにくいところもある。だがこの作品に限って言えば、小説は他者に提供されるもので理解の共有が前提だが、それを時々拒否することで、理解されたくない、という主人公の青いプライドの無意識の発露、もしくは独特な表現による孤独の表れと捉《とら》えれば、主題に合っていると言えなくもない。巻頭の引用はドストエフスキーの『カラマーゾフの兄弟』だが、恐らく意識されているのは——途中、同小説のイワン的な自己批判はあるが——初めに主に主人公の隠された内面が「説明」され、後にそれが人生と触れることでどうなるか、という展開を持つ点で、同じドストエフスキーでも『地下室の手記』だろうと思われる。あと敢《あ》えて言えば、『仮面の告白』の前年に発表された、三島が否定したはずの太宰治、その『人間失格』の気配もまとっているように思う。後の『金閣寺』にも、僕は太宰の『トカトントン』を感じる。

「私でありたくないという烈《はげ》しい不可能な欲望」。主人公が惹《ひ》かれるのは常に自分から遠い存在である。自己嫌悪《けんお》が先か、外部の惹かれる存在が自己から遠いゆえ、自身を嫌悪するのか。主人公は性と死を強烈に結びつけるが、病弱な主人公は死を恐怖しており、恐怖心の融和を主人公の脳が無意識に謀《はか》り、死と性を結びつけたとも考えられるかもしれない。あるいは自身と違い屈強で健康な人間が、残酷に死ぬことへの喜びもあるかもしれない。でもそこに血は必ずしも必須《ひっす》でないはずで、主人公はその相関関係を自身の「血の不足」と語るが、あまり説明としてしっくりこない。主人公が五歳の時に吐いた「赤いコーヒー様のもの」が恐怖として固着し、それを性と結ぶことで融和、あるいは他者へ転嫁《てんか》したのだろうか。小説の冒頭に戻れば、生まれた時の記憶を持つと言い張る主人公の「記憶」から、母親（女）から浴びたはずの血の情景が人工的なまでに省かれているのも象徴的かもしれない。「告白」は全てを告白していない。でも「分析」の材料はほぼ揃《そろ》っていると言っていい。

青春文学と括《くく》るには、物語のトーンは深刻である。だがやはり一種の名作であるので、主人公の「特殊な事情」を書きながら、園子《そのこ》から結婚を求められ追いつめられるなど、普遍的な構図にも重なっている。それは、彼のような「事情」はなかった大学生の僕が、「内面に何かを抱える」という普遍的な要素に惹かれたのと同じ図式である。

三島自身も元来この主人公と同様貧弱な身体《からだ》だったそうだが、後に鍛え、屈強な筋肉を獲得していく。つまり三島自身は、この主人公から近江《おうみ》へ変化していく。著者が主人公の憧れた肉体を得ていく奇妙な展開だが、内面までは変えられない。主人公が、そして三島が憧れた存在、過度な自意識から遠く離れた——この小説で言えば理知から離れた——存在、ある意味でシンプルな内面をもつ存在には、今更自意識の塊である秀才の三島がなれるはずがない。でも三島は、それを求めたとしか僕には思えないのだった。

三島は四十五歳の時、自衛隊の駐屯地に仲間と共に突入し、人質を取り、自衛隊員達の前で自分の右派的な意見を主張し、割腹自殺をする。三島の右派思想の根底にあるのは、あくまで僕の意見だが、思想というよりやはり美と性だったろうと思う。この美と性は同じものと言ってよい。三島は自分の美と性の補強のため、右派的な思想を「利用」したような印象を僕は拭《ぬぐ》えない。特攻隊を賛美する後の三島と、徴兵を避けようとし、逃れた時に「隠すのに骨が折れるほど頰を押して来る微笑の圧力」を感じたこの『仮面の告白』の主人公は相容《あいい》れない。僕はこの主人公の方が、本来の三島に近いと感じている。

三島の美は、若さが必須だった。若く屈強な身体を持った男が血を流して死ぬ。そして「マニアック」ではあるが、切腹に性的な快楽を感じる性癖というものが存在する。この小説に出てくる聖セバスチャンはキリスト教に殉じ、その大義にここではまだ深く筆は向かっていないが、天皇や国家に置き換えることはできる。三島は自決当日、過度の自意識の精神の複雑がなければ絶対書くことのできない『豊饒《ほうじょう》の海』、その素晴らしいラストをこの新潮社に渡した足で、自意識とは正反対の行動を取った。それはつまり兵士でもないのに軍服のような服を着、鉢巻きまで巻いて演説した。それは「滑稽《こっけい》」であるが、三島はそれを滑稽と思うインテリ的自意識を憎んだのだろう。彼は最後に「シンプルな」存在になりきろうとしたのではないか。美に若さを求めるなら、四十五歳が限界だろう。そしてこの『仮面の告白』は、若い男の肉体の、特に胴体／腹部の出血への強烈なフェティシズムに満ちている。

自意識を脇《わき》にどけた純粋存在としての、引き締まった腹部に対しての、加虐《かぎゃく》と被虐の一致。大義の下の一致。彼にとっての美ということになる。

だがしかし、と思う。それは達成するべきことだったのだろうかと。人生とは、そこまで味わい尽くすべきものだろうか。ある程度の快楽、その手前の快楽で満足するのがまた一興であり、逆に深いのではないだろうか。老いというものを、謙虚に受け入れることにより、見えてくるものもあるのではないだろうか。

やや先を見るように手を翳《かざ》せば、三島が自決した年齢が僕も見えている。現在の僕は、この年齢からくる人生への「自棄」の感覚は親しい。だけれども、三島は死ぬべきではなかった、と言いたい。自決の場に向かった三島と同様、青く、今から自意識から離れ三島に呼びかけたく思うのだが、僕はあなたのファンだと言っていい。僕は、あなたが「人生の中点の危機」を乗り越えた作品を読みたかった。様々なことを抱えながら、しかし最後まで人生を生ききったあなたの作品を読みたかった。その方が格好いいではないか。そうだろう？　作家のくせに、あなたは逃げたのだ。人生の本当の苦しみから。……三島が亡《な》くなった時にまだ生まれてもいない僕が言っても、全く仕方ないのだけど。だが当時、多くの人がそう思ったはずだ。

深刻になった。最後に、大江健三郎さんに教えて頂いた、三島のエピソードを紹介したい。聞いたのは随分前なので細部は違うかもしれないが、気楽な文壇ゴシップと思ってくだされぱいい。

大江さんが三島から料亭に呼び出され向かうと、三島が日本刀を持って待っていたという。大江さんは驚いたが、何も三島はそれで大江さんを切ろうとしたわけではなく、どうやら名刀らしく見せたかったらしい。そして三島が格好をつけてその刀を鞘《さや》から抜いて振り上げた時、天井に刺さって抜けなくなったという。

お茶目だ。でも三島の人となりを考えると、十分にそのお茶目さはあり得ると思う。『仮面の告白』は三島の代表作の一つであるだけでなく、ある性の形――未満の状態で滞ってはいるが――を見事に文学に昇華した点、また才気溢《あふ》れる数々の表現の深度や豊穣《ほうじょう》さなど、世界文学の達成の一つと言っていい。

（二〇二〇年九月、作家）

年譜

大正十四年（一九二五年）一月十四日、東京市四谷区永住町二番地（現在の新宿区四谷四丁目）に、父平岡梓《あずさ》、母倭文重《しずえ》の長男として生れる。本名平岡公威《きみたけ》。父は農林省官吏、幼時は祖母夏子の溺愛《できあい》を受けて育ち病弱であった。

昭和六年（一九三一年）六歳　四月、学習院初等科に入学。この頃より詩歌・俳句に興味を持ちはじめ、鈴木三重吉、小川未明などの童話を愛読した。

昭和十二年（一九三七年）十二歳　四月、学習院中等科に進学。文芸部に入部。

昭和十三年（一九三八年）十三歳　三月、処女短編『座禅物語』『酸模《すかんぽう》』を「輔仁会《ほじんかい》雑誌」に発表。

昭和十五年（一九四〇年）十五歳　二月より毎月、平岡青城の筆名で、「山梔《くちなし》」に俳句・詩歌を投稿。詩作は川路柳虹《かわじりゅうこう》に師事し、『十五歳詩集』としてのちにまとめられた。

昭和十六年（一九四一年）十六歳　九月より、国文学の師清水文雄の推薦で、『花ざかりの森』を国文学雑誌「文芸文化」（十二月完結）に連載。この時、はじめて用いたペンネーム三島由紀夫は、清水文雄による命名である。

昭和十七年（一九四二年）十七歳　三月、学習院中等科を二番で卒業。四月、高等科文科乙類（ドイツ語）に進学、文芸部員となり、のちに委員長となる。この頃《ころ》、「文芸文化」の同人たちを通じ、日本浪曼《ろうまん》派の間接的影響を受ける。七月、同人誌「赤絵」を創刊し、『苧菟《おっとお》と瑪耶《まや》』を発表。処女評論『古今の季節』を「文芸文化」に掲載。

昭和十九年（一九四四年）十九歳　九月、学習院高等科を首席で卒業、陛下より銀時計を拝受する。十月、東京大学法学部に入学。処女短編集『花ざかりの森』を七丈書院より刊行。八月、『夜の車』（文芸文化、後に、『中世に於《お》ける一殺人常習者の遺《のこ》せる哲学的日記の抜萃《ばっすい》』と改題）

昭和二十年（一九四五年）二十歳　二月、第二乙種で兵役に合格していたが、応召して入隊検査の際、軍医の誤診で即日帰郷。六月、『エスガイの狩』を「文芸」に発表し、初めて原稿料を貰《もら》う。八月、勤労奉仕先で短編『岬《みさき》にての物語』執筆中終戦を迎える。

昭和二十一年（一九四六年）二十一歳　六月、川端

康成の推薦で、短編『煙草《たばこ》』を「人間」に発表し、本格的に文壇に登場。この年、太宰治に逢《あ》う。

昭和二十二年（一九四七年）二十二歳　十一月、東大法科を卒業。十二月、高等文官試験に合格し、大蔵省銀行局に勤務。

四月、『軽王子《かるのみこ》と衣通姫《そとおりひめ》』（群像）　八月、『夜の仕度』（人間）　十二月、『春子』（同別冊）

『岬にての物語』短編集（十一月、桜井書店刊）

昭和二十三年（一九四八年）二十三歳　七月、「近代文学」同人に参加。九月、創作活動に専念するため、大蔵省を退職。十一月、処女戯曲『火宅』を「人間」に発表。十二月、雑誌「序曲」の創刊に参加し、『獅子《しし》』を発表。

一月、『サーカス』（進路）　四月、『殉教』（丹頂）

『盗賊』（十一月、真光社刊、各誌分載発表長編）

『夜の仕度』短編集（十二月、鎌倉文庫刊）

昭和二十四年（一九四九年）二十四歳　七月、最初の書下ろし長編『仮面の告白』を河出書房より刊行。

一月、『毒薬の社会的効用について』（風雪）

『宝石売買』短編集（二月、講談社刊）

『魔群の通過』作品集（八月、河出書房刊）

昭和二十五年（一九五〇年）二十五歳　八月、目黒区緑ケ丘に転居。

七月、『青の時代』（新潮、十二月完結）　八月、『遠乗会』（別冊文藝春秋）　十月、戯曲『邯鄲《かんたん》』（人間）

『燈台』作品集（五月、作品社刊）

『愛の渇き』書下ろし長編（六月、新潮社刊）

『怪物』作品集（六月、改造社刊）

『青の時代』（十二月、新潮社刊）

『純白の夜』（十二月、中央公論社刊）

昭和二十六年（一九五一年）二十六歳　六月、最初の評論集『狩と獲物《えもの》』を要書房より刊行。十二月、北・南米、欧州旅行に出発し、二十七年五月帰国。

一月、戯曲『綾《あや》の鼓』（中央公論）　『禁色』（群像、第一部十月完結）　五月、『翼』（文學界）　十二月、『離宮の松』（別冊文藝春秋）

『遠乗会』作品集（七月、新潮社刊）

『禁色　第一部』（十一月、新潮社刊）

『夏子の冒険』（十二月、朝日新聞社刊）

昭和二十七年（一九五二年）二十七歳　この年の暮、吉田健一、大岡昇平、福田恆存《つねあり》らの「鉢《はち》の木会」に参加。

一月、戯曲『卒塔婆小町《そとばこまち》』（群像）　『クロスワー

ド・パズル」(文藝春秋)八月、『禁色』第二部『秘楽《ひぎょう》』(文學界、二十八年八月完結)十月、『真夏の死』(新潮)

『アポロの杯』紀行文集(十月、朝日新聞社刊)

昭和二十八年(一九五三年)二十八歳　七月、『三島由紀夫作品集』(全六巻)を新潮社より刊行し始める。

五月、『卵』(群像)　六月、『急停車』(中央公論)

九月、『花火』(改造)

『真夏の死』作品集(二月、創元社刊)

『夜の向日葵《ひまわり》』戯曲(六月、講談社刊)

『秘楽』(九月、新潮社刊)

昭和二十九年(一九五四年)二十九歳　六月、書下ろし長編『潮騒《しおさい》』を新潮社より刊行。十一月、新潮同人雑誌賞の選考委員となる。十二月、『潮騒』で第一回新潮社文学賞受賞。

一月、戯曲『葵上《あおいのうえ》』(新潮)　八月、『詩を書く少年』(文學界)

『鍵《かぎ》のかかる部屋』短編集(十月、新潮社刊)

『若人よ蘇《よみがえ》れ』戯曲(十一月、新潮社刊)

昭和三十年(一九五五年)三十歳　九月より、ボディビルを始める。十二月、『白蟻《しろあり》の巣』(九月、「文芸」発表)で第二回岸田演劇賞受賞。

一月、『海と夕焼』(群像)　戯曲『班女《はんじょ》』(新潮)

『沈める滝』(中央公論、四月完結)　三月、『新聞紙』(文芸)　七月、『牡丹《ぼたん》』(文芸)

『沈める滝』(四月、中央公論社刊)

『女神』(六月、文藝春秋新社刊)

『ラディゲの死』作品集(七月、新潮社刊)

『小説家の休暇』書下ろし評論(十一月、講談社刊)

昭和三十一年(一九五六年)三十一歳　一月、『金閣寺』を「新潮」(十月完結)に連載。八月、英訳『潮騒』がニューヨーク、クノップ社より刊行される。初の海外出版で、こののち多くの作品が各国で翻訳出版される。十一月、「中央公論」新人賞選考委員となる。

一月、『永すぎた春』(婦人倶楽部、十二月完結)

十二月、『橋づくし』(文藝春秋)

『白蟻の巣』戯曲集(一月、新潮社刊)

『近代能楽集』戯曲集(四月、新潮社刊)

『詩を書く少年』作品集(六月、角川書店刊)

『亀《かめ》は兎《うさぎ》に追いつくか』評論集(十月、村山書店刊)

『金閣寺』（十月、新潮社刊）
『永すぎた春』（十二月、講談社刊）

昭和三十二年（一九五七年）三十二歳　一月、『金閣寺』で第八回読売文学賞受賞。十一月、『三島由紀夫選集』（全十九巻）を新潮社より刊行し始める。

一月、『女方』（世界）戯曲『道成寺』（新潮）四月、『美徳のよろめき』（群像、六月完結）八月、『貴顕』（中央公論）
『鹿鳴館《ろくめいかん》』戯曲（三月、東京創元社刊）
『美徳のよろめき』（六月、講談社刊）
『現代小説は古典たり得るか』評論集（九月、新潮社刊）

昭和三十三年（一九五八年）三十三歳　三月より十月ごろまで、ボクシングの練習をする。六月、川端康成の媒酌《ばいしゃく》により、画家杉山寧《やすし》の長女瑤子《ようこ》と結婚。十月、大岡昇平、中村光夫、福田恆存らと「声」を創刊し、『鏡子の家』第一章・第二章を発表。

『橋づくし』短編集（一月、文藝春秋新社刊）
『旅の絵本』紀行文集（五月、講談社刊）
『薔薇《ばら》と海賊』戯曲（五月、新潮社刊）

昭和三十四年（一九五九年）三十四歳　一月、剣道の練習を始める。五月、大田区馬込の新居に転居。六月、長女紀子誕生。

四月、戯曲『熊野《ゆや》』（声）
『不道徳教育講座』エッセイ（三月、中央公論社刊）
『文章読本』評論（六月、中央公論社刊）
『鏡子の家』第一部・第二部（九月、新潮社刊）
『裸体と衣裳《いしょう》』エッセイ集（十一月、新潮社刊）

昭和三十五年（一九六〇年）三十五歳　三月、大映映画「からっ風野郎」に俳優として出演、主題歌を自ら作詩、深沢七郎の作曲によって自唱。

一月、『宴《うたげ》のあと』（中央公論、十月完結）七月、戯曲『弱法師《よろぼし》』（声）九月、『百万円煎餅《せんべい》』（新潮）十一月、『スタア』（群像）
『宴のあと』（十一月、新潮社刊）

昭和三十六年（一九六一年）三十六歳　三月、『宴のあと』が元外相有田八郎よりプライバシー侵害のかどで起訴される。四月、剣道初段となる。

一月、『憂国』（小説中央公論）六月、『獣の戯《たわむ》れ』（週刊新潮、九月完結）十二月、戯曲『十日の菊』（文學界）戯曲『黒蜥蜴《くろとかげ》』（婦人画報）
『スタア』短編集（一月、新潮社刊）
『獣の戯れ』（九月、新潮社刊）
『美の襲撃』評論集（十一月、講談社刊）

昭和三十七年（一九六二年）三十七歳　二月、『十日の菊』で第十三回読売文学賞受賞。五月、長男威一郎誕生。

一月、『美しい星』（新潮、十一月完結）　八月、『月』（世界）

『美しい星』（十月、新潮社刊）

昭和三十八年（一九六三年）三十八歳　三月、自らモデルとなった、細江英公写真集『薔薇《ばら》刑』が集英社より刊行される。十一月、文学座のための戯曲『喜びの琴』が上演中止と決定。「朝日新聞」に『文学座諸君への公開状』を発表し、文学座を脱退。

一月、『葡萄《ぶどう》パン』（世界）　八月、『雨のなかの噴水』（新潮）

『林房雄論』評論（八月、新潮社刊）

『午後の曳航《えいこう》』書下ろし長編（九月、講談社刊）

『剣』短編集（十二月、講談社刊）

昭和三十九年（一九六四年）三十九歳　一月、『絹と明察』を「群像」（十月完結）に発表。この作品により、十一月、第六回毎日芸術賞を受賞。九月、係争中の『宴のあと』に対し、東京地裁は、原告の訴えを認め、著者と新潮社に慰謝料支払いの判決を下す。被告は東京高裁に控訴。（原告の死後、和解成立）

一月、『音楽』（婦人公論、十二月完結）

『喜びの琴　附・美濃子』戯曲集（二月、新潮社刊）

『私の遍歴時代』評論集（四月、講談社刊）

『絹と明察』（十月、講談社刊）

昭和四十年（一九六五年）四十歳　四月、自作・自演の映画「憂国」を製作。九月、『春の雪』（『豊饒《ほうじょう》の海』第一部）を「新潮」（四十二年一月完結）に連載開始。

一月、『三熊野詣』（新潮）　二月、『孔雀《くじゃく》』（文學界）　十一月、評論『太陽と鉄』（批評、四十三年六月完結）

『音楽』（二月、中央公論社刊）

『三熊野詣』短編集（七月、新潮社刊）

『目——ある芸術断想』評論（八月、集英社刊）

『サド侯爵《こうしゃく》夫人』戯曲（十一月、河出書房新社刊）

昭和四十一年（一九六六年）四十一歳　一月、『サド侯爵夫人』で第二十回芸術祭賞演劇部門受賞。芥川賞選考委員となる。

一月、『仲間』（文芸）　六月、『英霊の声』（同）

映画版『憂国』（四月、新潮社刊）

『英霊の声』作品集（六月、河出書房新社刊）

『対話・日本人論』（十月、番町書房刊）

昭和四十二年（一九六七年）四十二歳　二月、川端康成、石川淳、安部公房と共に、中国文化大革命についてのアピールを発表。四月、自衛隊に体験入隊。七月、空手を始める。

二月、『奔馬』（『豊饒の海』第二部、新潮、四十三年八月完結）

『荒野より』作品集（三月、中央公論社刊）

『葉隠入門』書下ろし評論（九月、光文社刊）

『朱雀《すざく》家の滅亡』戯曲（十月、河出書房新社刊）

昭和四十三年（一九六八年）四十三歳　七月、のちの〈楯《たて》の会〉会員を伴い自衛隊に体験入隊。以後、例年、三月と八月に会員を引率して体験入隊する。八月、剣道五段に昇進。九月、〈楯の会〉を正式結成。

五月、評論『小説とは何か』（波、四十五年十一月完結）　九月、『暁《あかつき》の寺』（『豊饒の海』第三部、新潮、四十五年四月完結）

『太陽と鉄』評論（十月、講談社刊）

『わが友ヒットラー』戯曲（十二月、新潮社刊）

昭和四十四年（一九六九年）四十四歳　五月、東京大学全学共闘会議の学生と討論。六月、映画「人斬《き》り」に出演。十一月、国立劇場屋上で〈楯の会〉結成一周年記念パレードを挙行。

『春の雪』（一月、新潮社刊）

『奔馬』（二月、新潮社刊）

『文化防衛論』評論集（四月、新潮社刊）

『癩王《らいおう》のテラス』戯曲（六月、中央公論社刊）

『椿説弓張月《ちんせつゆみはりづき》』戯曲（十一月、中央公論社刊）

昭和四十五年（一九七〇年）四十五歳　七月、『天人五衰』（『豊饒の海』第四部）を「新潮」（四十六年一月完結）に連載。十一月二十五日、『天人五衰』最終回原稿を新潮社に渡す。午後零時十五分、自衛隊市ケ谷駐屯《ちゅうとん》地、東部方面総監室にて自決。

九月、『革命哲学としての陽明学』（諸君！）

『暁の寺』（七月、新潮社刊）

『行動学入門』評論集（十月、文藝春秋刊）

『作家論』評論集（十月、中央公論社刊）

昭和四十六年（一九七一年）

『天人五衰』（二月、新潮社刊）

昭和四十八年（一九七三年）四月、『三島由紀夫全集』（全三十五巻、補巻一）新潮社より刊行開始。

（本年譜は、諸種のものを参照して編集部で作成した。）

この作品は昭和二十四年七月河出書房より刊行された。

三島由紀夫著

花ざかりの森・憂国

十六歳の時の処女作「花ざかりの森」以来、巧みな手法と完成されたスタイルを駆使して、確固たる世界を築いてきた著者の自選短編集。

三島由紀夫著

愛の渇き

郊外の隔絶された屋敷に舅と同居する未亡人悦子。夜ごと舅の愛撫を受けながらも、園丁の若い男に惹かれる彼女が求める幸福とは?

三島由紀夫著

禁色

女を愛することの出来ない同性愛者の美青年を操ることによって、かつて自分を拒んだ女達に復讐を試みる老作家の悲惨な最期。

三島由紀夫著

潮（しおさい）騒

新潮社文学賞受賞

明るい太陽と磯の香りに満ちた小島を舞台に海神の恩寵あつい若くたくましい漁夫と、美しい乙女が奏でる清純で官能的な恋の牧歌。

三島由紀夫著

金閣寺

読売文学賞受賞

どもりの悩み、身も心も奪われた金閣の美しさ——昭和25年の金閣寺焼失に材をとり、放火犯である若い学僧の破滅に至る過程を抉る。

三島由紀夫著

手長姫 英霊の声

—1938-1966—

一九三八年の初の小説から一九六六年の「英霊の声」まで、多彩な短篇が映しだす時代の翳、日本人の顔。新潮文庫初収録の九篇。

三島由紀夫著

宴《うたげ》のあと

政治と恋愛の葛藤を描いてプライバシー裁判でかずかずの論議を呼びながら、その芸術的価値を海外でのみ正しく評価されていた長編。

三島由紀夫著

真夏の死

伊豆の海岸で、一瞬に義妹と二児を失った母親の内に萌した感情をめぐって、宿命の苛酷さを描き出した表題作など自選による11編。

三島由紀夫著

春の雪
（豊饒の海・第一巻）

大正の貴族社会を舞台に、侯爵家の若き嫡子と美貌の伯爵家令嬢のついに結ばれることのない悲劇的な恋を、優雅絢爛たる筆に描く。

三島由紀夫著

奔馬
（豊饒の海・第二巻）

昭和の神風連を志した飯沼勲の蹶起計画は密告によって空しく潰える。彼が目指したものは幻に過ぎなかったのか？　英雄的行動小説。

三島由紀夫著

暁の寺
（豊饒の海・第三巻）

〈悲恋〉と〈自刃〉に立ち会った本多繁邦は、タイで日本人の生れ変りだと訴える幼い姫に出会う。壮麗な猥雑の世界に生の源泉を探る。

三島由紀夫著

天人五衰
（豊饒の海・第四巻）

老残の本多繁邦が出会った少年安永透。彼の脇腹には三つの黒子がはっきりと象嵌されていた。〈輪廻転生〉の本質を劇的に描いた遺作。

三島由紀夫著

午後の曳《えい》航《こう》

船乗り竜二の逞しい肉体と精神は登の憧れだった。だが母との愛が竜二を平凡な男に変えた。早熟な少年の眼で日常生活の醜悪を描く。

三島由紀夫著

盗　賊

死ぬべき理由もないのに、自分たちの結婚式当夜に心中した一組の男女——精緻微妙な心理のアラベスクが描き出された最初の長編。

三島由紀夫著

鏡子の家

名門の令嬢である鏡子の家に集まってくる四人の青年たちが描く生の軌跡を、朝鮮戦争直後の頽廃した時代相のなかに浮彫りにする。

三島由紀夫著

美徳のよろめき

優雅なヒロイン倉越夫人にとって、姦通とは異邦の珍しい宝石のようなものだったが……。魂は無垢で、聖女のごとき人妻の背徳の世界。

三島由紀夫著

近代能楽集

早くから謡曲に親しんできた著者が、古典文学の永遠の主題を、能楽の自由な空間と時間の中に〝近代能〟として作品化した名編8品。

三島由紀夫著

サド侯爵夫人・わが友ヒットラー

獄に繋がれたサド侯爵をかばい続けた妻を突如離婚に駆りたてたものは？　人間の謎を描く「サド侯爵夫人」。三島戯曲の代表作2編。

三島由紀夫著
美しい星

自分たちは他の天体から飛来した宇宙人であるという意識に目覚めた一家を中心に、核時代の人類滅亡の不安をみごとに捉えた異色作。

三島由紀夫著
青の時代

名家に生れ、合理主義に徹し、東大教授への野心を秘めて成長した青年の悲劇的な運命！光クラブ社長をモデルにえがく社会派長編。

三島由紀夫著
女神

さながら女神のように美しく仕立て上げた妻が、顔に醜い火傷を負った時……女性美を追う男の執念を描く表題作等、11編を収録する。

三島由紀夫著
永すぎた春

家柄の違いを乗り越えてようやく婚約にこぎつけた若い男女。一年以上に及ぶ永すぎた婚約期間中に起る二人の危機を洒脱な筆で描く。

三島由紀夫著
沈める滝

鉄や石ばかりを相手に成長した城所昇は、女にも即物的関心しかない。既成の愛を信じない人間に、人工の愛の創造を試みた長編小説。

三島由紀夫著
獣の戯れ

放心の微笑をたたえて妻と青年の情事を見つめる夫。死によって愛の共同体を作り上げるためにその夫を殺す青年——愛と死の相姦劇。

三島由紀夫著
絹と明察
家族主義的な経営によって零細な会社を一躍大紡績会社に成長させた男の夢と挫折を描く。近江絹糸の労働争議に題材を得た長編小説。

三島由紀夫著
音楽
愛する男との性交渉にオルガスムス＝音楽をきくことのできぬ美貌の女性の過去を探る精神分析医――人間心理の奥底を突く長編小説。

三島由紀夫著
岬にての物語
夢想家の早熟な少年が岬の上で出会った若い男と女。夏の岬を舞台に、恋人たちが自ら選んだ恩寵としての死を描く表題作など13編。

三島由紀夫著
鍵のかかる部屋
財務省に勤務するエリート官吏と少女の密室の中での遊戯。敗戦後の混乱期における一青年の内面と行動を描く表題作など短編12編。

三島由紀夫著
ラディゲの死
〈三日のうちに、僕は神の兵隊に銃殺されるんだ〉という言葉を残して夭折したラディゲ。天才の晩年と死を描く表題作等13編を収録。

三島由紀夫著
小説家の休暇
芸術および芸術家に関わる多岐広汎な問題を、日記の自由な形式をかりて縦横に論考、警抜な逆説と示唆に満ちた表題作等評論全10編。

三島由紀夫著

殉　教

少年の性へのめざめと倒錯した肉体的嗜虐の世界を鮮やかに描いた表題作など9編を収める。著者の死の直前に編まれた自選短編集。

三島由紀夫著

葉隠入門

〝わたしのただ一冊の本〟として心酔した「葉隠」の濶達な武士道精神を現代に甦らせ、乱世に生きる〈現代の武士〉たちの心得を説く。

三島由紀夫著

鹿鳴館

明治19年の天長節に鹿鳴館で催された大夜会を舞台として、恋と政治の渦の中に乱舞する四人の男女の悲劇の運命を描く表題作等4編。

川端康成
三島由紀夫著

川端康成
三島由紀夫 往復書簡

「小生が怖れるのは死ではなくて、死後の家族の名誉です」三島由紀夫は、川端康成に後事を託した。恐るべき文学者の魂の対話。

川端康成著

伊豆の踊子

伊豆の旅に出た旧制高校生の私は、途中で会った旅芸人一座の清純な踊子に孤独な心を温かく解きほぐされる――表題作等4編。

川端康成著

舞　姫

波子の夢は、娘の品子をプリマドンナにすることだった。寄る辺なき日本人の精神の揺らぎを、ある家族に仮託して凝縮させた傑作。

川端康成著

眠れる美女

毎日出版文化賞受賞

前後不覚に眠る裸形の美女を横たえ、周囲に真紅のビロードをめぐらす一室は、老人たちの秘密の逸楽の館であった——表題作等3編。

川端康成著

掌《てのひら》の小説

自伝的作品である「骨拾い」「日向」、「伊豆の踊子」の原形をなす「指環」等、著者の文学的資質に根ざした豊穣なる掌編小説122編。

川端康成著

山の音

62歳、老いらくの恋。だがその相手は、息子の嫁だった——。変わりゆく家族の姿を描き、戦後日本文学の最高峰と評された傑作長編。

小池真理子著

恋

直木賞受賞

誰もが落ちる恋には違いない。でもあれは、ほんとうの恋だった——。痛いほどの恋情を綴り小池文学の頂点を極めた直木賞受賞作。

小池真理子著

望みは何と訊かれたら

殺意と愛情がせめぎあう極限状況で生れた男女の根源的な関係。学生運動の時代を背景に愛と性の深淵に迫る、著者最高の恋愛小説。

小池真理子著

無花果の森

芸術選奨文部科学大臣賞受賞

夫の暴力から逃れ、失踪した新谷泉。追いつめられ、過去を捨て、全てを失って絶望の中に生きる男と女の、愛と再生を描く傑作長編。

中村文則著

土の中の子供

芥川賞受賞

親から捨てられ、殴る蹴るの暴行を受け続けた少年。彼の脳裏には土に埋められた記憶が焼き付いていた。新世代の芥川賞受賞作！

中村文則著

遮光

野間文芸新人賞受賞

黒ビニールに包まれた謎の瓶。私は「恋人」と片時も離れたくはなかった。純愛か、狂気か？　芥川賞・大江賞受賞作家の衝撃の物語。

中村文則著

悪意の手記

いつまでもこの腕に絡みつく人を殺した感触。人はなぜ人を殺してはいけないのか。若き芥川賞・大江賞受賞作家が挑む衝撃の問題作。

津村記久子著

とにかくうちに帰ります

うちに帰りたい。切ないぐらいに、恋をするように。豪雨による帰宅困難者の心模様を描く表題作ほか、日々の共感にあふれた全六編。

津村記久子著

この世にたやすい仕事はない

芸術選奨新人賞受賞

前職で燃え尽きたわたしが見た、心震わすニッチでマニアックな仕事たち。すべての働く人の今を励ます、笑えて泣けるお仕事小説。

石井遊佳著

百年泥

新潮新人賞・芥川賞受賞

百年に一度の南インド、チェンナイの洪水で溢れた泥の中から、人生の悲しい記憶が掻き出され……。多くの選考委員が激賞した傑作。

平野啓一郎著
葬送
第一部（上・下）
ロマン主義全盛十九世紀中葉のパリ社交界を舞台に繰り広げられる愛憎劇。ドラクロワとショパンの交流を軸に芸術の時代を描く巨編。

平野啓一郎著
葬送
第二部（上・下）
二月革命が勃発した。七月王政の終焉、共和国の誕生。不安におののく貴族、活気づく民衆。時代の大きなうねりを描く雄編第二部。

平野啓一郎著
顔のない裸体たち
昼は平凡な女教師、顔のない〈吉田希美子〉の裸体の氾濫は投稿サイトの話題を独占した……ネット社会の罠をリアルに描く衝撃作！

平野啓一郎著
日蝕・一月物語
芥川賞受賞
崩れゆく中世世界を貫く異界の光。著者23歳の衝撃処女作と、青年詩人と運命の女の聖悲劇。文学の新時代を拓いた2編を一冊に！

平野啓一郎著
透明な迷宮
異国の深夜、監禁下で「愛」を強いられた男女の数奇な運命を辿る表題作を始め、孤独な現代人の悲喜劇を官能的に描く傑作短編集。

安部公房著
他人の顔
ケロイド瘢痕を隠し、妻の愛を取り戻すために他人の顔をプラスチックの仮面に仕立てた男。——人間存在の不安を追究した異色長編。

重松清著

舞姫通信

教えてほしいんです。私たちは、生きてなくちゃいけないんですか？　僕はその問いに答えられなかった――。教師と生徒と死の物語。

重松清著

見張り塔からずっと

3組の夫婦、3つの苦悩の果てに光は射すのか？　現代という街で、道に迷った私たち。新・山本周五郎賞受賞作家の家族小説集。

重松清著

ナイフ

坪田譲治文学賞受賞

ある日突然、クラスメイト全員が敵になる。私たちは、そんな世界に生を受けた――。五つの家族は、いじめとのたたかいを開始する。

重松清著

ビタミンF

直木賞受賞

もう一度、がんばってみるか――。人生の〝中途半端〟な時期に差し掛かった人たちへ贈るエール。心に効くビタミンです。

重松清著

きよしこ

伝わるよ、きっと――。少年はしゃべることが苦手で、悔しかった。大切なことを言えなかったすべての人に捧げる珠玉の少年小説。

重松清著

くちぶえ番長

くちぶえを吹くと涙が止まる。大好きな番長はそう教えてくれたんだ――。懐かしい子ども時代が蘇る、さわやかでほろ苦い友情物語。

恩田陸著

球形の季節

奇妙な噂が広まり、金平糖のおまじないが流行り、女子高生が消えた。いま確かに何かが大きく変わろうとしていた。学園モダンホラー。

恩田陸著

六番目の小夜子

ツムラサヨコ。奇妙なゲームが受け継がれる高校に、謎めいた生徒が転校してきた。青春のきらめきを放つ、伝説のモダン・ホラー。

恩田陸著

ライオンハート

17世紀のロンドン、19世紀のシェルブール、20世紀のパナマ、フロリダ……。時空を越えて邂逅する男と女。異色のラブストーリー。

恩田陸著

図書室の海

学校に代々伝わる〈サヨコ〉伝説。女子高生は伝説に関わる秘密の使命を託された——。恩田ワールドの魅力満載。全10話の短篇玉手箱。

恩田陸著

夜のピクニック

吉川英治文学新人賞・本屋大賞受賞

小さな賭けを胸に秘め、貴子は高校生活最後のイベント歩行祭にのぞむ。誰にも言えない秘密を清算するために。永遠普遍の青春小説。

恩田陸著

中庭の出来事

山本周五郎賞受賞

瀟洒なホテルの中庭で、気鋭の脚本家が謎の死を遂げた。容疑は三人の女優に掛かるが。芝居とミステリが見事に融合した著者の新境地。

山田詠美著

ベッドタイムアイズ・指の戯れ・ジェシーの背骨

文藝賞受賞

視線が交り、愛が始まった。クラブ歌手キムと黒人兵スプーン。狂おしい愛のかたちを描くデビュー作など、著者初期の輝かしい三編。

山田詠美著

放課後の音符《キイノート》

大人でも子供でもないもどかしい時間。まだ、恋の匂いにも揺れる17歳の日々――。放課後にはじまる、甘くせつない8編の恋愛物語。

山田詠美著

ぼくは勉強ができない

勉強よりも、もっと素敵で大切なことがあると思うんだ。退屈な大人になんてなりたくない。17歳の秀美くんが元気溌剌な高校生小説。

柚木麻子著

私にふさわしいホテル

元アイドルと同時に受賞したばっかりに……。文学史上もっとも不遇な新人作家・加代子が、ついに逆襲を決意する！　実録(!?)文壇小説。

柚木麻子著

本屋さんのダイアナ

私の名は、大穴《ダイアナ》。最悪な名前も金髪もはしばみ色の瞳も大嫌いだった。あの子に出会うまでは。最強のガール・ミーツ・ガール小説！

柚木麻子著

BUTTER

男の金と命を次々に狙い、逮捕された梶井真奈子。週刊誌記者の里佳は面会の度、彼女の言動に翻弄される。各紙絶賛の社会派長編！

村田沙耶香著
ギンイロノウタ
野間文芸新人賞受賞
秘密の銀のステッキを失った少女は、憎しみの怪物と化す。追い詰められた心に制御不能の性と殺意が暴走する最恐の少女小説。

村田沙耶香著
タダイマトビラ
帰りませんか、まがい物の家族がいない世界へ……。いま文学は人間の想像力の向こう側に躍り出る。新次元家族小説、ここに誕生！

村田沙耶香著
地球星人
あの日私たちは誓った。なにがあってもいきのびること――。芥川賞受賞作『コンビニ人間』を凌駕する驚愕をもたらす、衝撃的傑作。

橋本治著
「三島由紀夫」とはなにものだったのか
三島の内部に謎はない。謎は外部との接点にある――。諸作品の精緻な読み込みから明らかになる、〝天才作家〟への新たな視点。

D・キーン
松宮史朗訳
思い出の作家たち
―谷崎・川端・三島・安部・司馬―
日本文学を世界文学の域まで高からしめた文学研究者による、超一級の文学論にして追憶の書。現代日本文学の入門書としても好適。

新潮文庫編
文豪ナビ　三島由紀夫
時代が後から追いかけた。そうか！　早すぎたんだ――現代の感性で文豪の作品に新たな光を当てる、驚きと発見に満ちた新シリーズ。

仮面《かめん》の告《こく》白《はく》

新潮文庫　み-3-1

昭和二十五年六月二十五日　発行
令和元年六月五日　百五十六刷
令和二年十一月一日　新版発行
令和六年三月十五日　七刷

著者　三《み》島《しま》由《ゆ》紀《き》夫《お》
発行者　佐藤隆信
発行所　株式会社　新潮社
郵便番号　一六二―八七一一
東京都新宿区矢来町七一
電話　編集部(〇三)三二六六―五四四〇
読者係(〇三)三二六六―五一一一
https://www.shinchosha.co.jp
価格はカバーに表示してあります。
乱丁・落丁本は、ご面倒ですが小社読者係宛ご送付ください。送料小社負担にてお取替えいたします。

印刷・錦明印刷株式会社　製本・錦明印刷株式会社
© Iichirô Mishima 1949 Printed in Japan
ISBN978-4-10-105040-9 C0193